Mon *Erosita* était brisée.

D'abord, elle avait débité des conneries sur une ruse et sur le fait que je n'étais pas « son Cam ». Tout cela n'avait aucun sens et m'avait fait marquer une pause juste assez longtemps pour qu'elle s'engage dans cette conversation absurde.

Puis elle s'était débattue avec une passion qui laissait penser qu'elle avait senti que son existence même était en danger. Peut-être parce que je l'avais menacée. Mais quelque chose dans sa réaction m'avait semblé plus désespéré qu'un simple besoin de survivre.

Et maintenant, elle était figée sous moi.

Complètement immobile.

Et silencieuse.

Exactement ce que j'avais désiré lorsque j'étais entré, sauf que je l'avais voulue à quatre pattes.

Mais ça... Ce n'était pas du tout ce que je voulais. Sa lutte pleine de fougue avait rendu ma queue plus dure que je n'aurais jamais pu le prévoir. Juste pour que son calme étrange dégonfle mon intérêt dans la seconde suivante.

Je ne comprenais pas. Je devrais être en train de la baiser en ce moment même. Les vampires étaient stimulés par l'intimidation et la soumission de leurs proies. Pourtant, aucune partie de moi ne semblait désirer cela.

Pourquoi ?

Est-ce simplement comme ça avec elle ? Est-ce un effet secondaire de notre lien ? Si c'est le cas, pourquoi l'ai-je toléré si longtemps ? Est-ce ma faiblesse ? Est-elle ma faiblesse ?

Je fronçai les sourcils. *Non. Si c'était vrai, je l'aurais tuée il y a des siècles.*

Alors pourquoi est-ce que je la garde ?

C'était merveilleusement agréable de l'avoir sous moi.

Mais il devait y avoir une autre raison pour que je tolère ce comportement.

À moins que sa façon d'agir en ce moment ne soit pas normale.

« Je n'étais jamais morte avant. »

Ses mots résonnèrent dans mon esprit, accentuant mon froncement de sourcils. Je lui avais demandé si son cerveau ne s'était pas réinitialisé correctement lors de sa renaissance. J'avais peut-être raison. J'avais peut-être brisé mon *Erosita*.

Alors je vais devoir la tuer. Pour de bon.

LE VAMPIRE CRUEL

L'Alliance de Sang

Traduction de l'anglais au français :
Christelle Livoury

Correction de la version française :
Marie Bigard

Auteure à succès USA Today
Lexi C. Foss

Le Vampire Cruel

Révision de la version originale : Outthink Editing, LLC

Relecture de la version originale : Katie Schmahl et Jean Bachen

Traduction de l'anglais au français : Christelle Livoury / Literary Queens

Correction de la version française : Marie Bigard / Literary Queens

Conception de la couverture : Manuela Serra

Photographie de couverture : Wander Aguiar

Modèles de couverture : Lucas Loyola et Sophie L

Publié par : Ninja Newt Publishing, LLC

Édition numérique

ISBN : 978-1-68530-088-3

ISBN Print : 978-1-68530-271-9

Pour ceux qui étaient là pour moi pendant que je terminais la tâche monumentale qu'était ce livre. Merci pour votre soutien, votre amour et vos mots attentionnés. Je suis désolée que cela ait pris autant de temps, mais j'espère sincèrement que l'attente en valait la peine.

Je vous embrasse tous !

<3

LE VAMPIRE CRUEL

L'ALLIANCE DE SANG
LIVRE SIX

LE VAMPIRE CRUEL

Il fut un temps où l'humanité régnait sur le monde tandis que les lycans et les vampires vivaient dans le secret.
Cette époque est révolue.

Ismerelda

Le mâle auquel je suis liée pour l'éternité est à présent un monstre. Une bête cruelle. Un vampire dénué de tout scrupule qui n'a plus aucun souvenir de notre existence passée ensemble.

Il n'a aucune idée de qui je suis. Ce que je représente pour lui. Qui nous étions ensemble. Mais je refuse d'abandonner.

Il va se souvenir de moi. J'en fais le serment.

Cam

Je suis un roi vampire. Un être supérieur à tous les autres. Sauf pour elle, la femelle qui refuse de s'incliner.

Je vais la briser. La détruire. La rééduquer. Et lorsqu'elle aura enfin appris quelle est sa place à mes côtés, j'en finirai avec elle.

Parce que je n'ai pas besoin d'un animal de compagnie désobéissant. Je suis destiné à prendre la tête de cette alliance, et c'est exactement ce que je vais faire.

Bienvenue sous mon nouveau règne.
Le sang y coule à flots, des alliances y sont brisées et des morts s'y accumulent.
Mon royaume. Mes règles. Mon avenir.

Note de l'auteure : *Le Vampire Cruel* a un twist final qui vous tiendra en haleine et un côté sombre. Veuillez lire la note d'avertissement. De plus, bien que cette histoire puisse être lue comme une romance autonome, il est recommandé de découvrir cette série dans l'ordre. Ce livre a un twist final.

Jadis, l'humanité gouvernait le monde tandis que les lycans et vampires vivaient en secret.
Cette époque est révolue.
Bienvenue dans un futur où les lignées supérieures font la loi.
Continuez à vos risques et périls.

L'ALLIANCE DE SANG

La loi internationale supplante toute gouvernance nationale et sera appliquée par l'Alliance de Sang, un conseil mondial composé à parts égales de lycans et de vampires.

Toutes les ressources doivent être réparties équitablement entre lycans et vampires, y compris les territoires et les esclaves de sang. Toutefois, richesse et position sociale seront à la discrétion des meutes et des maisons individuelles.

Tuer, blesser ou provoquer un être supérieur est puni de mort immédiate. Tous les litiges doivent être présentés à l'Alliance de Sang pour un jugement final.

Les relations sexuelles entre lycans et vampires sont strictement interdites. Toutefois, les partenariats commerciaux, lorsqu'ils sont fructueux et appropriés, sont autorisés.

Par la présente, les humains sont considérés comme des biens et ne disposent d'aucun droit légal. Chacun d'entre eux sera étiqueté selon un système de tri basé sur le mérite, l'intelligence, la lignée, les capacités et la beauté. L'ordre de priorité sera établi à la naissance et finalisé lors de la Journée du Sang.

Douze mortels seront sélectionnés chaque année pour concourir au statut de sang immortel, à la discrétion de l'Alliance de Sang. Parmi ces douze, deux recevront la morsure d'immortalité. Les autres mourront. Créer un lycan ou un vampire en dehors de ce processus est illégal et passible de mort immédiate.

Toutes les autres lois sont à la discrétion des meutes et de la royauté, mais ne doivent pas désobéir à l'Alliance de Sang.

UNE NOTE D'IZZY

Environ quatre-vingt-dix pour cent de la population mondiale a été massacrée après que les humains ont découvert l'existence des vampires et des lycans. Les gouvernements des mortels ont essayé de faire d'eux des armes et de les réduire en esclavage.

Ce plan n'a pas bien fonctionné pour l'humanité. D'où le massacre qui s'en est suivi.

Les humains qui ont survécu ont été mis dans des enclos comme du bétail.

Beaucoup d'entre eux sont maintenant des esclaves de sang. D'autres servent de jouets à mâcher pour les lycans. C'est une dystopie au vrai sens du terme.

Et je vis dans cette nouvelle réalité depuis près de cent dix-huit ans.

Cependant, je m'accroche à l'espoir que mon compagnon vampire disparu depuis longtemps me revienne. Il avait une approche basée sur le respect et une façon de gouverner les humains dénuée de cruauté. Il croyait fermement au respect de la source de nourriture qui les maintenait, lui et ses pairs, en vie.

Cam.

Le plus vieux des vampires.

Nombreux sont ceux qui le respectaient autrefois. Mais la majorité du monde pense qu'il est mort.

Il n'est pas mort.

Je peux le sentir dans mon âme. Parce qu'il est mon compagnon. C'est grâce à lui que je suis encore en vie. Nous avons effectué une cérémonie il y a plus de mille ans pour lier nos esprits dans une danse censée durer éternellement.

Mais il m'a été enlevé.

Emprisonné.

Torturé.

Et maintenant... il est réveillé. Mais il n'est plus l'homme que j'ai connu et aimé. C'est un monstre. Il est cruel. Et il n'a aucun souvenir de qui je suis pour lui.

Il me voit comme de la nourriture. Un jouet. Une chatte qu'il peut baiser quand ça lui chante.

C'est le but de cette note.

Mon histoire n'est pas pour les âmes sensibles. Cam est irrémédiablement brisé. Il est sombre. Il ne voit aucun problème à prendre ce qu'il estime lui être dû. Parce qu'il a été reprogrammé pour devenir un être ancien qui n'a plus aucune once d'humanité en lui.

À part celle que lui confère le lien qui l'unit à moi.

C'est pour cela que je n'abandonnerai pas. Je me battrai pour lui jusqu'à mon dernier souffle, même si ses mains sont enroulées autour de ma gorge.

Cam est destiné à être roi. *Mon* roi. Tout comme je suis

destinée à être sa reine. Et vous savez ce qu'on dit : la reine est toujours la pièce la plus forte de l'échiquier.

Il a l'intention de me forcer à m'incliner et de briser mon esprit.

Pendant ce temps, je chercherai son âme. Et je lui porterai un coup mortel quand je l'aurai trouvée. Un coup qui le mettra à genoux.

À moins qu'il ne me tue d'abord...

Avertissement : Ce livre contient des thèmes sombres et met en scène des situations de consentement douteux, à la limite du non-consentement, entre le héros (Cam) et l'héroïne (Ismerelda). Il comporte également des passages relatifs à la somnophilie, à la parasomnie, aux jeux d'étouffement, aux jeux de sang, aux pensées dépressives, à l'automutilation et à l'esclavagisme.

Lorsque je dis que c'est l'un des livres les plus sombres que j'ai jamais écrits, je le pense vraiment. Certaines scènes m'ont véritablement brisé le cœur. Et il a fallu un certain temps pour que Cam en recolle les morceaux. Mais il reconnaît son erreur. Éventuellement.

Veuillez lire avec prudence.

Note finale : J'avais à l'origine l'intention de terminer la série Alliance de Sang avec *Le Vampire Cruel*. Cependant, l'histoire est tout simplement trop longue pour faire l'objet d'un seul livre. De plus, ce récit n'est pas encore terminé (je suis toujours en train de l'écrire). En fait, *Le Vampire Cruel* n'est même pas encore paru en anglais.

Alors pourquoi cette histoire sort-elle plus tôt dans d'autres langues ? Parce que je voulais remercier mes lecteurs de langue étrangère pour leur amour et leur soutien continus en leur offrant l'occasion de découvrir l'histoire d'Izzy et de Cam en premier. J'espère que vous aimerez ce roman. Et le dernier livre, *Le Vampire Éternel*, sera bientôt disponible !

CAM

C'EST MA COMPAGNE ? pensai-je en étudiant la blonde sur le lit. *Des lèvres baisables. Des seins magnifiques. Une taille toute en courbes. Un joli visage.*

Je pouvais voir l'attrait physique, mais je ne ressentais rien pour elle, à part l'envie de la baiser.

Ce n'était pas tout à fait vrai. J'avais aussi envie de la boire à nouveau jusqu'à ce qu'elle soit asséchée.

Hélas, je ne pouvais faire ni l'un ni l'autre parce qu'elle était inconsciente.

— Putain de mortels, marmonnai-je, dégoûté par la lenteur de son processus de régénération.

Si seulement Lilith avait réussi à créer des jouets humains incassables.

Je reportai mon attention sur mon ordinateur portable avec un soupir et lançai un nouveau rapport d'activité.

— Monseigneur, me salua la voix de Lilith d'un ton qui m'agaçait.

Je l'avais entendue bien trop souvent au cours des dix derniers jours.

Malheureusement, c'était nécessaire.

Trop de choses s'étaient passées au cours du siècle dernier pendant que je dormais, et avec ma mémoire défaillante, je dépendais de cette voix aiguë pour être mis au courant de la situation dans le monde.

— Si tu regardes ce rapport d'activité, c'est que t'as décidé qu'il était temps d'annoncer ton retour au sein de notre alliance. J'ai préparé quelques suggestions pour toi...

— Vraiment ? dis-je d'une voix traînante en levant les yeux au ciel. Et qui est le roi ici, hein ?

Je l'écoutai énumérer plusieurs idées sur la façon d'aborder ma réapparition dans la société. Aucune d'entre elles ne me plut.

C'était mon royaume.

Je le dirigerais donc à ma façon.

Elle avait déjà organisé une réunion pour dans trois jours, mais grâce à la récente diffusion de Ryder montrant la tête coupée de Lilith, les différents rois de la région et alphas des clans étaient en détresse.

Il faudrait que je m'occupe de ce rebelle errant à un moment ou à un autre. Mais rétablir l'ordre était plus urgent. Surtout avec la montée des révolutionnaires.

— Tu m'as vraiment déçu, dis-je à Lilith en fermant son rapport d'activité. Je ne vais peut-être pas punir Ryder trop durement, car il est clair que ta mort était bien méritée.

Et pas seulement pour ses échecs en tant que chef, mais aussi pour sa voix irritante.

Sa voix m'a-t-elle toujours dérangé à ce point ? me demandai-je en grimaçant à cause du mal de tête qui suivit son rapport d'activité. *Ou est-ce juste une réaction résiduelle au fait d'avoir dormi si longtemps ?*

Parce que chacun de ses rapports d'activité semblait éclater sur mon crâne et laisser derrière lui une douleur sourde. Ce qui n'était certainement pas normal. Mais je ne pouvais pas demander à Michael ou à l'un de mes autres subordonnés ce qu'il en était. La douleur était une faiblesse. Elle ne me rendait pas meilleur qu'un mortel.

Comme la blonde à l'odeur délicieuse sur mon lit, pensai-je en reportant mon attention sur elle.

— Je ne sais pas trop pourquoi je t'ai gardée aussi longtemps, Ismerelda. Je te laisserai peut-être me l'expliquer quand tu seras réveillée.

Ou, plus probablement, je la tuerais simplement à nouveau.

J'étais affamé d'elle. J'avais essayé de boire le sang de quelques autres humains, mais leur goût était loin d'être aussi exquis que le sien.

C'était vraiment une putain de parodie. Parce que cette femelle était désobéissante et avait tendance à être insolente. Je n'avais pas été impressionné lorsqu'elle avait couru vers moi sur le tarmac. Et je n'étais pas du tout impressionné en ce moment vu qu'elle dormait toujours sur *mon* lit.

— Je devrais te mettre dans une cage, lui dis-je. Ça t'aiderait peut-être à comprendre ton rôle dans la vie.

Elle ne répondit pas.

Elle ne réagit même pas, putain.

Parce qu'elle était encore en train de *récupérer*.

Je posai mon ordinateur portable sur le côté avec un grognement et me levai.

Il était temps d'envoyer un communiqué aux dirigeants du monde. *Votre roi est de retour.*

Mais d'abord, je devais mettre mon animal de compagnie dans sa chambre. Je l'avais simplement installée dans mon lit parce que j'avais espéré qu'elle se réveillerait pendant que je travaillais.

Hélas, elle était toujours inconsciente. Ce n'était pas le genre de femelle que je préférais.

— T'as intérêt à être prête quand tu te réveilleras, lui dis-je en la soulevant du lit. Je vais te détruire.

Parce que son odeur me tuait, putain. C'était sûrement pour ça que je l'avais choisie comme compagne, à cause de son parfum et son goût addictifs.

Je jetai un nouveau coup d'œil à ses seins. *Probablement à cause de cet attribut aussi.* Je la parcourus du regard. *À cause de tous ses attributs.*

— Dommage que tu ne te réveilles pas et que tu ne me donnes pas une distraction digne de ce nom.

Je la portai à travers ma chambre jusqu'à la salle de bain et au dressing qui se trouvait derrière.

Il y avait une petite porte au fond qui menait à l'espace que j'avais aménagé pour elle. C'était censé être un dressing privé, mais j'avais fait apporter un petit lit pour remplacer les meubles.

Il n'y avait rien d'autre dans cette pièce, à part une lumière au plafond, qui était commandée par un interrupteur dans mon armoire.

La porte avait également été changée de sorte qu'elle puisse être verrouillée de mon côté, pas du sien.

Je la posai sur le matelas et marquai une pause pour admirer la façon dont ses cheveux blonds s'étalaient sur l'unique oreiller.

Je devais admettre qu'elle était très jolie. Mais elle dormait toujours.

— Quel gâchis !

Je la laissai dans l'obscurité et verrouillai la porte avant d'attraper l'une des nombreuses vestes de costume accrochées dans mon armoire. Le tissu noir comme de l'encre s'associait bien à mon pantalon sombre et à ma chemise couleur obsidienne. Surtout parce qu'il rivalisait avec mon humeur *funeste*.

Lilith m'avait fait défaut. Non pas que cela me surprenait.

Oh, elle avait été un petit pion fidèle et avait soutenu notre cause jusqu'au bout. Mais elle n'avait jamais été très puissante. Ses compétences avaient résidé dans la politique et sa capacité à persuader et à manipuler les autres, ce qui lui avait procuré un avantage stratégique lorsqu'il s'était agi de convaincre les autres de se rallier à ses idées.

Mais ses compétences s'arrêtaient là.

Elle avait été naïve.

Arrogante.

Trop préoccupée par sa propre gloire pour prendre en compte la force brute de ses aînés.

Ce qui l'avait conduite à sa perte et avait par conséquent initié le protocole visant à me réveiller. Même si, d'après mon assistant Michael, elle avait envisagé de me tirer de mon sommeil plusieurs mois auparavant.

Les rebelles de notre espèce avaient commencé à rassembler leurs forces. Cela ne suffirait pas à faire tomber l'Alliance de Sang, mais ils poseraient sans doute certains problèmes que je voulais devancer.

Répandre du sang ancien serait un gaspillage de matériau précieux.

Il nous fallait donc trouver un moyen de collaborer. Trouver un terrain d'entente. Ou concevoir un moyen de faire s'incliner les révolutionnaires.

Cela commencerait par la mission que j'avais l'intention de remettre aux royaux de mon espèce et aux alphas des lycans.

— Monseigneur, salua Michael en s'inclinant alors que je sortais de ma chambre.

Il m'avait manifestement attendu, sentant peut-être mes intentions grâce à notre lien de seigneurie.

Car apparemment, j'avais transformé ce mâle en vampire pour l'offrir à Lilith.

Je ne me souvenais pas de cet acte et je ne me sentais pas lié à cet homme, mais les archives indiquaient que je lui avais donné l'immortalité peu de temps avant la révolution. Le fait que Michael anticipait mes besoins ne faisait que renforcer la véracité de notre passé commun.

Ses yeux verts brillants rencontrèrent les miens pendant une brève seconde alors qu'il se redressait, puis son attention se porta sur la femme qui se tenait près d'une porte au bout du long couloir.

Mira, la lycane originelle.

Elle était toujours en vie alors que les autres membres de son espèce mouraient continuellement. C'était ce qui faisait d'elle plus une égale que ses pairs et la raison pour laquelle elle avait rejoint notre cause un siècle plus tôt.

C'était du moins ce qu'indiquaient les notes de Lilith.

Me fier à ses rapports du siècle dernier me mettait un peu sur les nerfs. Heureusement, je pouvais encore me rappeler la plupart de mes souvenirs les plus anciens, ce qui me permettait de me souvenir de ma brève rencontre avec Mira.

Nous ne nous étions vus qu'une seule fois, et elle n'était alors qu'une enfant. Elle n'était certainement plus l'adolescente dégingandée d'il y a trois mille ans. Au contraire, elle avait mûri et était devenue une belle femme.

Hélas, j'avais envie d'une blonde très différente.

Une blonde inconsciente.

Avec un sang savoureux.

C'était la raison pour laquelle le lien d'accouplement avec une *Erosita* était dangereux pour mon espèce ; il nous rendait épris des mortelles. Mais je pourrais contrôler ce besoin une fois que je me serais rassasié du sang d'Ismerelda et de sa chatte.

Je la désirais uniquement parce que j'avais passé plus de cent ans sans elle.

Et si elle continuait à m'insulter comme elle l'avait fait hier lorsqu'elle avait essayé de courir vers moi et de me serrer dans ses bras après avoir débarqué du jet, j'en aurais terminé avec elle bien plus vite que prévu.

De plus, il y avait plein de vierges de sang à un autre étage, des humains intacts avec un groupe sanguin unique, qui attendaient que je vienne les goûter. Je passerais à eux dès que j'en aurais fini avec Ismerelda.

— Je suis prêt à annoncer mon retour, dis-je en m'adressant à Michael et à Mira. On va aller de l'avant avec la réunion dans trois jours, mais je dirigerai à la place de Lilith pour des raisons évidentes.

Michael hocha la tête.

— Bien sûr, monseigneur. Je vais aller vérifier notre connexion de télécommunications pour m'assurer qu'on pourra joindre tous les quadrants du monde pour ton annonce.

Il n'attendit pas ma réponse et descendit le couloir rapidement avant de franchir la porte au bout à grandes enjambées.

— Pendant qu'il fait ça, je vais te donner des nouvelles de Sota et de Troph, dit Mira en s'écartant du cadre de la porte et en laissant tomber ses bras de leur position croisée contre sa poitrine pour pendre mollement à ses côtés.

— T'es allée les voir ? demandai-je en m'avançant vers elle avec un sourcil arqué de curiosité.

Les deux Créatures Bénies étaient encore en train de se réveiller, et leurs états mentaux étaient plus voraces qu'utiles.

Heureusement, je n'avais aucun souvenir de cette partie de mon réveil.

D'après ce que m'avait dit Michael, le processus d'alimentation n'avait pas été nécessaire pour moi, car je n'avais dormi qu'un siècle.

Mais Sota et Troph s'étaient reposés pendant plusieurs millénaires.

Ils avaient été trop faibles pour supporter le cadeau que Nyx leur avait fait, à savoir une vie immortelle avec des enfants immortels. Le seul prix à payer était de ne pas pouvoir prendre une compagne à long terme.

Certaines Créatures Bénies n'avaient pas eu la force de vivre sans leurs anciens amants et avaient choisi de dormir à la place. Mais dans le cas de Sota et de Troph, ils avaient refusé d'accepter le fait que leurs enfants avaient besoin de sang mortel. Et plutôt que de subvenir aux besoins de leur progéniture, ils avaient choisi de se cacher dans le sommeil.

Une atrocité, vraiment. Une atrocité qui les avait marqués tous les deux, et plusieurs autres, comme indignes du cadeau qui leur avait été fait.

Sota et Troph avaient été les premiers à préférer leur morale fourvoyée à la survie de leurs enfants.

C'était la raison pour laquelle nous les avions choisis comme premiers sujets pour la prochaine phase des essais, ceux que Lilith n'avait pas réussi à mener à bien pendant mon siècle de repos.

— Je leur ai apporté à dîner, répondit Mira en s'écartant de mon chemin pour me suivre dans le couloir adjacent.

L'ensemble du complexe souterrain était truffé de couloirs. Il serait facile de s'y perdre, mais Michael m'avait fourni une carte à mon réveil, ce qui m'avait permis de réapprendre à me repérer.

Je me dirigeai vers la salle de conférence où les

communications officielles devaient avoir lieu. Lilith avait aménagé la pièce pour qu'elle ressemble à celle qui était souvent utilisée à Lilith City, ce qui lui permettait de garder cet endroit secret de tous les royaux et alphas.

C'était peut-être l'une de ses idées les plus intelligentes.

— Ils sont toujours aussi voraces et mangent tout ce qui leur tombe sous la main, poursuivit Mira. La leçon voulue est définitivement transmise.

Je hochai la tête.

— Comme il se doit.

Les Créatures Bénies n'avaient pas besoin de l'essence humaine pour survivre, ce qui expliquait en partie pourquoi Sota et Troph n'avaient pas compris les besoins de leurs enfants.

Mais cette méprise serait bientôt rectifiée.

Une fois que Sota et Troph auraient retrouvé suffisamment de facultés mentales pour communiquer, nous leur montrerons les corps humains qu'ils avaient dévorés dans leur état de faim immortelle. Ce ne serait qu'à ce moment-là qu'ils comprendraient vraiment le concept de survie et le sort qu'ils avaient laissé leurs enfants endurer seuls.

Lorsqu'un être a suffisamment faim, il consomme n'importe quoi pour survivre. C'étaient les mots que Michael avait peints avec du sang au-dessus des cadavres mutilés. Et il avait pris soin d'écrire cette déclaration dans une écriture que les anciens comprendraient. Nous attendions juste que Sota et Troph soient suffisamment conscients pour la lire.

Je tournai à gauche dans un autre couloir, suivi d'un autre à droite et d'un autre à gauche avant d'atteindre l'ascenseur au bout. Mira m'observa pendant que je tapais les codes nécessaires, puis entra derrière moi dans un silence contemplatif.

— J'ai réfléchi, commença lentement Mira en croisant mon regard avec ses yeux audacieux couleur glace.

C'était une louve alpha habituée à soumettre les autres par son regard.

Mais sa domination n'était pas à la hauteur de la mienne, ce que je lui signifiai par un simple haussement de sourcils en attendant qu'elle termine ce qu'elle voulait dire.

— Je pense qu'on devrait ensuite réveiller Fen.

Le bruit de l'ascenseur atteignant l'étage que nous souhaitions ponctua ses paroles pleines d'assurance.

— Sa lignée est légèrement différente, étant donné qu'il est le père des lycans, ajouta-t-elle alors que nous sortions de l'ascenseur. Il fournirait aux chercheurs un autre type d'échantillon pour leurs essais.

— Techniquement, ce serait ton sang qui fournirait le type d'échantillon différent, murmurai-je en ouvrant la voie vers la salle de conférence. T'es la seule lycane immortelle, après tout.

— Oui, mais si tu me mords, je te mordrai à mon tour. Et j'ai des dents plus acérées, me répondit-elle en me lançant un sourire de loup, pas le moins du monde effrayée de défier ma supériorité. Les mortels sont des proies plus faciles.

— Plus faciles, oui. Mais ils ne sont pas très résistants, affirmai-je.

— J'en conclus que ton *Erosita* est toujours hors service ?

Elle me jeta un regard plein de pitié que j'ignorai, choisissant plutôt d'ouvrir la porte de la salle de conférence.

Une table ronde massive occupait le centre de la pièce et plus de cinquante chaises l'encerclaient. La plupart des murs étaient composés de verre sombre, tout comme la salle de réunion officielle à Lilith City. Seule cette paroi de verre pouvait être non teintée pour révéler les gratte-ciel à l'extérieur. De la roche trônait derrière ces vitres, de la roche dont la couleur était similaire à celle du mur avec la porte.

Je me dirigeai vers la chaise qui se trouvait juste de l'autre côté de la table et qui était parfaitement alignée avec l'entrée. Il y avait une caméra installée juste au-dessus de la porte, ce qui empêchait le mur rocheux d'être dans le champ de vision de l'objectif et faisait de cet emplacement particulier de la pièce le point central pour filmer.

— Alors... dis-je en m'installant sur la chaise que j'avais choisie. Tu veux réveiller ton père et le confier aux chercheurs.

C'était une réorientation volontaire de notre conversation, car je n'avais aucune envie de parler de mon *Erosita* avec Mira ou qui que ce soit d'autre.

Ce que je pensais avoir clairement exprimé lorsque j'avais ramené Ismerelda dans ma chambre après que Mira m'eut recommandé de la mettre dans une pièce près des vierges de sang.

Pourquoi diable garderais-je ma principale envie à un autre étage ?

Non, Ismerelda resterait dans la chambre que j'avais créée pour elle jusqu'à ce que je me lasse d'elle.

Ensuite, elle pourrait être déplacée.

Ou tuée.

Mais c'était un débat à avoir après son réveil.

Et tout à fait hors de propos pour cette discussion.

— La lignée de Fen est probablement similaire à celle des autres Créatures Bénies, lui dis-je en joignant mes doigts sur le dessus de la table en granit. Comme je l'ai dit, ce n'est pas un lycan. De plus, on a déjà deux anciens en cours de réveil. Alors pourquoi est-ce qu'on a besoin d'un troisième ?

Elle prit place sur la chaise à ma droite et croisa mon regard une fois de plus avec une expression dénuée d'émotion.

— Parce que Lilith a échoué, répondit-elle platement. Alors maintenant, les vampires manquent de temps pour développer une poche de sang alternative.

Oui, parce que mes pairs avaient été gloutons au cours du siècle dernier. Nous n'étions pas encore à court de nourriture, mais nous le serions dans la prochaine décennie si nos tendances se poursuivaient. D'où le but derrière les expériences ; il fallait trouver un moyen de maintenir nos sources de nourriture en vie malgré nos habitudes alimentaires.

Mais je savais déjà tout cela. Ce que je voulais qu'elle m'explique, c'était pourquoi lui.

— Pourquoi Fen ? demandai-je en étudiant son expression dénuée d'émotion. Pourquoi est-ce que tu penses qu'on a besoin de lui ?

— Parce qu'il y a une chance que son sang soit différent, et à ce stade, on a besoin d'un échantillon aussi large que possible.

— Donc selon cette logique, on devrait réveiller toutes les Créatures Bénies, rétorquai-je.

Elle secoua la tête.

— Pas au risque de mettre en colère tous les royaux.

Hmm. Elle n'avait pas tort.

— T'as choisi Sota parce que tu sais que Sahara acceptera le sort de son père parce qu'elle considérera que c'est une punition justifiée, tout comme Lajos aurait...

— Accepté la punition de son père aussi, terminai-je pour elle. Oui, je sais pourquoi j'ai choisi Sota et Troph.

Grâce aux archives de Lilith, en tout cas.

Parce que je n'en avais aucun réel souvenir, comme pour presque tout le reste.

— Donc tu suggères Fen parce qu'il y a une chance qu'il soit différent et qu'il ne causerait pas de problèmes avec les dirigeants de l'Alliance de Sang, résumai-je.

— Oui. Je serais la seule à pouvoir protester contre son traitement, et j'en donne la permission.

— Pourquoi ? insistai-je. Je croyais que t'étais en bons termes avec lui. Ce n'est pas pour ça que t'as choisi de te reposer avec lui dans sa crypte ?

Lilith avait réveillé Mira peu avant la révolution pour la mettre au courant de ce que les gouvernements humains avaient tenté de faire aux lycans. Cela avait rendu le recrutement de Mira pour rejoindre notre cause relativement facile.

Mira m'étudia un moment avant de se détendre sur sa chaise en soupirant.

— Il m'a abandonnée. Peut-être pas tout de suite comme Sota et Troph l'ont fait avec Sahara et Lajos, mais ça signifie simplement que j'ai enduré sa haine plus longtemps qu'ils n'ont pu le faire avec leurs propres pères.

Ses yeux d'un bleu glacial rencontrèrent les miens, trahissant la première lueur d'émotion. Mais celle-ci disparut en un clin d'œil et son masque d'alpha stoïque revint cacher ses traits.

— Mon raisonnement personnel qui me pousse à donner la permission n'est pas pertinent. Le fait est qu'il pourrait ajouter une essence unique aux tests. Et au pire, c'est un corps de plus sur lequel expérimenter.

Elle haussa une épaule.

— Je voulais juste le suggérer. À toi de décider si ça vaut la peine qu'on y consacre du temps ou non.

Je l'observai pendant un long moment tout en évaluant le potentiel de réveiller et d'expérimenter sur Fen.

Le contenir serait facile. Car si les Créatures Bénies étaient immortelles et vénérées en tant que créatrices des vampires et des lycans, elles n'étaient pas dotées de facultés surnaturelles.

Elles n'étaient pas anormalement fortes ou capables d'hypnose.

Elles ne pouvaient pas se transformer.

Elles n'avaient pas la capacité de se déphaser, ce qui était une aptitude plus rare de téléportation que seuls les maîtres vampires avaient.

Elles étaient essentiellement humaines, juste incapables de mourir. Ce qui était exactement ce dont mon espèce avait besoin d'appliquer aux humains pour survivre.

Quant à Mira, elle voulait juste trouver un moyen de rendre les lycans vraiment immortels. Ce n'était pas quelque chose qu'elle m'avait avoué, mais c'était noté dans son dossier au sujet de son allégeance.

Parce que si nous trouvions un moyen de rendre la vie humaine éternelle, la même méthode pourrait être appliquée pour assurer la longévité des lycans, ce qui lui permettrait d'avoir enfin une vraie meute. Une meute immortelle.

C'est pour ça qu'elle veut Fen, réalisai-je en continuant à la regarder. *Parce que son essence pourrait lui apporter la solution dont elle rêve*. C'étaient les actions de Fen qui l'avaient créée, après tout.

— Très bien, décidai-je à haute voix. Prépare tout pour le rituel et trouve où le loger.

J'avais participé aux deux autres réveils parce qu'ils avaient nécessité une essence supérieure pour satisfaire le rituel. Et en tant que vampire le plus âgé, mon sang était suffisamment puissant pour réveiller n'importe quelle Créature Bénie. Mais Mira était la progéniture de Fen, ce qui la rendait capable d'accomplir la cérémonie toute seule.

— Merci, monseigneur, répondit-elle en inclinant

légèrement le menton. Je vais prendre les dispositions nécessaires.

— Fais-moi savoir quand tout sera en place. J'observerai la cérémonie et j'apporterai mon aide si nécessaire, dis-je alors que Michael entrait dans la pièce d'un air nerveux. Qu'est-ce qu'il y a ? demandai-je d'un ton acerbe alors que son odeur sucrée écœurante irritait mes sens.

Comment ce faible mâle peut-il être de ma lignée ? Personne ne lui a appris à contrôler ses émotions ?

— Il semblerait que nos systèmes de communication soient en panne, monseigneur.

Contrairement à Mira, Michael ne croisa pas mon regard et garda ses yeux verts fixés sur le sol tout en parlant.

— Nos techniciens y travaillent en ce moment même, mais ils m'ont dit qu'il faudrait peut-être attendre demain pour que ce soit réparé.

Mes sourcils se levèrent.

— Comment est-ce que ça a pu arriver, bordel ?

— Ils ne sont pas sûrs, monseigneur.

Il déglutit.

— Mais ils se penchent sur la question.

— C'est Damien, murmura Mira.

Je lui jetai un coup d'œil.

— Damien ?

— Le frère d'Izzy. C'est un génie de la technologie, et il se trouve aussi être un descendant de Ryder.

Malgré l'irritation dans son ton, une pointe d'admiration s'en dégageait.

— C'est lui qui s'est amusé avec le téléphone de Lilith et qui a aidé les révolutionnaires à accéder aux anciens bunkers de Lilith.

Je ricanai.

— Il ne les a aidés en rien. Je les ai laissés explorer les laboratoires.

Tout cela faisait partie du plan pour aider mon cousin, Jace, et ma progéniture, Darius, à comprendre ce que Lilith avait essayé de réaliser pendant mon sommeil, à savoir une source de nourriture améliorée.

Hélas, ils n'avaient pas semblé l'apprécier comme je l'avais prévu.

Ils avaient été corrompus par mon frère, Cane. Si ce bâtard ne dormait pas dans la crypte de notre père, je l'étranglerais pour avoir lavé le cerveau de notre cousin et de ma progéniture.

— Quoi qu'il en soit, c'est Damien qui sabote nos communications maintenant. Il essaie probablement de trouver un moyen de joindre Izzy, affirma Mira en me jetant un regard spéculatif. Je t'avais prévenu. Elle est têtue et...

— Je peux gérer mon *Erosita*, l'interrompis-je. Elle est enfermée à poil dans mon armoire. Son frère ne pourra pas la contacter.

Je reportai mon attention sur Michael.

— Travaille avec l'équipe de communication pour régler ce problème et contacte-moi dès que ce sera fait.

— Oui, monseigneur.

Il s'inclina avant de s'éclipser de la pièce sans un mot de plus.

— Pendant ce temps, je vais aller donner une leçon bien méritée à mon *Erosita*, ajoutai-je avec un léger grognement.

Parce que si c'était l'œuvre de Damien, je m'assurerais que sa sœur paie pour son ingérence.

T'as intérêt à être réveillée quand je retournerai dans ma chambre, Ismerelda, lui dis-je par la pensée.

Non pas qu'elle pouvait m'entendre. J'avais verrouillé notre connexion mentale.

Mais cela ne m'empêcha pas d'ajouter : *j'ai faim et je suis agacé. Et tu n'existes que pour une seule raison* : me servir. *Prépare-toi à saigner.*

Izzy

Froid.

Sombre.

Cam...

Je frissonnai.

Pourquoi est-ce que je suis... ? Où... ? Comment est-ce que j'ai... ?

Je gémis tandis que ma tête battait la chamade à cause de l'afflux de questions sans réponse. Tout me semblait... *de travers.*

Qu'est-ce que... ?

Mes doigts se recroquevillèrent de douleur ; mes bras étaient trop lourds pour être levés. Je n'étais même pas sûre de ce que j'avais voulu faire. Me palper la tête ? Me masser les tempes ?

Argh.

Je tentai de ramener mes genoux à ma poitrine, mais mes membres bougèrent à peine. *Je me sens étourdie*, pensai-je, et un gémissement s'échappa de ma gorge. *Pourquoi est-ce que je... ?*

Un frisson me parcourut l'échine. *Cam... Est-ce que... ? Non. Non, il va bien. Mira a dit...*

Mes yeux s'ouvrirent et se refermèrent brusquement sur une vague d'agonie. *Merde.* Je grimaçai tandis que mes entrailles résonnaient dans un cri de douleur. *Qu'est-ce que... ?*

Cam...

Non.

Je tourne en rond. Sauf que ce n'est pas le cas. Je suis juste étourdie. Délirante ?

Je déglutis et grimaçai à nouveau. *J'ai la bouche tellement sèche.*

Je me sens comme... comme... comme la mort...

Mes yeux se rouvrirent, provoquant un nouveau choc de sensations qui inonda mes sens. Je le traversai, me forçant à quitter les profondeurs de cet océan d'agonie et à m'élever dans l'air frais et sombre.

J'inspirai brusquement, envoyant des spasmes à mes poumons et faisant voler mon cœur dans un rythme chaotique.

La mort, pensai-je encore. *Je...*

Une autre douleur me traversa les veines, mettant mon sang en feu. *Je me sens...*

Un cri silencieux chatouilla ma gorge à vif ; ma voix était incapable de fonctionner. *De l'eau... J'ai besoin d'eau...*

Mais mes mains... mes bras... étaient encore trop lourds. Trop... trop... *morts.*

Mes yeux se refermèrent et plongèrent mon monde dans une obscurité perpétuelle. *Est-ce un cauchemar ?*

J'essayai de presser mes doigts les uns contre les autres, mais ils refusèrent mon ordre.

Un autre gémissement gronda dans ma poitrine. Sauf

qu'il ne produisit aucun son, tout comme mon cri. *Mon premier gémissement avait-il aussi été comme ça ?* Je n'arrivais pas à m'en souvenir.

Je ne me souvenais de rien. Comme la façon dont je m'étais retrouvée ici. Pourquoi est-ce que j'avais l'impression... l'impression d'être *morte ?*

Cam...

Je tentai de secouer la tête en signe de dénégation. *Je ne ressens pas sa mort. Il va bien. Il doit aller bien.*

Sauf que non. Ce... Ce n'était pas ça.

Il y a quelque chose à propos de Cam...

Mes jambes bougèrent cette fois-ci lorsque je leur demandai de le faire ; les poids morts revinrent sous mon contrôle. *Mais ça fait mal. Je... Je ne me sens pas bien. C'est douloureux.*

Comme la mort...

Je frissonnai alors que mes genoux rencontraient enfin ma poitrine et que mes bras encerclaient lentement mes tibias pour me maintenir en boule sur le côté. Il y avait quelque chose de doux sous moi. Un lit, peut-être ? Mais pas le mien. Parce que l'odeur était étrangère. Musquée. *Vieille.*

Des larmes humidifièrent mes yeux, comme un baiser bienvenu pour mes sens desséchés. De la salive s'accumula dans ma bouche, me permettant d'avaler. Mais tout cela me paraissait terriblement anormal.

Ce doit être un cauchemar. Peut-être un de ceux de Cam ? Suis-je enfin en train de voir dans son esprit ? Est-ce là que Lilith l'a gardé ? Dans cet état de tourment perpétuel ?

D'autres larmes s'échappèrent de mes paupières pour se déverser sur mes joues. *Oh, Cam...*

D'habitude, je rêvais de notre dernière nuit ensemble. Ou plutôt de la nuit qui avait changé nos vies à jamais plus de cent dix-huit ans plus tôt.

La nuit où Cam avait érigé un mur entre nos esprits, coupant mentalement notre lien....

———

Mes yeux s'ouvrirent lorsque je sentis l'intention de Cam. Son plan s'empara de mon esprit et fit exploser mon pouls. Je savais que cela pouvait arriver. Il m'avait parlé de cette possibilité.

Mais le sentir...

Il doit y avoir un autre moyen, Cam, murmurai-je dans son esprit. *Tu sacrifies...*

C'est mon fardeau à porter, Ismerelda, répondit-il d'une voix fatiguée, comme s'il souffrait déjà. *Et c'est à moi seul de le porter.*

Sauf que tu n'as pas été seul pendant plus de mille ans, voulus-je dire. Mais je ne parvins pas à former cette pensée. Mon cœur se brisa en mille morceaux alors que je sentais le mur entre nous se solidifier.

Attends, suppliai-je. *Il faut qu'on en parle.*

On n'a pas le temps d'en parler. Je dois couper notre lien avant qu'il ne soit trop tard.

Trop tard pour quoi ?

Pour que je puisse te protéger, répondit-il rapidement. *Je suis désolé, mon amour. Je suis vraiment désolé, putain. Mais c'est la seule solution. Je dois...*

Une douleur aiguë traversa notre lien, m'arrachant un souffle. *Cam ?*

Je suis désolé, répéta-t-il. *Je t'aime. Je t'aimerai toujours. Quoi qu'il arrive.*

Cam !

Au revoir, Ismerelda. Mais ce n'est qu'un au revoir.

Quoi ? Non ! Mais je...

Une agonie transperça mon esprit, envoyant une cascade de pics glacés le long de ma colonne vertébrale.

Et je fus engloutie dans un silence de mort.

Cam ?

Rien.

Cam ?!

Silence. Paix. Solitude.

Je me redressai dans le lit tandis que mon cœur battait rapidement dans mes oreilles alors que je cherchais dans la chambre l'homme que je savais ne pas être là. Mon Cam. Mon amant. Mon autre moitié.

Il était parti hier pour aller voir Darius et discuter d'une stratégie pour gérer Lilith et son nouvel ordre mondial. Je l'avais supplié de me laisser venir avec lui. Mais il avait exigé que je reste avec Luka.

— Là où c'est sans danger, avait-il dit.

Mais je ne me sentais pas en sécurité. Pas maintenant. Pas avec notre lien bloqué et son destin inconnu.

Je repoussai les draps de ma peau trempée de sueur et me glissai hors du lit.

J'avais besoin de réponses. J'avais besoin de savoir si Cam allait bien.

Et surtout, j'avais besoin de savoir si ce n'était qu'un mauvais rêve.

S'il te plaît, mon Dieu, fais que ce soit un mauvais rêve, priai-je. Non pas que je croyais en un pouvoir tout-puissant. Mais j'étais prête à y croire si cela signifiait que Cam était en sécurité.

Cependant, je n'étais pas naïve. Et je sentais au fond de moi que quelque chose n'allait pas du tout.

Il m'avait dit que c'était une possibilité, qu'il pourrait être obligé de couper les ponts avec moi pour me protéger. Mais il avait promis que ce serait en dernier recours.

Il avait pourtant coupé notre lien mental sans hésiter.

Parce qu'il est déjà blessé ? me demandai-je.

J'enfilai une robe de chambre pour couvrir mon pyjama en soie et sortis à pas feutrés de la chambre.

— Izzy, dit une voix grave.

J'entendais rarement le doux grondement de la part du lycan alpha qui se tenait dans le couloir.

— Non, répondis-je en voyant déjà la morosité dans ses yeux bleu clair attentionnés. Dis-moi que ce n'est pas réel. Dis-moi que Cam va bien.

Il se contenta de secouer la tête en réponse, faisant retomber ses épais cheveux noirs sur son front.

— Je ne te mentirai pas.

— Alors pourquoi t'es ici ? demandai-je en m'approchant de lui pour lui enfoncer un doigt dans la poitrine. Pourquoi t'es ici, Luka ?

Mais je savais déjà pourquoi. Tout comme je savais que l'agressivité soudaine que je ressentais à son égard n'était ni juste ni rationnelle.

Mais il était ici alors que Cam ne l'était pas.

Il était là pour me protéger.

Non. Me retenir *prisonnière* pour que je ne me lance pas à la poursuite de Cam. Pour que je n'essaie pas de retrouver mon compagnon. Pour que je n'exige pas qu'il abaisse ce putain de mur entre nos esprits.

Il devait y avoir un meilleur moyen ! lui criai-je dessus en frappant du poing la poitrine ferme de Luka. *T'aurais dû en parler avec moi, pas me laisser dans le noir. Seule. Ici. Sans toi. Ce n'est pas juste. Ce n'est pas juste, putain !*

Mon poing frappa à nouveau Luka alors que des larmes brouillaient ma vue.

Pourquoi tu fais ça ? Pourquoi est-ce qu'il faut que tu sois un martyr ? Pourquoi, Cam ? Dis-moi pourquoi, putain ! criai-je à la porte fermée dans mon esprit tandis que mes membres tremblaient sous l'assaut de ma fureur. De ma peur. De mon... mon désespoir. Ça ne pouvait pas être vrai.

— Pourquoi ? murmurai-je. Pourquoi ?

— Parce qu'il ne voulait pas que t'aies une cible dans le dos à cause de lui, Izzy. Il vaut mieux que Lilith et tous les autres pensent que t'es morte, me dit Luka.

Cela me fit marquer une pause.

— Quoi ?

Je clignai des yeux vers lui, mais son jeune visage devint flou.

— Morte ?

Il fronça les sourcils. Ou du moins, je supposai que c'était un froncement de sourcils. Je ne pouvais pas vraiment voir ; mon monde semblait tourner autour de moi dans un tourbillon de lumières étourdissantes.

— Morte ? répétai-je.

— Tu n'es pas au courant ? demanda Luka, qui avait l'air aussi choqué et confus que moi.

— Je...

Mes genoux se mirent à trembler.

— Je ne...

Il attrapa ma hanche alors que je commençais à osciller.

— Je croyais que Cam t'avait expliqué le plan. Mais tu n'es pas au courant, dit-il d'un air perplexe. Je... Izzy...

— Cam a juste mis en scène ta mort pour se faire capturer par Lilith, m'informa une autre voix.

Femelle.

Alpha lycane.

Mira.

— Il sait qu'elle ne le tuera pas, poursuivit-elle. Son sang est trop puissant pour qu'elle le gaspille. Mais il espère pouvoir lui parler. Et il a besoin que tu restes ici en sécurité pendant qu'il travaille.

Je regardai la femme blonde en clignant des yeux. Je ne la connaissais pas bien, mais Luka l'avait choisie comme compagne. Elle avait donc été accueillie dans le cercle restreint de Cam.

Et elle était la seule à me donner les réponses dont j'avais besoin en ce moment.

Des réponses que je ne voulais pas entendre.

Des réponses dont j'avais néanmoins besoin.

— Il m'a coupée mentalement, lui dis-je d'une voix rauque. Je ne le sens plus.

— Pour te protéger, réitéra-t-elle.

Pour me protéger, me répétai-je. *Pour me garder en sécurité.* Comme si j'étais un jouet fragile sur lequel il devait veiller, pas une égale. Pas sa *compagne*.

Au fond de moi, je comprenais. Il ne pouvait pas se concentrer correctement si toute son attention était consacrée à veiller sur moi. Mais savoir cela n'enlevait rien à la douleur.

Je m'éloignai d'un Luka muet comme une tombe, consciente que mes jambes n'étaient pas stables. Mais il fallait que je me tienne debout sans aide. Pour prouver que j'étais assez forte pour faire face à cette situation.

Je suis une survivante, me dis-je. *Cam le sait mieux que quiconque.*

Il m'avait pourtant laissée dans l'ignorance.

Il avait... Il avait simulé ma mort et maintenant...

— Elle pourrait le tuer, dis-je d'une voix à peine audible. Elle est assez folle pour le tuer.

Et après ?

Que nous était-il arrivé ?

On n'a même pas eu l'occasion de se dire au revoir, murmurai-je à Cam. *Pourquoi est-ce que tu nous as fait ça après mille ans ? Tu penses vraiment pouvoir changer l'esprit de cette folle ?*

Mais il était trop tard pour poser des questions.

Trop tard pour le faire changer d'avis.

Trop tard pour faire quoi que ce soit d'autre chose qu'attendre...

———

Et j'avais attendu pendant plus de cent ans.

Jusqu'à ce que Mira me dise qu'ils avaient trouvé Cam.

Mon esprit tourbillonnait au souvenir du soulagement, de l'exaltation et de la nervosité que j'avais ressentis.

Je n'avais pas compris pourquoi notre connexion mentale était restée fermée, mais j'avais pensé que cela avait peut-être à voir avec le fait d'avoir été éloignée de mon Cam pendant si longtemps.

Tant d'années de nostalgie.

Tant de décennies d'inquiétude.

Plus d'un siècle de solitude et d'attente du contact de mon compagnon.

Je serrai mes genoux contre ma poitrine, encore une fois troublée par les affirmations de Mira.

On est montés dans l'avion, me souvins-je. *Je me sentais mal à l'aise. Mais c'était normal, non ? Je n'avais pas vu Cam depuis si longtemps...*

Je déglutis.

Et puis on a atterri.

L'image était claire dans mon esprit. *Cam.* Il se tenait fièrement sur le tarmac, ses cheveux noirs plus longs que d'habitude, flottant juste derrière ses oreilles. Mais ses yeux bleus frappants étaient restés les mêmes. Tout comme sa carrure musclée. Ce grand mur de force.

J'avais couru vers lui.

Exubérante.

Mon cœur éclatait d'une joie renouvelée.

Et puis il m'a mordue.

Ma main vola vers mon cou, mais la preuve de sa morsure n'y était pas.

Un rêve, alors ?

Peut-être.

Sauf que...

Il... Il m'a tuée.

Mes yeux s'écarquillèrent alors que les derniers vestiges de la réalité s'installaient dans mon esprit. *Cam m'a tuée.*

— Non, murmurai-je en fronçant les sourcils.

Non. Non, ce n'est pas possible. Il n'aurait pas... Cam n'aurait jamais...

Il n'avait pratiquement jamais bu mon sang au cours de notre millénaire ensemble. Il... Il ne m'avait mordue qu'avec ma permission ou lorsqu'il avait besoin de sang.

Je touchai de nouveau mon cou.

Mais il a bu jusqu'à ce que je meure.

Sauf si...

Sauf si ce n'était pas vraiment lui.

Cela expliquerait pourquoi la barrière mentale entre nous était toujours là. Peut-être que quelqu'un avait créé un sosie de Cam ? *Est-ce possible ?*

Je clignai des yeux pour la millième fois.

Me faire tuer par un faux Cam serait plus logique que me faire tuer par le vrai Cam.

À peu près aussi logique que le serait le fait que tout cela ne soit qu'un rêve.

Mais alors, où suis-je ?

Ce lit n'était pas le mien. Il n'y avait qu'un drap et un mince oreiller sous ma tête. Il n'y avait pas de lumière. Juste une obscurité pure et froide.

Et cette vieille odeur musquée. Mon nez se plissa. *Cette odeur semble vraiment réelle.*

Je passai mes doigts le long du matelas et remarquai la finesse du drap plat. *Il n'y a qu'un seul drap sur ce lit ?* Je fronçai les sourcils lorsque j'atteignis l'extrémité du matelas et heurtai l'air. *Il est petit. Peut-être un lit double. Pas de table de nuit de ce côté.* Je me tournai lentement et commençai à chercher dans l'autre sens. *Aucune de ce côté non plus.*

Je tendis la main au-dessus de moi, ne sachant pas si je me trouvais dans une petite boîte de type cage ou dans une véritable pièce, mais mes doigts ne firent que danser dans l'air.

Ce qui signifiait que je pouvais m'asseoir en toute sécurité...

Une lumière aveuglante me fit glapir et me recroqueviller en une boule protectrice alors que mes yeux me piquaient à cause de l'intrusion brutale.

— *Putain*, soufflai-je.

Ma gorge était encore irritée d'être *morte et revenue à la vie.*

Argh !

J'avais envie de crier, mais un bruit de pas et d'*une porte qui s'ouvre* me figea dans le lit.

— Putain, répéta une voix d'homme.

Une voix d'homme qui ressemble exactement à celle de Cam.

— Oui, c'est précisément ce que je veux faire de toi. Ma putain, dit-il.

Le bruit d'une ceinture qu'on déboucle ponctua sa déclaration.

— Et ensuite, je vais me nourrir.

Izzy

On dirait définitivement Cam, me dis-je. *Mais ce n'est pas lui. Ça ne peut pas être lui.*

Cam ne me parlerait jamais de cette façon.

Mais cela n'empêcha pas mon cœur de réagir à sa voix.

Et maintenant, son visage, me murmurai-je alors que ma vision commençait à s'éclaircir.

Cet homme lui ressemble vraiment. Sauf qu'il est plus cruel. Plus dur. Plus en colère.

Je déglutis en parcourant du regard l'homme que je n'avais pas vu depuis plus de cent ans. *Même physique musclé. Il est même vêtu tout en noir, la couleur préférée de Cam.*

Sa ceinture glissa à travers les boucles, puis atterrit sur le sol avec un bruit sourd.

— Mets-toi à quatre pattes. Je veux te prendre par-derrière pour commencer, exigea-t-il, ce qui me fit hausser les sourcils.

Pardon ?

J'avais été tellement hébétée par la lumière, puis par la présence de ce mâle qui ressemblait à Cam, que mon esprit embrumé n'avait pas vraiment enregistré ses mots. *Il a l'intention de me baiser, puis de se nourrir de moi.*

Mes cuisses se refermèrent instantanément. *Non.*

Cet homme n'est pas Cam.

Ça n'arrivera pas.

Ça ne peut pas arriver.

Si je le laisse me baiser, mon lien avec le vrai Cam se brisera.

Hors de question, putain.

Non. Non. Non.

— Tout de suite, Ismerelda.

Putain, il parle comme lui, me dis-je, étourdie. Sauf qu'il ne m'avait jamais donné d'ordres de cette façon. Pas depuis longtemps, en tout cas. Les choses entre nous avaient commencé un peu rudement, mais il avait toujours fait preuve d'une certaine douceur à mon égard.

Une douceur dont cette version de lui était clairement dépourvue.

Ses iris bleus brillèrent tandis qu'il plissait les yeux.

— Quand je te donne un ordre, tu obéis.

— Ou quoi ? répliquai-je d'une voix loin d'être aussi stable que je le souhaitais.

Pas face à cet imposteur qui me rappelait mon compagnon perdu.

C'est quoi cette blague cruelle ? me demandai-je. *C'est peut-être un cauchemar après tout...*

Ses sourcils sombres s'arquèrent.

— Ou je vais te briser, putain.

— En me tuant à nouveau ? demandai-je, feignant une audace que je ne ressentais pas alors que je me forçais à m'asseoir sur le lit.

— Peut-être pour de bon cette fois, menaça-t-il.

Cela me fit grogner.

Ce n'est définitivement pas mon Cam. Ce qui me soulageait et me terrifiait à la fois. Parce que *mon* Cam était enfermé dans une cage quelque part et incapable de venir à mon secours. Et me défendre seule contre un vampire était difficile.

Surtout si j'étais nue, ce que je venais de remarquer alors que les yeux de Faux Cam descendaient jusqu'à mes seins exposés.

Une pure faim se dégageait de lui alors qu'il commençait à défaire les boutons de sa chemise.

— Mais je vais définitivement te baiser avant, ajouta-t-il en solidifiant sa menace.

Mon cœur sauta un battement. *Ce n'est pas bon.* Maintenant que la lumière était allumée, je pouvais voir la pièce, qui ressemblait plus à un placard. Pas de fenêtre. Une seule porte. Et il se tenait devant. *En train de se déshabiller.*

— Je ne te le répéterai pas, *Erosita*. Mets-toi à quatre pattes ou je vais d'abord te prendre le cul. À vif.

Le grognement dans son ton fit couler de la glace dans mes veines.

Parce que cela me rappelait une autre époque. Un sombre souvenir. *La nuit où j'ai rencontré Cam.*

Ce qui prouvait encore plus que cette version de Cam n'était pas *mon* Cam. Parce qu'il ne m'aurait jamais menacée d'une telle punition. Pas après le destin dont il m'avait sauvée ce soir-là.

Une partie latente de moi avait espéré que je me trompais, que ce n'était peut-être qu'une version détraquée de mon compagnon. Une partie fantasque de moi, peut-être. La rêveuse pleine d'espoir dans mon âme qui se languissait de sa moitié.

Mais même si cet homme pouvait ressembler à mon Cam, tant par son physique que par son accent britannique familier, c'était définitivement un imposteur.

Et il veut me baiser.

Le sexe anal ne détruirait peut-être pas le lien qui m'unissait à Cam. Mais le sexe vaginal le ferait assurément.

Et aucune de ces deux options ne me plaisait le moins du monde.

Pas avec lui. Pas avec Faux Cam.

— Je ne comprends pas pourquoi tu t'es donné la peine de lui ressembler si tu ne comptes pas agir comme lui, dis-je en appuyant une paume sur le lit pour faire semblant d'obéir. Ça gâche un peu la ruse.

Il marqua une pause sur le dernier bouton de sa chemise.

— La ruse ?

— Peu importe comment tu veux appeler ça.

Je fis un geste entre nous en remontant lentement mes pieds sur le lit, faisant toujours comme si j'allais me retourner et me mettre à quatre pattes comme il l'avait demandé.

— Mais tu m'as clairement montré que tu n'étais pas mon Cam. Alors quel était l'intérêt de lui ressembler ?

Je n'avais toujours aucune idée si tout cela était bien réel. J'espérais vraiment que ce n'était qu'un rêve tordu. Mais je me sentais réveillée. Et cela ne ressemblait à rien de ce que j'avais pu imaginer auparavant.

Alors, comment vais-je m'échapper ? me demandai-je. *Il est debout...*

— *Ton* Cam ?

Son autre sourcil se leva pour rejoindre celui qu'il avait gardé haussé depuis plusieurs minutes.

— T'es *mon Erosita. Tu* m'appartiens. Pas l'inverse.

— Je ne suis pas *ton Erosita*, lui dis-je. Je suis l'*Erosita* du vrai Cam.

Ce qui deviendra une déclaration erronée si je laisse ce Faux Cam me toucher.

— Le *vrai* Cam ? demanda-t-il en me jetant un regard incrédule. Ton cerveau ne s'est pas réinitialisé correctement quand tu t'es réveillée de ta sieste ?

— Ma sieste ? Tu veux dire ma *mort* ?

Je plissai les yeux vers lui.

— Et je n'en ai aucune idée. Je n'étais jamais morte avant.

Mais il n'avait pas tort. *Peut-être que la morsure était réelle et que je suis toujours morte ?*

Non, cela n'expliquerait pas cette situation bizarre.

Ni le fait que *Cam* m'avait tuée.

Sauf que rien de tout cela n'avait de sens. Pourquoi prétendre être Cam pour agir d'une manière complètement différente ?

À moins qu'il ne sache pas comment Cam me traite habituellement. Ça signifie qu'il ne connaît pas Cam. Alors qui es-tu ? me demandai-je.

— Tu n'étais jamais morte avant ?

Il jeta un coup d'œil sur moi et grogna.

— Mon *Erosita* est donc une menteuse. C'est bon à savoir.

Il détacha le dernier bouton de sa chemise, me laissant entrevoir le torse musclé en dessous.

— T'as même réussi à avoir les mêmes abdominaux, dis-je en me remémorant chaque ligne en détail alors qu'il dévoilait son abdomen. Mais pas la même personnalité. Alors je te le redemande, c'était quoi l'intérêt ?

— L'intérêt, c'est que je vais te baiser. Et je vais aussi te bâillonner si tu n'arrêtes pas de parler.

Il retira sa chemise, me laissant entrevoir ses épaules et ses bras ciselés, une vue qu'il gâcha en commençant à enrouler le tissu pour en faire une corde de fortune.

— À quatre pattes, putain, *Ismerelda*. Je ne le répéterai pas.

Je déglutis. *Ce n'est pas bon. Pas bon du tout.*

Il se tenait toujours devant la porte, et il y avait peut-être trente centimètres d'espace entre chaque côté du lit et le mur. Je devais donc contourner d'une manière quelconque le mur de muscles et franchir la porte pour déboucher sur ce qui m'attendait au-delà, quoi que ce fut.

Et faire quoi ? Courir ?

C'était un vampire. J'en étais certaine. Ce qui le rendait plus rapide et plus fort.

Même si je parvenais à m'enfuir, il me rattraperait. Et qu'est-ce que je ferais alors ?

Il me baisera et je perdrai Cam pour toujours.

Ma poitrine me fit mal à cette idée.

Ça ne peut pas se terminer comme ça. Ça ne peut pas être la fin. Je...

Faux Cam se jeta en avant et tendit la main vers ma cheville. Mon membre opposé réagit et le talon de mon pied s'écrasa sur son visage avant de me propulser hors du lit, sur le côté.

Je vacillai en atterrissant et mes genoux faillirent céder sous l'effet de l'impact inattendu et de mon état déjà affaibli.

Un grognement vibra dans l'air, faisant se dresser tous les poils le long de mes bras.

Faux Cam ne dit rien ; il se contenta de se déplacer à la vitesse de l'éclair pour me plaquer contre le mur. Aucun entraînement avec des lycans ou des vampires n'aurait pu empêcher ma tête de se fracasser contre la pierre.

Mais mon instinct me poussa à envoyer mon genou vers le point sensible entre ses jambes.

Seulement pour se heurter à une cuisse dure.

Je criai et essayai de le repousser tandis que mon besoin

de m'échapper prenait le dessus sur toute raison que je pourrais comprendre.

On ne finira pas comme ça, me dis-je. *Je refuse ! Je préfère mourir !*

Faux Cam dit quelque chose que je n'entendis pas par-dessus mes cris. Sa fureur me frappa comme un fouet. Mais je m'en moquais. Je ne pouvais pas permettre cela.

Pas mon Cam.

Pas de cette façon.

Pas ce putain de...

De l'air s'échappa de mes poumons lorsque Faux Cam me fit tournoyer dans les airs et me plaqua contre le matelas.

En plein sur le ventre.

Face contre terre.

Les jambes écartées.

Je me figeai, mon énergie semblant m'échapper comme une vague alors que son corps beaucoup plus fort me retenait prisonnière sur le lit.

Je n'avais aucune chance. Je le savais. Mais me battre était ma seule option, et je ne tiendrais qu'une demi-minute tout au plus. Probablement moins.

Parce que c'est un vampire qui veut briser le lien qui m'unit à Cam. Et il voulait que ça fasse mal.

Oh, mon Dieu...

C'est pour ça qu'il ressemble à Cam, réalisai-je lors de ma suivante respiration douloureuse. *Il veut que cette expérience m'horrifie. Qu'elle me laisse une cicatrice. Qu'elle laisse une blessure durable.*

Cam est-il au courant ? Est-il en train de regarder ? S'agit-il de lui faire du mal ? Ou de nous en faire à tous les deux ?

Putain, je ne sais pas.

Ces pensées affluèrent dans mon esprit, arrachant un souffle de douleur de ma gorge alors que des larmes coulaient de mes yeux. Je me sentais si faible et vaincue. Si écrasée. Trop impuissante, putain.

Je ne veux pas que Cam me voie comme ça.

Je suis désolée. Je suis vraiment désolée.

Je n'aurais pas dû faire confiance à Mira. J'aurais dû suivre mon instinct. *Tu ne m'aurais pas laissée dans le noir. Tu m'aurais dit que tout allait bien.*

Sauf que ce n'était pas vrai. Il m'avait exclue toutes ces années auparavant et avait choisi sa propre voie sans me consulter. Il avait essayé de me protéger.

Et pour quoi ?

Pour *ça* ?

Je me mordis la lèvre inférieure pour m'empêcher de crier dans l'oreiller.

Je lui ai pardonné.

J'ai compris ses décisions.

On a tous fait des sacrifices.

Mais que ça se termine comme ça...

Je tremblai tandis qu'un sanglot me traversait et que je luttais contre un rire. Parce que c'était presque poétique que ce soit ainsi que tout se termine, étant donné que cela ressemblait énormément à comment ça avait commencé entre nous.

Sauf que Cam avait massacré les hommes qui m'avaient plaquée au sol ce jour-là.

Et je doutais fort qu'il débarque maintenant.

Pourquoi Mira m'a-t-elle amenée ici ? Pourquoi nous a-t-elle trahis ?

C'étaient des questions dont je ne connaîtrais peut-être jamais les réponses, car l'imposteur dans mon dos était sur le point de détruire tout ce qui me tenait à cœur dans ce monde, *mon lien avec Cam.*

J'agrippai l'oreiller, à peine consciente de la poigne de Faux Cam autour de mes poignets.

Il m'avait coincée.

Je n'avais pas d'échappatoire.

Tout comme cette nuit-là.

Et cette fois, je n'avais pas de vampire héroïque dans l'ombre pour sauter sur mon agresseur.

CAM

QU'EST-CE que c'est que ce bordel ?

Mon *Erosita* était brisée.

D'abord, elle avait débité des conneries sur une ruse et sur le fait que je n'étais pas « son Cam ». Tout cela n'avait aucun sens et m'avait fait marquer une pause juste assez longtemps pour qu'elle s'engage dans cette conversation absurde.

Puis elle s'était débattue avec une passion qui laissait penser qu'elle avait senti que son existence même était en danger. Peut-être parce que je l'avais menacée. Mais quelque chose dans sa réaction m'avait semblé plus désespéré qu'un simple besoin de survivre.

Et maintenant, elle était figée sous moi.

Complètement immobile.

Et silencieuse.

Exactement ce que j'avais désiré lorsque j'étais entré, sauf que je l'avais voulue à quatre pattes.

Mais ça... Ce n'était pas du tout ce que je voulais. Sa lutte pleine de fougue avait rendu ma queue plus dure que je n'aurais jamais pu le prévoir. Juste pour que son calme étrange dégonfle mon intérêt dans la seconde suivante.

Je ne comprenais pas. Je devrais être en train de la baiser en ce moment même. Les vampires étaient stimulés par l'intimidation et la soumission de leurs proies. Pourtant, aucune partie de moi ne semblait désirer cela.

Pourquoi ?

Est-ce simplement comme ça avec elle ? Est-ce un effet secondaire de notre lien ? Si c'est le cas, pourquoi l'ai-je toléré si longtemps ? Est-ce ma faiblesse ? Est-elle ma faiblesse ?

Je fronçai les sourcils. *Non. Si c'était vrai, je l'aurais tuée il y a des siècles.*

Alors pourquoi est-ce que je la garde ?

C'était merveilleusement agréable de l'avoir sous moi. Mais il devait y avoir une autre raison pour que je tolère ce comportement.

À moins que sa façon d'agir en ce moment ne soit pas normale.

« *Je n'étais jamais morte avant.* »

Ses mots résonnèrent dans mon esprit, accentuant mon froncement de sourcils. Je lui avais demandé si son cerveau ne s'était pas réinitialisé correctement lors de sa renaissance. J'avais peut-être raison. J'avais peut-être brisé mon *Erosita*.

Alors je vais devoir la tuer. Pour de bon.

Je fixai l'arrière de sa tête et fronçai les sourcils encore plus. L'idée de la tuer avant de l'avoir goûtée me mettait mal à l'aise. C'était si agréable de l'avoir sous moi. *Si naturel.*

Son petit cul ferme était pressé contre mon aine là où je l'avais coincée sur le lit. Ses minces poignets délicats étaient emprisonnés sous mes paumes alors que je tenais ses bras au-dessus de sa tête. *Elle est si fragile.*

Et pourtant, elle m'avait combattu avec la hargne d'un vampire. Elle n'avait tout simplement pas la force et la vitesse nécessaires pour me vaincre. Mais chacun de ses mouvements avait été fluide et témoignait de son entraînement.

Qui lui a appris à bouger comme ça ? me demandai-je. *Moi ? Son frère ? Un autre homme ?*

Un grognement me tarauda la gorge à cette dernière pensée. *Il y a intérêt à ce que ce ne soit pas un autre homme.* Cette femelle était à *moi*. Mon sang la maintenait en vie. Mon essence coulait dans ses veines. Mon être même était lié au sien.

Je pourrais la tuer presque aussi vite que je l'avais créée.

Mais pour l'instant, je ne voulais pas la tuer. Je voulais... comprendre pourquoi elle agissait ainsi. Pourquoi elle pensait que je n'étais pas réel. Pourquoi elle m'avait combattu. *Pourquoi elle reste immobile sous moi maintenant...*

Elle semblait à peine respirer.

Elle avait toujours le visage enfoncé dans les oreillers et son corps était entièrement immobile.

Une odeur de terreur se dégageait d'elle en une vague envoûtante qui aurait dû me donner envie de la baiser, mais quelque chose dans tout cela ne collait pas. *Quelque chose n'était pas normal.*

Qu'est-ce qui se passe, putain ?

J'avais été déterminé à la détruire lorsque j'étais entré ici et je bandais dur à l'idée de la *baiser*. J'avais été tellement *avide* de cette femme. J'avais été tellement résolu à lui donner une leçon et à l'obliger à se soumettre. Mais j'étais aussi figé qu'elle en ce moment.

Arrête cette idiotie, me dis-je avec un grognement

intérieur. *Utilise-la simplement comme elle est censée être utilisée et finis-en avec ça.*

Mes pouces effleurèrent ses poignets tandis que je luttais contre mes instincts. Ma bête intérieure grognait de défi alors que je me forçais à bouger.

Elle resta absolument immobile pendant que mes mains glissaient le long de ses bras en mémorisant la texture soyeuse de sa peau jusqu'à ses épaules. Je me redressai davantage et m'autorisai une vue complète de son dos nu. C'était tellement plus beau maintenant qu'elle respirait à nouveau.

Elle était plus belle ainsi.

Vivante. Docile. *À moi.*

Un grondement possessif résonna dans ma poitrine, un grondement poussé par le prédateur qui sommeillait en moi. Mais il sonnait faux. Trop profond. Trop territorial. Trop... *en colère.*

Cela fit frémir la femelle en dessous de moi. De la chair de poule se répandit sur sa peau auparavant lisse, et une odeur de terreur m'envahit de nouveau. Sauf que cette fois, elle était mêlée à quelque chose d'autre. Quelque chose d'encore plus puissant. Quelque chose... que je n'aimais pas du tout. Du *désespoir.*

Pas de la stimulation.

Pas de l'excitation.

Mais une véritable angoisse.

Je devrais me délecter de cette odeur et la faire crier pour dévorer sa douleur. Pourtant, rien dans sa détresse ne m'attirait. Cela me *répugnait.*

Ce n'est pas comme ça qu'on joue, réalisai-je en fronçant les sourcils. *Ou est-ce simplement une conséquence de sa renaissance ?*

Ses mots résonnèrent de nouveau dans mon esprit.

« *Je n'étais jamais morte avant.* »

Peut-être avait-elle simplement besoin de plus de temps pour guérir.

Ou peut-être que le temps avait détruit ce qui existait auparavant entre nous.

Je secouai la tête. *Pourquoi est-ce que je gaspille mes pensées avec ça ? Elle n'est rien. Juste un jouet cassé.*

Et elle ne m'est manifestement plus d'aucune utilité puisqu'elle me révolte plus qu'elle ne m'excite à présent.

Je m'éloignai d'elle et du lit avec un autre grognement. *Et merde.* J'avais besoin de me soulager et ce n'était clairement pas elle qui allait me permettre de le faire.

Une vierge de sang, alors, décidai-je en grimaçant un peu au souvenir de ce que cette option avait donné l'autre jour. Tout ce que j'avais voulu, c'était baiser Ismerelda.

Eh bien, je ne voulais plus d'elle maintenant.

Alors j'allais réessayer.

Et si ça ne marchait pas, j'irais courir, tabasser quelqu'un ou faire autre chose que rester assis ici à me préoccuper d'*odeurs troublantes*.

Je me penchai pour attraper ma chemise et me dirigeai vers la porte, déterminé à oublier la femme encore figée sur le lit. Elle pouvait mourir, je n'en avais rien à faire.

Elle n'est rien pour moi, me jurai-je en ignorant le grognement intérieur qui désapprouvait avec véhémence cette affirmation.

Ce besoin de la dévorer provenait de cette partie sombre de mon être, ce qui m'amena à me demander si c'était la véritable raison pour laquelle j'avais choisi de me lier à elle. Peut-être était-elle la seule à pouvoir satisfaire mon prédateur intérieur.

Je ne le saurais pas maintenant, car apparemment la *peur* n'était pas la saveur que je préférais chez elle.

Arrête de réfléchir.

Je passai mes doigts dans mes cheveux et quittai ma

chambre à la hâte, peu habitué à ce sentiment d'instabilité. *Je suis un roi. L'aîné des vampires. Le cerveau de l'alliance. Et je ne peux pas contrôler mes sentiments pour une foutue humaine ?*

Ma mâchoire se crispa de frustration alors que j'enfilais enfin ma chemise. Je ne m'embêtai pas à refermer les boutons. Cela prendrait trop de temps. Tout comme j'avais laissé ma ceinture derrière moi.

Est-ce que j'ai fermé sa porte à clé ? me demandai-je. *Est-ce que ça a une quelconque importance ? Où pourrait-elle aller ?*

Quelqu'un la traînerait jusqu'à ma chambre si elle réussissait à s'échapper.

Ou l'enfermerait dans une cellule jusqu'à mon retour.

Peu importe.

Elle pouvait pourrir là-bas.

C'est une putain d'emmerdeuse.

C'était pour cela que mon espèce avait besoin de poches de sang immortel. Le lien d'*Erosita* était dangereux, comme le prouvait le courant de confusion qui inondait mes veines à présent.

Je ne peux laisser personne me voir dans cet état.

Mais bien sûr, Michael attendait près de l'ascenseur lorsque je m'en approchai.

— Tu pourras me donner des nouvelles à mon retour, lui dis-je en tapant le code pour partir.

— Bien sûr, monseigneur. Où est-ce que tu seras entre-temps ?

Je faillis grogner à cette question indiscrète. J'étais le roi ici, pourquoi devais-je lui rendre des comptes ? Mais un coup d'œil à ses traits inquisiteurs me fit me raviser.

— Je vais jouer avec des vierges de sang.

Ou me battre avec certains de leurs gardes, ajoutai-je mentalement. *S'ils sont capables de faire le poids.*

Les lèvres de Michael tressaillirent en réponse.

— Amuse-toi bien, monseigneur.

Ça n'arrivera pas, pensai-je en entrant dans l'ascenseur. Plutôt que de répondre quoi que ce soit, j'appuyai sur les boutons nécessaires et regardai par-dessus sa tête blonde alors que les portes se refermaient.

Cette femme est un problème, décidai-je. *Une distraction dont je n'ai pas besoin. J'en finirai avec elle une fois que j'aurai maîtrisé ces réactions stupides.*

Ensuite, tout pourrait se dérouler comme prévu.

Et un nouveau règne commencerait officiellement. *Mon règne.*

Izzy

Oh, mon Dieu, ce grognement.

Il tournait en boucle dans ma tête, me faisant me demander si Faux Cam grognait encore ou si tout cela n'était que dans mon esprit. J'étais trop perdue dans les souvenirs de mon passé, d'une nuit où Cam avait fait ce même son avant de me sauver.

Sauf qu'il ne m'avait pas sauvée du tout. Pas au sens héroïque du terme, en tout cas.

Il avait tué ces hommes pour s'être mis en travers de son chemin.

Parce qu'il m'avait voulue à partir du moment où il avait senti mon sang.

Et c'était cette nuit-là, plus de mille ans plus tôt, qu'il avait décidé de me prendre. Pour de bon...

———

Mon père m'avait toujours dit de ne pas marcher seule dans le noir. J'aurais dû l'écouter. Oh, comme j'aurais dû l'écouter.

Le poids qui pesait sur moi menaçait d'étouffer mon dernier souffle. Mais je me débattais quand même. Je griffais. Je criais. Je mordais. Je me moquais bien qu'ils soient quatre contre moi seule. Je me moquais que ma lutte soit futile. Je me moquais que cela ne faisait qu'attiser la colère des hommes.

Je refusais tout simplement que ce soit ma fin.

Ma jupe était retroussée autour de mes cuisses tandis que les deux hommes à mes jambes essayaient de la remonter jusqu'à ma taille. Je tentai de leur donner des coups de pied, mais leurs poignes étaient trop fortes.

Damien ! avais-je envie de crier. Mais je savais qu'il ne m'entendrait pas. Il était loin d'ici, car il avait choisi de s'aventurer dans une autre partie du monde avec ses nouveaux amis.

Des amis qu'il n'avait pas voulus près de moi.

Des amis qu'il avait prétendu être trop dangereux pour que sa délicate sœur jumelle puisse vraiment les rencontrer.

Je savais pourquoi. Je l'avais *su* dès que je les avais vus pour la première fois.

Mais je préférerais passer une nuit avec toutes ses connaissances peu recommandables plutôt que ce qui m'arrivait en ce moment.

Les hommes plaisantaient sur qui me ravagerait en premier tandis qu'un autre m'encourageait à me débattre, ce qui faisait glousser les autres d'amusement.

— Elle est comme un petit oiseau déterminé à s'accrocher à ses ailes innocentes, dit-il d'un air songeur. J'ai hâte de la déplumer.

Je leur crachai dessus.

Et un poing s'abattit sur ma joue, laissant derrière lui une brûlure qui se répandit jusqu'à mon âme.

— Ne la blesse pas tout de suite, lança l'un d'entre eux.

— Elle m'a craché dessus, putain, répliqua son ami, dont le fort accent laissait penser qu'il n'était pas du coin.

Aucun d'entre eux ne semblait l'être, en fait. Mais ils parlaient ma langue juste pour s'assurer que je comprenais leur intention. Ou peut-être pour provoquer ma peur.

Mais tout ce que je voulais, c'était les tuer.

Quand Damien apprendra ça... Je commençai à imaginer ce qu'il ferait à ces hommes, avant d'être brutalement interrompue par le bruit de mon corsage qui se déchirait.

Un autre cri se forma dans ma gorge, avant d'être étouffé par un son bien plus inquiétant. Une sorte de grondement. Un bruit qui me donna la chair de poule et qui poussa deux des hommes à s'immobiliser au-dessus de moi.

L'un avait sa main sur mon sein nu, l'autre avait sa paume autour de ma gorge. Je me sentais exposée et résolument vulnérable. Pourtant, l'air frais sembla ranimer mon esprit alors que les deux hommes reportaient leur attention sur le grognement en fronçant les sourcils.

L'un des hommes près de mes jambes prononça alors des mots étrangers. L'autre répondit dans une langue très différente de la mienne. Puis une troisième voix suivit, profonde et hypnotique, faisant éclore au plus profond de moi une curiosité contre nature.

Je frissonnai. Je voulais connaître le propriétaire de cette voix. Le voir. Ce qui n'était pas du tout logique compte tenu de la situation dans laquelle je me trouvais. Je devrais être en train de crier, d'implorer à l'aide, d'exiger que ces hommes me libèrent, tout sauf m'émerveiller face à la voix séduisante d'un inconnu.

D'autres dialogues étrangers suivirent et les deux

hommes à mes jambes me quittèrent brusquement pour enquêter sur le grognement. Je profitai de leur absence pour tenter de lever les jambes et donner un coup de pied aux deux autres, mais une éclaboussure de liquide me fit me figer sur la terre froide et humide.

Le mâle qui agrippait mon sein commença à s'agiter et sa tête se pencha vers l'avant.

Je grimaçai et mes yeux se fermèrent alors que j'essayais de me préparer mentalement à l'impact. Mais il n'arriva jamais. Je clignai des yeux pour constater qu'il avait disparu et que l'autre mâle à côté de moi se débattait.

Non, il ne se débat pas, réalisai-je. *Il... Il se fait traîner.*

Et les deux autres n'avaient pas quitté mes jambes pour trouver la source du son ; ils avaient été arrachés. Leurs têtes étaient penchées à des angles bizarres et leurs regards étaient vides.

Je tentai de reculer, mais je me heurtai à une paire de jambes dures. Un glapissement se bloqua dans ma gorge lorsqu'une main rugueuse entoura ma bouche, et la force de la poigne masculine fit battre mon cœur à tout rompre.

— Shhh, me dit l'homme avec ses lèvres soudain sur mon oreille alors qu'il s'accroupissait derrière moi. T'es à moi maintenant.

Des bras puissants m'engloutirent dans le souffle suivant, me soulevant dans les airs et me permettant d'apercevoir pour la première fois son beau visage.

Trop beau, murmura immédiatement mon esprit. *Trop parfait.*

Je tendis la main vers sa mâchoire et mes doigts se mirent à bouger comme s'ils étaient tirés par une ficelle.

Ses yeux bleus s'écarquillèrent en réponse et ses narines se dilatèrent tandis que je traçais les bords de ses traits sans défaut. Il me rappelait quelques autres hommes que je connaissais.

Des hommes que j'avais rencontrés par l'intermédiaire de mon frère.

Sauf qu'ils n'étaient pas du tout des hommes. C'étaient des démons buveurs de sang qui traquaient leurs proies dans la nuit. Des proies qu'ils déchiquetaient comme ce mâle venait de le faire.

Mais il n'avait mordu aucun de mes agresseurs.

Ses lèvres étaient donc pures et ne portaient aucune trace de violence. Mais je soupçonnais qu'une paire de crocs était cachée à l'intérieur, des pointes mortelles et acérées.

C'était instinctif de ma part. Je ne savais pas du tout si je l'imaginais ou si j'étais déjà morte. Mais cela n'avait pas d'importance. Fixer ses iris d'une couleur semblable à celle de l'océan me fit oublier les dix dernières minutes de ma vie : la poursuite dans le parc, la capture éventuelle, les mains qui avaient parcouru mon corps, les doigts qui avaient fouillé ma chair délicate.

Je m'abandonnai au mâle qui me tenait.

Il n'était pas du tout préoccupé par le sang des autres qui tachait ma robe et ne se souciait pas de mes seins exposés.

Il y avait quelque chose de si dévastateur chez cet homme. *Un prédateur qui soumet sa proie*, pensai-je en soupirant intérieurement.

La plupart des démons de sang pouvaient hypnotiser. Damien ne me l'avait jamais dit. Je l'avais réalisé après avoir rencontré ses connaissances. En fait, Damien n'avait jamais admis ce qu'il était devenu. Il avait simplement prétendu prendre de brèves vacances avec des amis.

Mais je le savais.

C'était mon frère jumeau.

Il ne pouvait pas me cacher grand-chose.

Comme cet être qui me regardait de haut. Ses

intentions étaient écrites aussi clairement que le jour dans ses beaux yeux. Il voulait me dévorer. Tout comme les autres hommes.

— Tu ne m'as pas sauvée, soufflai-je en admirant ses traits acérés.

Il m'avait fait taire avant de me dire « *T'es à moi maintenant* ». Je n'avais pas vraiment réfléchi à ce que cela avait signifié ; mon esprit était trop perdu dans l'état de rêve dans lequel cet homme m'avait entraînée.

Mais je commençais à comprendre maintenant.

— Tu ne les as pas tués pour me protéger, ajoutai-je, étrangement en phase avec ce mâle que je n'avais jamais rencontré auparavant.

— Je ne suis pas un protecteur, petit cygne. Je suis un monstre, murmura-t-il en m'étudiant tout aussi attentivement que je l'étudiais. Mais je n'allais pas les laisser te ruiner avant d'avoir eu la chance de te goûter.

Je hochai la tête, comprenant et acceptant en quelque sorte cette logique. Ce qui faisait probablement de moi une folle. Je devrais encore être en train de crier, d'exiger que ce démon me libère, d'essayer de m'échapper, n'importe quoi d'autre que de le fixer dans les yeux et d'accepter ce destin cruel.

Mais une partie de moi s'était toujours attendue à cela. Peut-être était-ce parce que mon frère jumeau avait été transformé en une ignoble créature de la nuit. En conséquence, j'avais une sorte d'acceptation étrange lorsqu'il s'agissait de surnaturel.

Damien avait accepté son destin.

Alors pourquoi ne le ferais-je pas ?

— Tu n'as pas peur de moi, s'émerveilla le beau monstre en me regardant curieusement. T'es couverte du sang de quatre hommes désormais morts, des hommes que j'ai tués plus vite que tu ne pouvais cligner des yeux, et ton cœur ne s'emballe même pas.

Un grognement souligna certains de ses mots tandis que le prédateur qui sommeillait en lui m'épiait à travers ses pupilles agrandies. Je traçai la pommette pointue sous l'un de ses yeux, hypnotisée par sa beauté, son charisme et son aura mortelle.

Ses doigts montèrent le long de ma colonne vertébrale jusqu'à l'arrière de ma tête et son regard quitta le mien comme s'il m'inspectait à la recherche d'une blessure. C'était peut-être ce qu'il faisait. Peut-être que j'étais blessée. Peut-être même morte. Je ne pouvais pas expliquer le calme anormal que je ressentais dans ses bras, ni pourquoi sa présence apaisait mon esprit.

Peut-être que le fait de côtoyer Damien et ses amis m'avait anesthésiée face aux menaces des prédateurs. Il n'y avait personne de plus menaçant que Ryder, l'ami de Damien. Je soupçonnais que c'était lui qui avait transformé mon frère en bête buveuse de sang. Il y avait quelque chose d'incroyablement vieux en lui.

Un peu comme cet être devant moi.

Ils possédaient tous les deux des auras anciennes ; leurs longues vies se lisaient dans leurs regards.

— Tu vas me mordre ? demandai-je, prouvant probablement encore plus que j'avais perdu la tête.

Mais j'avais vu Damien le faire une fois à l'une des femmes de notre village et elle n'avait pas donné l'impression que c'était douloureux. En fait, elle avait semblé y prendre beaucoup de plaisir.

Je n'étais pas restée pour observer ce qui s'était passé entre eux, mais la femme semblait en parfaite santé le lendemain.

Ce mâle me mordrait-il ainsi ? Mon regard se posa sur sa bouche. *Ai-je envie qu'il le fasse ?*

— Qui es-tu ? demanda le mâle dans un souffle en fouillant mon regard une fois de plus. Je n'ai perçu ton odeur pour la première fois qu'hier, mais ton parfum délectable n'est clairement pas ton seul attrait. Dis-moi ton nom, petit cygne.

— Ismerelda, répondis-je.

Mon nom sembla glisser de ma langue comme s'il était envoûté par ses propres mots. Je ne serais pas surprise si c'était vrai. J'avais vu Damien contraindre cette femme avant de la mordre. C'était ce qui m'avait poussée à les observer. Mon besoin de comprendre ce qu'il faisait avait été une attraction imposée en moi, et m'avait entraînée dans le couloir pour observer la scène.

Mon père avait toujours dit que ma curiosité me ferait tuer un jour.

Il semblait qu'il n'avait pas tort.

— Ismerelda, répéta le mâle d'un timbre de voix profond qui envoya un délicieux frisson le long de ma colonne vertébrale. Je m'appelle Cam.

— Cam, répétai-je. Tu vas me mordre, Cam ?

Ma voix contenait une note haletante qui aurait dû me gêner, mais je ne parvins pas à rassembler l'intelligence nécessaire pour réagir. J'étais trop concentrée sur ce monstre d'homme et ces lèvres parfaites.

— Oui, promit-il. J'ai envie de te goûter depuis que je t'ai sentie dans le champ hier. Mais je veux savoir comment tu sais ce que je suis.

— Je ne le sais pas vraiment.

L'aveu tomba de ma bouche, de la même façon que mon nom l'avait fait.

— Mais je pense que t'es peut-être comme mon frère.

— Ton frère ?

Son regard balaya mon visage une fois de plus.

— Qui est ton frère, petit cygne ?

— Damien, lui dis-je.

— Hmm, je ne connais pas de Damien. Peut-être que je ne suis pas du tout comme ton frère.

— Non, convins-je. Tu ressembles plutôt à Ryder.

Un éclat de reconnaissance apparut sur ses traits.

— Ryder ?

Il jeta de nouveau un coup d'œil sur moi et son regard s'arrêta brièvement sur ma poitrine exposée avant de revenir sur mon visage.

— Décris-le.

— Intimidant. Redoutable. Cheveux noirs. Yeux également noirs. Peau pâle. Démon buveur de sang...

Je m'interrompis alors que les narines de Cam se dilataient.

En un clin d'œil, ses mains parcouraient mon corps pour remettre en place mon corsage et ma jupe, et j'étais soudain déjà de retour dans ses bras. Ses mouvements furent trop rapides pour que mon esprit puisse ne serait-ce que les conceptualiser avant qu'il n'ait terminé. Je ne savais même pas comment il avait réussi à me maintenir en l'air pendant tout ce temps, mais il y était parvenu d'une manière ou d'une autre.

Parce qu'il n'est pas humain, me rappelai-je. Tout comme Damien et Ryder.

— Tu vas me dire tout ce que tu sais, Ismerelda, m'informa Cam. Et en attendant, je vais reconsidérer ce que j'avais prévu pour toi.

— Alors pas de morsure ? demandai-je, me sentant étrangement déçue.

— Ça dépendra entièrement de toi, petit cygne, répondit-il. Maintenant, commence par le début.

———

Je m'étais sentie obligée de tout lui raconter parce qu'il avait usé de son pouvoir de persuasion sur moi. Mais une partie de moi savait encore aujourd'hui que je lui aurais dit tout ce qu'il aurait voulu savoir ce soir-là, quels que soient ses pouvoirs.

Parce qu'il était Cam.

Mon autre moitié.

Mon âme sœur.

Tu me manques, lui dis-je par la pensée. *J'espère vraiment que tu ne me regardes pas en ce moment, que tu ne me vois pas m'abandonner à cette horrible imitation de toi. Je suis désolée. Je suis désolée de ne pas avoir pu gagner.*

Un sanglot menaça ma poitrine, mais j'étais trop figée pour le laisser échapper. De plus, je ne voulais pas donner à Faux Cam la satisfaction de...

Mes lèvres se retroussèrent. *Attends...* Je clignai des yeux contre le matelas en réalisant que mon dos était insupportablement froid. *C'est déjà fini ? Je ne me suis même pas rendu compte qu'il souillait mon corps ?*

J'étais tellement perdue dans mon souvenir de Cam que je n'avais pas fait attention à ce qui m'entourait. *Où est-il ? Pourquoi est-ce que je ne le sens pas ? Suis-je à ce point engourdie ?*

Mes jambes tressaillirent, à la recherche de la sensation de douleur et d'effroi que je m'attendais à ressentir. Mais mes cuisses se touchaient toujours. *Étrange.* Je ne sentais pas non plus la moindre trace d'humidité.

Pas de sang.

Pas de sperme.

Aucun signe d'excitation ou d'avoir été touchée du tout.

Est-il en train de faire durer le plaisir ? Debout derrière moi à me regarder me tortiller ? À attendre que je me retourne ? Quoi ?

J'attendis, à l'écoute du moindre bruit dans cet espace

trop silencieux. Mais je ne perçus que ma propre respiration.

Il joue avec moi, réalisai-je. *Il tourmente sa proie.*

Je plissai les yeux.

Je ne voulais pas être un jouet. Je ne voulais pas non plus lui donner la satisfaction de ma peur. Ce qui était sans doute un peu trop tard, vu que j'avais arrêté de me débattre, mais son erreur avait été de me laisser quelques minutes pour me ressaisir.

Il voulait jouer au con avec moi ?

Très bien.

Je lui rendrais la pareille.

Peu importe que je perde encore une fois. Au moins, Cam me verrait me battre une fois de plus.

Et si ça le blesse ? me demandai-je, interrompant mon besoin intérieur de riposter. *Est-ce pour ça que Faux Cam prend son temps et attend une réaction ? Pour faire durer le moment et contrarier encore plus mon Cam ?*

Je déglutis.

Ce n'était définitivement pas ce que je voulais.

Qu'est-ce que je fais, alors ? Je reste allongée et j'attends l'inévitable ?

Cela ne ferait que me rendre nerveuse. Et j'aurais l'impression de céder à l'inévitable, ce que j'avais déjà fait en me figeant.

Cam voudrait-il que j'essaie de me battre à nouveau ou que j'abandonne ?

Mes sourcils se froncèrent. *Attends... Ne devrais-je pas plutôt me demander si je veux me battre ou abandonner ?*

Toute mon existence avait été définie par Cam depuis le moment où il m'avait revendiquée pour la première fois. Tout ce que j'avais fait, c'était pour lui, y compris attendre au Clan Majestic qu'il revienne enfin vers moi. J'avais essayé de me protéger pour lui, sachant qu'il avait besoin que je sois en sécurité pour se concentrer sur ce qu'il faisait dans l'ombre.

Mais son plan avait manifestement échoué. Il était resté en captivité pendant plus d'un siècle, ce qui ne lui paraissait probablement pas très long, mais qui avait été un enfer pour moi. Et même si je savais qu'il avait aussi souffert, c'était lui qui avait décidé de faire ça. Pas moi.

Mais c'est à moi de décider maintenant, me dis-je. *Je peux soit me battre, soit accepter mon destin. Quelle option est-ce que je choisis ?*

Prendre des décisions pour moi et non pour Cam avait été l'une des choses avec laquelle j'avais eu le plus de mal au cours des cent dix-huit dernières années. Il m'avait fallu du temps pour comprendre l'importance de vivre pour moi et pas seulement pour lui, et cela m'avait demandé beaucoup de négociations avec moi-même au fil des décennies.

Aujourd'hui encore, j'étais coincée entre ce qui était le mieux pour lui et ce que je devais faire pour moi-même.

Je n'ai pas envie de jouer à ce jeu, pensai-je. *Je veux me défendre.*

Parce que personne n'allait me sauver. Pas dans ce monde sombre. Mon principal sauveur était enfermé quelque part. Et Damien était probablement à l'autre bout du monde.

Mira avait prétendu lui avoir dit où nous allions, mais j'aurais dû le faire moi-même. J'avais su que quelque chose n'allait pas et j'avais ignoré mon instinct.

J'avais fait confiance à la mauvaise personne.

Non pas que quelqu'un puisse m'en vouloir. Mira avait été une amie. La compagne de Luka. Elle avait fait partie de notre révolution. *Alors pourquoi nous a-t-elle trahis ?*

À moins que ce ne soit pas du tout elle.

À moins qu'il s'agisse aussi d'une Fausse Mira.

Je fronçai les sourcils. *D'accord, mais comment est-ce qu'ils font pour fabriquer de fausses versions de lycans et de vampires ?*

Il y a quelque chose qui ne colle pas...

Je relevai la tête, fatiguée de mes pensées et de ce tourbillon de confusion qui embrouillait mon esprit.

— Quoi que ce soit, je ne suis pas intéressée, dis-je en jetant un coup d'œil par-dessus mon épaule en direction de l'endroit où se tenait probablement Faux Cam.

Sauf qu'il n'était pas là.

Il n'y avait qu'une porte ouverte.

Izzy

Je regardai fixement la porte.

— Il y a quelqu'un ? demandai-je avec les sourcils froncés.

Faux Cam m'invitait-il dans l'autre pièce pour quelque chose d'encore plus infâme ? Ou était-il parti chercher quelque chose ?

Je roulai pour me mettre sur le dos et m'assis en rapprochant mes genoux de ma poitrine alors que j'attendais qu'il apparaisse. Lorsque plusieurs minutes de silence furent écoulées, je commençai à regarder autour de moi la petite chambre blanche. Maintenant que les lumières étaient allumées et que je n'étais plus distraite par un sosie de Cam, je pouvais évaluer correctement mon espace.

Des murs épais. Un lit simple avec un drap et un oreiller. J'étudiai attentivement les coins, puis le haut plafond et la longue bande lumineuse juste au-dessus de moi. *Aucune trace de caméra nulle part.*

Cela ne signifiait pas pour autant qu'il n'y avait pas de dispositifs d'écoute ou d'enregistrement. Ils étaient parfois difficiles à voir.

Damien me l'avait appris.

Mon frère jumeau avait passé les deux cents dernières années à maîtriser la technologie, et il avait partagé beaucoup de ses connaissances avec moi. Mais peu de gens le savaient. On me considérait souvent comme l'*Erosita* de Cam et rien de plus. Cela s'accompagnait d'un certain respect que j'appréciais, mais cela rendait mon identité plutôt unilatérale.

J'inspectai de nouveau, puis sortis lentement du lit pour jeter un coup d'œil en dessous. Je n'aurais pas été surprise de trouver Faux Cam là, prêt à bondir.

Mais non.

Juste un sol en pierre, comme le reste de la pièce.

Hmm. Je m'avançai sur la pointe des pieds pour examiner la porte. Il n'y avait pas de poignée de mon côté, mais étant donné qu'elle avait été laissée ouverte, je pouvais facilement franchir le seuil. Ce fut là que je trouvai l'interrupteur qui contrôlait la lumière de ma chambre, ainsi que les serrures à l'extérieur pour que je ne puisse pas m'échapper de la pièce.

Alors pourquoi a-t-il laissé la porte ouverte ? me demandai-je. *Un test ? Un jeu ?*

J'avais dit que je ne voulais pas jouer. Mais peut-être que si. Le fait d'être dehors pourrait m'offrir d'autres formes d'évasion, ou même une arme à utiliser contre lui. Et vu que les êtres immortels persistaient toujours à me sous-estimer, je pourrais utiliser ce sentiment de supériorité à mon avantage.

L'armoire était remplie de vêtements sombres,

principalement des chemises et des pantalons. *Définitivement le style de Cam*, notai-je en tâtant quelques-uns des tissus fins.

Je retirai l'un d'eux d'un cintre pour jeter un coup d'œil à l'étiquette. C'était une marque italienne bien connue d'avant la révolution.

Cam avait pour habitude de porter ça, pensai-je en enfilant la chemise par-dessus ma tête. Elle était déboutonnée au niveau du col, ce qui me permit de la descendre facilement sur mon corps. Cam adorait que je porte ses vêtements, surtout parce que ses chemises m'allaient comme une robe. Et les boutons permettaient de l'enlever facilement.

Je retroussai les manches deux fois jusqu'à ce qu'elles m'arrivent aux poignets, puis j'explorai le reste de l'armoire.

— Bon, tu n'as peut-être pas bien cerné sa personnalité, mais tu sais certainement comment il aimait s'habiller, dis-je à Faux Cam, où qu'il fut.

Je passai quelques minutes de plus à explorer l'armoire avant de passer à la salle de bain. Le marbre foncé s'harmonisait bien avec le sol en pierre, le même sol qui traversait l'armoire et allait jusqu'à la pièce dans laquelle je m'étais réveillée.

Une douche à l'italienne était entourée de verre. Pas de baignoire. Deux lavabos. C'était une salle de bain assez standard, mais elle possédait un attrait nettement masculin. Peut-être à cause des tons sombres et du manque de lumière naturelle.

Mes pieds nus rencontrèrent une moquette moelleuse alors que je sortais de la salle de bain pour entrer dans une chambre à coucher. Je m'attendais à moitié à trouver Faux Cam sur le lit, mais il n'y était pas. Il n'y avait qu'un tourbillon sombre de draps et d'oreillers, et quelque chose de métallique qui scintillait sous le faible éclairage.

Un ordinateur portable, réalisai-je en m'avançant.

Je le fixai pendant une seconde, puis j'inspectai le reste de la pièce à la recherche de Faux Cam.

Il n'était pas près des commodes en bois sombre, et elles étaient trop près du mur pour qu'il puisse se cacher derrière. Je me baissai pour vérifier sous le lit. *Rien à signaler.*

Je fronçai les sourcils et me dirigeai vers le salon adjacent à la chambre. Il y avait un long canapé et une seule chaise avec une kitchenette derrière.

Pas de Faux Cam nulle part.

J'ouvris le réfrigérateur. *Vide. Génial.*

Les placards contenaient une myriade de bouteilles de vin rouge dans une section, puis des assiettes, des bols et des verres. Un autre contenait quelques casseroles et un tiroir d'ustensiles.

Mais rien de comestible en dehors de l'alcool.

Typique d'un vampire, pensai-je en revenant sur mes pas dans le salon. *Où est-ce que t'es allé alors ?* Parce qu'il n'était nulle part ici, et je me doutais que la porte en face de moi menait à la sortie. *Tu m'attends derrière ? T'espères m'attraper et me punir ?*

Je fronçai les sourcils.

— À quoi ça servirait ? demandai-je à haute voix. Tu m'as déjà plaquée sur le lit. Alors pourquoi s'embêter avec ce jeu ?

Je supposai qu'il serait capable de m'entendre avec ses sens vampiriques.

— Je ne vais pas sortir de là, lui dis-je. Je vais m'amuser avec ton ordinateur portable à la place.

Je m'attendais à moitié à ce qu'il entre et dise quelque chose comme « Il est protégé par un mot de passe ». Mais il ne se passa rien.

Je haussai les épaules et décidai de mettre ma menace à exécution. S'il était connecté à un quelconque réseau de communication, je pourrais joindre Damien.

Je m'installai sur le lit et plaçai l'ordinateur sur mes genoux, puis ouvris l'écran. Il s'alluma sans un bruit.

La protection par mot de passe était couplée à la lecture d'une empreinte digitale. C'était une mesure de sécurité solide, mais Damien m'avait appris toutes les astuces pour contourner cela. Je soulevai l'appareil pour vérifier quelques informations au dos, puis maintins la touche de démarrage enfoncée en même temps qu'une autre touche.

Mon attention se porta sur la porte lorsque l'ordinateur fit un bruit en redémarrant.

Toujours pas de Faux Cam. Bien. Au moins, j'avais quelque chose à faire de mon temps maintenant. C'était mieux que de rester allongée sur un matelas à attendre mon destin.

Continue à sous-estimer ce que je peux faire, Faux Cam, pensai-je alors que quelques autres bruits suivaient.

« Presque tous les ordinateurs peuvent être contrôlés en mode administrateur, ce qui permet d'outrepasser l'identification initiale. C'est pour aider à protéger l'appareil contre ceux qui n'y connaissent rien en technologie », m'avait dit un jour Damien. « Comme Ryder. »

L'homme en question lui avait fait un doigt d'honneur en guise de réponse.

— Tu veux jouer avec mes jouets préférés, Damien ? lui avait répondu Ryder d'une voix traînante.

— Toujours, avait répondu mon frère avec un sourire narquois tandis que ses yeux brillaient derrière l'écran devant lui.

Je pouvais l'entendre au fond de ma tête me donner des conseils sur les étapes suivantes alors qu'un écran bleu apparaissait pour demander un mot de passe administrateur. Il m'avait inculqué tout le processus après des semaines de coaching tandis que Ryder l'observait avec un intérêt paresseux.

— Elle a des compétences plus importantes à maîtriser maintenant, avait dit Ryder. Comme savoir tirer avec une arme à feu.

— Je sais comment tirer avec une arme à feu, lui avais-je dit.

— On verra ça, avait-il répondu.

Ce qui, bien sûr, avait conduit le soir même à une leçon au cours de laquelle je lui avais prouvé que je savais manier une arme à feu. Ma visée et ma précision n'égalaient pas les siennes, mais très peu de gens étaient aussi habiles avec une arme que Ryder.

Il avait malgré tout été suffisamment impressionné pour permettre à Damien de poursuivre sa « formation nouvelle ère », une expression que Ryder avait inventée en référence à l'évolution des mœurs.

Tous deux avaient fait de leur mieux pour me distraire dans les mois qui avaient suivi la disparition de Cam et ma fameuse « mort ».

Hélas, ils avaient fini par devoir se retirer dans leurs propres quartiers, loin de moi, pour protéger mon emplacement au sein du Clan Majestic.

J'avais utilisé une grande partie de ce que Damien m'avait appris pour maintenir un contact minimal avec mon frère jumeau par le biais de canaux secrets, mais seulement avec parcimonie. C'était trop risqué de parler souvent.

Il avait tout de même réussi à me tenir au courant des changements survenus au cours de la nouvelle ère technologique. J'étais loin d'avoir les mêmes connaissances que lui, mais j'en savais assez pour m'y retrouver, comme le montrait l'écran qui démarrait devant moi en mode administrateur.

Je jetai un nouveau coup d'œil à la porte en me demandant pourquoi Faux Cam n'avait pas encore essayé d'entrer et de m'arrêter. *Peut-être que son ouïe n'est pas aussi bonne que celle des autres vampires*, pensai-je en haussant les épaules.

Ou bien, comme tous les autres, il ne réalisait pas ce que j'étais capable de faire.

Eh bien, t'es sur le point de... Je laissai ma phrase en suspens. Mes sourcils se froncèrent tandis que j'essayais d'accéder au réseau. *Qu'est-ce que... ?*

Je me penchai en avant pour mieux lire les détails de l'erreur.

Il était grosso modo écrit « *Pas de connexion* ».

Est-ce que quelqu'un a laissé ça ici pour me piéger ? me demandai-je en ouvrant le panneau de configuration pour me plonger dans les détails du serveur de l'ordinateur. Je parcourus tout le jargon du système d'exploitation en fronçant les sourcils.

Une sorte de simulation avait été mise en place sur cet ordinateur portable, et elle semblait être contrôlée par une autre console.

Je suivis le chemin et tapai des codes sur l'interface de commande pour creuser plus profondément dans l'ordinateur central, à la recherche de la source.

Je tombai sur ce qui semblait être des données. *Non, un serveur*, me corrigeai-je. *Un réseau de serveurs. Sauf que tout est interne et...*

— Oh...

Je haletai alors qu'une kyrielle de fenêtres apparaissait. Il semblait s'agir d'une série d'images en direct.

Et l'une d'entre elles me montrait.

Sur le lit.

Dans la chemise du sosie de Cam.

Avec l'ordinateur portable sur mes genoux.

Merde.

Je levai les yeux pour trouver la caméra et remarquai que la texture du plafond était étrange. Elle était inégale partout dans la pièce, suggérant que nous étions sous terre.

C'était intéressant que le plafond ne soit pas lisse comme dans le placard dans lequel je m'étais réveillée. Mais apparemment, tout cela était intentionnel. Je ne savais pas trop dans quel but.

— Donc tu m'as vraiment mise dans une prison glorifiée et t'as juste utilisé le lit initial comme zone de transit. C'est très inventif ! dis-je à la caméra.

Aucun son ne sortit de l'ordinateur.

J'augmentai le volume et répétai ma déclaration.

Rien.

—Je vois. Tu ne fais que regarder, tu n'écoutes pas.

Mais pourquoi ? Et où est passé Faux Cam ?

Je commençai à cliquer sur les différentes vidéos de surveillance, décidant d'en apprendre plus sur ma petite prison fantaisiste.

Des couloirs poussiéreux.

D'autres couloirs bordés d'un revêtement rocheux.

Quelques laboratoires vides quelconques.

Des cellules de détention avec des meubles tout blancs.

Et...

Et le Couvent, pensai-je tandis que de la bile se formait dans ma gorge lorsqu'une pièce remplie d'humains agenouillés apparut.

C'est une salle de classe, discernai-je rapidement. *Oh, mon Dieu*. Les outils phalliques dans leurs bouches indiquaient clairement ce qu'ils étaient en train d'apprendre, tout comme les vampires qui les observaient sans aucune gêne.

— Putain, soufflai-je en passant à une autre image qui montrait un couloir vide. *Putain...*

Je n'avais pas besoin de voir ça. Je n'avais pas non plus envie d'en voir plus. Pas tout de suite.

— Mais au moins, tu n'as pas menti sur l'endroit où on allait, marmonnai-je de colère en m'adressant à Mira.

Elle avait dit que Cam avait été trouvé dans les catacombes sous le Vatican. C'était un ancien site utilisé par les Créatures Bénies pour se reposer tandis que les étages supérieurs étaient utilisés pour... *la formation.*

Je frémis.

Alors, à quelle profondeur est-ce que je suis sous terre ? me demandai-je en regardant le couloir vide. Il n'y avait qu'une seule façon de le savoir, mais je n'étais pas encore prête à regarder le reste de ces vidéos en direct.

Je déglutis et saisis une autre commande pour chercher plus de détails dans l'ordinateur central et trouver un moyen d'outrepasser le barrage « *Pas de connexion* ».

Peut-être une porte dérobée vers le système de contrôle principal...

Je tapai quelques autres chaînes de codes que Damien m'avait apprises, ce qui fit clignoter quelques rapports d'activité sur l'écran.

Exécute, pensai-je en ajoutant le code approprié pour forcer l'information à apparaître.

— Rapport d'activité année deux, jour trente, dit une voix familière, ce qui me fit froncer les sourcils.

Lilith.

Je baissai le volume de l'ordinateur tandis que le message se poursuivait.

— Bonjour, monseigneur, salua-t-elle. Malheureusement, je n'ai pas de nouvelles positives à t'annoncer aujourd'hui.

— Monseigneur ? répétai-je tandis que mon froncement de sourcils s'accentuait.

— Le défi des immortels ne s'est pas déroulé comme prévu, poursuivit Lilith. On voulait que les humains se battent pour l'immortalité et que leurs efforts soient récompensés, mais ils se liguent toujours contre nos protocoles.

— Sans déconner, marmonnai-je en me remémorant l'incident.

— L'Alliance de Sang se réunira plus tard dans la journée pour discuter du sort des jeux. Je soupçonne qu'on votera pour tuer tous les participants mortels, conclut-elle.

— Ce que vous avez fait, dis-je en regardant furieusement l'ordinateur.

— Appuyez sur la flèche verte pour passer au rapport d'activité suivant, déclara une voix robotique.

— Il n'y a pas de flèche verte, répondis-je en fixant les codes sur l'écran. Hmm.

Je tapai quelques commandes pour essayer d'ouvrir le rapport d'activité suivant, mais rien ne fonctionna. Au lieu de cela, je me retrouvai dans un autre ordinateur central jonché de milliers de noms de fichiers.

Non. Pas des noms. Des *dates*.

— Les rapports d'activité, murmurai-je en fronçant les sourcils. C'est quoi au juste ?

J'en ouvris un autre daté de l'an vingt-deux et écoutai Lilith expliquer le fondement du premier Tournoi des Immortels.

— Il nous a semblé historique d'avoir enfin réussi à créer des candidats dignes de ce nom, donc on a récompensé six mortels cette année. Mais on a l'intention d'aller de l'avant avec ton idée de deux gagnants à l'avenir. Un lycan et un vampire.

— L'idée de qui ? me demandai-je à voix haute. Du monseigneur ? C'est qui ce monseigneur ?

J'ouvris quelques rapports d'activité supplémentaires, tous destinés à la même entité inconnue.

— Qui est ce monseigneur ? demandai-je à nouveau en

essaying de comprendre qui était le destinataire de ces rapports.

Ce n'est qu'à ce moment-là que je réalisai que c'était *moi* la destinataire.

Enfin, pas *moi*, mais cet appareil.

Ils étaient tous destinés à l'utilisateur principal de cet ordinateur portable : *Faux Cam*.

Je clignai des yeux.

— Quoi ? Pourquoi ?

Faux Cam est ce monseigneur ?

Attends...

Et si... ?

Je clignai à nouveau des yeux. *Non. Non, ce n'est pas...*

J'appuyai sur plusieurs autres touches frénétiquement, à la recherche de réponses. J'avais besoin de comprendre, de savoir si c'était possible... si peut-être... si Faux Cam pouvait être...

Mon Cam.

Je saisis une autre commande, celle-ci relative à l'historique de l'ordinateur et à toutes les créations de profils sur l'appareil.

Un seul résultat apparut.

Cam.

Et le profil avait été activé moins de deux semaines plus tôt.

Ce qui devait correspondre à peu près au moment où Ryder avait assassiné Lilith.

Cette salope aurait pu initier une sorte de protocole qui aurait conduit à cela, à la création d'un ordinateur portable pour Cam rempli de rapports d'activité adressés à ce *monseigneur*.

Mais pourquoi Cam aurait-il soutenu cette absurdité ? Il était plus malin que ça. Il s'était lancé dans toute cette histoire avec l'intention d'arrêter Lilith.

Mais elle avait gagné. Elle l'avait maîtrisé.

*En puisant dans le lien d'*Erosita *et en détruisant son esprit,* pensai-je en écarquillant les yeux. Elle avait tenté de faire quelque chose de similaire avec Ryder, mais sa compagne l'avait sauvé en tirant sur Lilith.

Ryder avait ensuite frappé la tête de Lilith avec une hache.

Mais d'après ce que Luka m'avait raconté, la douleur que Lilith avait infligée en peu de temps avait été immense. Cette dernière avait contraint Ryder à ne pouvoir entendre que sa voix. Et Luka m'avait confirmé qu'elle avait utilisé le même appareil sur Cam.

Pendant cent dix-huit ans.

Peut-être que nos murs mentaux étaient endommagés de façon permanente à cause des mauvais traitements qu'elle lui avait fait subir. Peut-être qu'elle avait réussi à détruire entièrement cette partie de lui. Peut-être que ses supplices avaient entraîné des pertes de mémoire.

Et peut-être...

Peut-être que Cam s'est réveillé et a entendu tous ces rapports adressés à ce monseigneur et qu'il pense être le cerveau de toute cette folie.

Je sursautai à cette idée. Lilith aurait-elle vraiment pu réussir cela ? Faire de Cam sa marionnette, même après être morte ?

Si Mira travaillait pour Lilith pendant tout ce temps, mon emplacement était connu depuis le début.

Alors pourquoi est-ce que je suis encore en vie ? me demandai-je. Pourquoi ne pas simplement me tuer ?

Quel est le plan ?

Est-ce que j'ai raison ?

Un vrai Cam ayant subi un lavage de cerveau était certainement plus logique qu'un sosie de Cam. Tout comme le fait que Mira nous ait tous trahis était beaucoup plus logique qu'un sosie de Mira. D'après ce que je savais, ce genre de technologie n'existait pas.

Mais une arme capable de détruire l'esprit de Cam existait bel et bien.

Cependant, je ne comprenais pas pourquoi j'avais été amenée ici. Si quelqu'un pouvait remettre Cam dans le droit chemin, c'était bien moi. Alors pourquoi risquer que nous nous retrouvions ?

À moins que le responsable ne fût absolument certain qu'il n'y avait aucun moyen que j'y parvienne.

Parce que peut-être que le changement dans son esprit était permanent.

Ou peut-être que je suis complètement à côté de la plaque.

Je fixai de nouveau l'ordinateur portable. *A-t-il été laissé ici pour que je le trouve ? Pour m'embrouiller ? Pour me donner de faux espoirs ? Ou est-ce qu'il appartient vraiment à Cam ?* Mon Cam ?

Tout cela pourrait être une ruse. J'avais été amenée ici pour une raison.

Et maintenant, on m'avait laissée seule.

Pourquoi ?

Où est Cam ?

Est-ce vraiment mon Cam ?

Il m'avait tuée.

Puis il m'avait presque violée.

Ce n'était pas le Cam que je connaissais. Mais il me rappelait le Cam que j'avais rencontré pour la première fois, le prédateur qui m'avait suivie comme une proie.

Je l'avais uniquement dissuadé cette nuit-là parce que je n'avais pas eu peur de lui.

Sinon, il se serait probablement servi de moi et m'aurait tuée.

Tout comme il l'a fait après que je suis descendue de l'avion.

Cela confirmait-il qu'il n'avait aucun souvenir de moi ?

De *nous* ? Et qu'au lieu de cela, il avait écouté ces rapports de Lilith, avait pris connaissance de sa façon de penser et avait supposé qu'il suivait le même modèle ?

Cela expliquerait son comportement envers moi.

Mais je devais le confirmer d'une manière ou d'une autre, pour déterminer si c'était vraiment ce qui s'était passé.

Et pour cela, je devais interroger Cam. Pas ouvertement ou de façon directe, juste subtilement pour que je puisse mieux évaluer la situation.

Ensuite, je devrais déterminer comment procéder.

Parce que je devais agir avec prudence si j'avais affaire à une version de Cam qui ne me connaissait pas et qui avait subi un lavage de cerveau de la part de Lilith.

Gagner la confiance de Cam serait la clé de tout. Mais pour cela, j'allais devoir le convaincre que je comptais pour lui.

Ce qui risquait d'être assez difficile si Lilith avait reprogrammé son esprit pour qu'il ne me voie que comme une poupée de baise.

Salope, pensai-je tandis que mes doigts tapaient les commandes pour faire apparaître les vidéos de surveillance une fois de plus. De toute évidence, je devais trouver Cam pour évaluer...

Un bip retentit, me faisant froncer les sourcils.

Qu'est-ce que... ?

Je cherchai la source sur l'écran et réalisai dans la seconde qui suivit qu'elle ne provenait pas de l'ordinateur.

Mais de la porte.

Au moins, je sais où il est maintenant, pensai-je en croisant le regard de Cam dans l'entrée. *Et il a l'air furieux. Merde.*

CAM

Les battements de cœur de plus en plus rapides d'Ismerelda furent comme un chant pour mon prédateur intérieur, me faisant faire un pas vers elle involontairement.

Mais le claquement de la porte derrière moi me fit sortir de ma chasse instinctive.

Tout comme le fait qu'elle ait appuyé sur un bouton de mon ordinateur portable avant de le fermer.

Je le regardai fixement, puis jetai un coup d'œil à la chemise familière qui pendait à ses épaules.

— Je vois que t'as fait comme chez toi.

Mon ton sembla calme à mes oreilles, pourtant elle dut voir à travers ma façade parce que son pouls s'accéléra encore plus.

Ses yeux vert clair suivirent mon regard jusqu'à la chemise avant de se reposer sur moi avec un petit froncement de sourcils qui ternit son front par ailleurs parfait.

— T'aimes bien me voir porter tes vêtements d'habitude. Cette préférence a changé ?

Sa voix n'avait plus le mordant de tout à l'heure. De même, son odeur semblait être passée de cette note piquante de désespoir à quelque chose d'autre.

Quelque chose de craintif, mais teinté d'un soupçon d'intérêt.

J'inspirai profondément, testant ma bête intérieure, curieux de savoir ce qu'elle me ferait ressentir. Mon expiration sortit lentement et la tension de mes épaules sembla s'atténuer avec le mouvement.

Hmm.

Je me concentrai à nouveau sur la tenue qu'elle avait choisie et remarquai qu'elle avait laissé les deux boutons du haut défaits, exposant un aperçu alléchant de sa peau crémeuse en dessous. Elle avait également retroussé les manches jusqu'à ses poignets délicats, et la chemise ne couvrait qu'une petite partie de ses cuisses. Peut-être était-elle plus longue lorsqu'elle était debout, mais qu'elle était remontée à cause de sa position assise sur mon lit.

— Non, dis-je lentement en évaluant à la fois sa tenue et ses paroles. Cette préférence n'a pas changé.

Parce que j'appréciais beaucoup le spectacle qui s'offrait à moi en ce moment. Si j'avais spécifiquement demandé cela, alors je pouvais lui pardonner de s'être habillée sans permission.

Cependant, l'ordinateur portable était une tout autre affaire. Tout comme sa position confortable au centre de mon lit.

Est-ce que j'avais l'habitude d'autoriser ça aussi ? me demandai-je en l'étudiant attentivement. Pourquoi lui laisserais-je une telle liberté ?

Il y avait tant de choses dont je ne me souvenais pas.

Mais cette femme me connaissait depuis plus de mille ans. Que pourrait-elle me dire d'autre ?

Hmm. Mais est-ce que je peux lui faire confiance pour me dire la vérité ?

Mira m'avait déjà prévenu qu'Ismerelda venait d'une époque où les humains avaient plus de droits. Cependant, Ismerelda avait toujours été à moi. N'aurais-je pas été le régulateur de ces droits ? Ne l'aurais-je pas préparée à devenir ma version d'une parfaite petite esclave de sang ?

Elle n'avait pas essayé de s'enfuir pendant mon absence. Elle s'était simplement habillée de la façon que je préférais apparemment et avait pris possession de mon lit, un emplacement que j'imaginais qu'elle avait bien connu au cours des siècles. Elle semblait également être dans un état d'esprit plus approprié à présent.

Peut-être était-elle encore en train de se réveiller de sa mort lorsque je l'avais approchée pour la première fois, ce qui avait été la cause de son comportement bizarre.

Elle faisait maintenant comme si rien ne s'était passé. Elle me regardait fixement, attendant de nouvelles instructions.

Avec mon ordinateur sur ses genoux, pensai-je en lorgnant à nouveau l'appareil.

— T'as l'habitude de toucher à mes affaires sans permission ? demandai-je.

Elle me regarda fixement pendant un moment. Dans ses yeux verts brillaient des pensées indéchiffrables.

Ce n'était pas tout à fait vrai.

Je pouvais lire dans ses pensées si je le désirais, mais il y avait entre nous un fort blocage mental que j'avais clairement érigé pour une raison. Je n'allais donc pas prendre le risque de le faire tomber juste pour écouter les mots qui sortaient de sa jolie tête.

— Tu n'exiges généralement pas que je te demande ta

permission pour quoi que ce soit, dit-elle lentement en retroussant ses lèvres vers le bas. Il est protégé par un mot de passe.

Elle me montra l'écran de connexion.

— Et tu sais que je n'ai jamais été très douée avec les ordinateurs de toute façon.

Elle me fixa pendant une longue seconde, semblant attendre ma réponse. Ou peut-être s'attendait-elle à une réprimande. Je n'avais vraiment aucune idée de notre dynamique, seulement mes réactions inhérentes à ses mots.

J'avais d'abord été furieux de la trouver assise dans mon lit, surtout après les dernières heures d'irritation que je venais d'endurer à cause de ma réaction bizarre à son comportement. Mais mon humeur avait changé presque immédiatement après sa question sur mes préférences.

À présent, je me sentais presque détendu en sa présence. Content, même.

Ce qui n'avait aucun sens, étant donné la liberté avec laquelle elle s'était installée dans mon espace. Mais peut-être était-ce typique pour nous ?

Et si c'était le cas, alors je pourrais peut-être enfin satisfaire l'immense faim qui sommeillait en moi.

À moins que tout cela ne soit qu'une ruse, pensai-je.

Ne m'avait-elle pas accusé de ne pas être son Cam ? Ou bien tout cela était-il lié à sa mort ?

Elle avait dit qu'elle n'était jamais morte auparavant. Si c'était vrai, son état mental brisé serait logique.

— Je suis désolée, monseigneur, dit-elle lorsque je ne dis rien.

Une autre pause suivit.

— Je... J'essayais de passer le temps jusqu'à ce que tu reviennes.

Elle referma doucement l'ordinateur portable avec une expression pensive.

— J'aurais bien cuisiné pour nous, comme je le faisais par le passé, mais il n'y avait rien à manger dans le coin cuisine.

Cuisiné pour nous ? me répétai-je. *Pourquoi est-ce qu'elle cuisinerait pour nous ? Je vis de sang. Plus précisément, de son sang.*

Mais je me demandai à présent ce que je mangeais généralement avec elle. Ou quels repas elle avait pour habitude de préparer.

Je pourrais peut-être utiliser cela à mon avantage, car cela pourrait m'aider à déterminer s'il s'agissait d'un mensonge élaboré ou non.

J'avais voulu comprendre pourquoi je l'avais choisie. Cela m'éclairerait peut-être aussi sur ce point.

— On n'a pas de provisions de nourriture, lui dis-je en réfléchissant rapidement à un plan. Mais je peux commander quelque chose à livrer.

Michael m'avait fourni une liste d'options peu après que je me fus réveillé et que j'eus retrouvé mes sens. Je n'y avais pas prêté beaucoup attention, car je n'avais eu envie que de sang. Plus précisément, du sang d'Ismerelda. C'était en partie pour cette raison qu'elle avait été amenée ici, pour assouvir ma faim.

Évidemment, cela ne s'était pas passé comme prévu. La boire jusqu'à l'assécher n'avait fait que m'apaiser. Maintenant, j'avais envie de *plus*, de quelque chose de plus sombre.

Mais d'abord, nous allions jouer à ce jeu. Tester ses connaissances. Voir à quel point elle me connaissait vraiment.

— Dis-moi quel plat je voudrais et je le commanderai.

Elle m'étudia et ses lèvres se baissèrent de nouveau tandis qu'elle fronçait les sourcils.

— Tu veux que je devine de quel plat t'as envie ?

Je glissai mes mains dans mes poches et arquai un sourcil vers elle.

— Ce n'est pas ce que t'aurais fait s'il y avait eu de la nourriture disponible dans la cuisine ?

Elle secoua la tête ; sa confusion était palpable.

— Euh, non. Tu... T'y aurais laissé la nourriture que tu voulais pour moi. Tu sais, comme tu le faisais avant...

Elle s'interrompit et soutint mon regard avec ses yeux verts.

— Je ne *devine* pas normalement.

Son pouls battait de façon irrégulière, s'ajoutant au léger tremblement de sa voix. Quelque chose clochait. *Est-ce qu'elle ment ? Est-ce que c'est de la nervosité ? Est-ce que c'est autre chose ?*

— Hum...

Elle se racla la gorge.

— On est à Rome, non ? Enfin, au Vatican, mais à Rome ?

Je la regardai fixement. Elle connaissait déjà la réponse, mais je répondis par l'affirmative avec un léger hochement de tête, curieux de savoir où elle voulait en venir.

— OK, alors...

Elle déglutit, apparemment incertaine. Mais elle sembla prendre une sorte de décision.

— Ton plat italien préféré est la *parmigiana di melanzane*, ajouta-t-elle finalement.

Son accent italien sur ces trois mots était impeccable, ce qui me fit me demander si elle parlait la langue. Mais j'étais trop distrait par ce que cela signifiait pour commenter ses éventuelles connaissances linguistiques.

— Aubergines au parmesan ? Mon plat italien préféré est végétarien ?

Hautement improbable.

Mais une audace soudaine envahit son expression alors qu'elle hochait la tête.

— Oui. Mais pas comme le font les Américains avec toute la panure. T'aimes les aubergines au four, recouvertes de sauce tomate aux œufs et de parmigiano reggiano.

Elle fronça alors les sourcils et me lança un regard suspicieux.

— Mais tu le sais. N'est-ce pas ?

Je n'étais pas sûr de la signification de cette question, alors je l'ignorai. J'étais trop absorbé par le plat qu'elle venait de me proposer.

— Qu'est-ce que je mangerais d'autre ?

Elle resta silencieuse un moment en m'observant, puis énuméra trois de mes hors-d'œuvre soi-disant préférés, tous végétariens. Elle enchaîna ensuite avec une marque de vin rouge qu'elle prétendait être mon préféré en Italie.

— T'aimes les vins français qui sont dans le placard, mais quand t'es en Italie, tu bois du vin italien. Et t'as l'habitude de le sucrer. Avec mon sang.

Alors *ça*, ça ressemblait à quelque chose qui me plairait beaucoup. Cependant, le concept général était trop facile à deviner.

Heureusement pour elle, elle avait ajouté la marque que j'étais censé préférer.

Et plusieurs plats de nourriture à me faire goûter.

— Et pour le dessert ? insistai-je, plus qu'intrigué par ce jeu.

— D'habitude ? demanda-t-elle en haussant les sourcils. Moi.

Mes lèvres tressaillirent.

— C'est trop évident.

— Évident ou pas, c'est la vérité. Mais si tu veux que je te donne le nom d'un aliment, alors t'aimes les gelati. Cioccolato fondente, plus précisément.

Chocolat noir, traduisis-je pour moi-même.

— Hmm, fredonnai-je en réfléchissant à ses réponses. Et toi, Ismerelda ? Qu'est-ce que je t'autorise à manger ?

— Qu'est-ce que tu m'*autorises* à manger ? répéta-t-elle, semblant surprise par ma formulation. Ce que je veux, en général.

— Vraiment ?

Cela ne me sembla pas correct. Les humains pouvaient altérer leur poids et leur taille en mangeant de façon exorbitante. Et ce n'était pas pour rien qu'il y avait des règles strictes à ce sujet dans le nouveau monde. Cependant, sa silhouette me plaisait certainement, alors je décidai de lui faire plaisir.

— Très bien. Dans ce cas, qu'est-ce que tu veux ?

— Tout de suite ? demanda-t-elle, la question semblant être rhétorique. Une pizza margherita et quelques-unes des entrées que je viens de lister pour toi.

Ses yeux se posèrent sur moi.

— Et toi pour le dessert.

Une réponse faussement timide.

Mais c'était un coup bien joué dans ce jeu.

— D'accord, murmurai-je. Je veux bien accepter cette absurdité, Ismerelda. Mais si je décide que t'as tort sur l'un de mes goûts, je ferai bien plus que *te manger* pour le dessert.

Elle frissonna.

—Je comprends, monseigneur.

Le terme sur ses lèvres sonna bizarrement à mes oreilles. Je n'arrivai pas à savoir exactement pourquoi, alors je hochai simplement la tête en guise de réponse. Tout le monde m'appelait *monseigneur*. C'était mon dû en tant que roi. Et de toutes les personnes, c'était elle qui devait absolument s'adresser à moi de cette façon. Elle était mon *Erosita*. Mon jouet. Ma poche de sang immortelle que je pouvais baiser et dévorer à ma guise. Elle devait me vénérer.

C'était ce qui était attendu d'elle, n'est-ce pas ?

Alors pourquoi est-ce que je joue à ce jeu avec elle ? me demandai-je en me déplaçant vers le lit pour m'asseoir à côté d'elle.

Je ne pouvais pas répondre à ma propre question mentale, alors je me concentrai sur la poursuite de ce petit jeu en prenant mon ordinateur portable et en me connectant.

— T'es sûre de cette commande de nourriture ? demandai-je en détournant mon regard de mon ordinateur pour admirer ses beaux traits.

Elle croisa mon regard sans sourciller.

— Si je suis sûre de ton plat italien préféré d'il y a cent dix-huit ans ? Oui. À moins que ton palais n'ait changé pendant que t'étais... absent.

— Endormi, corrigeai-je. Et non.

Mon attention s'est portée sur son cou fin.

— Je ne crois pas que mon *palais* ait beaucoup changé.

— Endormi ? répéta-t-elle avec les sourcils froncés.

— Oui.

J'inclinai la tête face à son expression déconcertée.

— Pourquoi est-ce que t'as l'air confuse ?

C'était une émotion que je ne devrais pas entretenir, mais sa réaction était bizarre, compte tenu du fait qu'elle devait déjà le savoir.

— Je... Je n'avais pas réalisé que tu dormais, balbutia-t-elle tandis que son pouls changeait de rythme.

Est-ce qu'elle est en train de me mentir ? me demandai-je en essayant de lire en elle.

— Comment est-ce que t'as pu ne pas t'en rendre compte ? demandai-je alors que mon attention se portait entièrement sur les battements de son cœur.

— Parce que t'es parti sans me dire ce que t'avais l'intention de faire, et que personne ne m'a expliqué complètement ce qu'il s'est passé, répondit-elle avec une pointe inattendue d'irritation dans son ton.

Son pouls se stabilisa également et le bruit sourd revint à la normale malgré l'émotion qu'elle avait manifestée.

Intéressant.

Cela ressemblait à la vérité. Cela ressemblait aussi à quelque chose que je ferais.

— Si je ne te dis pas quelque chose, c'est que tu n'es pas digne de le savoir.

Elle était là pour me servir, après tout. Et non l'inverse.

Mais pour ce soir, je lui ferais plaisir avec ce repas et je verrais à quel point elle connaissait mes goûts alimentaires.

Vu que je ne me souvenais pas de la dernière fois que j'avais mangé quelque chose de conséquent, ce serait une expérience divertissante.

— Est-ce que ton... euh... *sommeil* a un impact sur tes souvenirs en termes de nourriture ? C'est pour ça que tu m'as demandé quels étaient tes plats préférés ? demanda lentement Ismerelda alors que j'ouvrais l'une des icônes de l'ordinateur.

Je réfléchis à sa question, ne sachant pas si je devrais répondre ou non.

Cela ne la regardait pas vraiment ; elle vivait pour s'agenouiller pour moi et rien d'autre.

Cependant, ma mémoire défectueuse pourrait devenir son fardeau, surtout si ses réponses de ce soir s'avéraient exactes. Car si elle s'avérait connaître mes goûts, j'aurais sans doute besoin de quelques détails supplémentaires. Peut-être en ce qui concernait d'autres plaisirs de la vie.

— Se réveiller d'un repos immortel a quelques effets secondaires.

Je la regardai à nouveau.

— L'un de ces effets secondaires est la perte de souvenirs sans importance, comme les plats préférés ou les détails concernant des relations insignifiantes.

Ce qui expliquait pourquoi je ne me souvenais ni d'elle ni de Michael, mais que je me souvenais de Mira et d'autres personnes de mon passé.

— Des relations insignifiantes, répéta Ismerelda en tressaillant à ces mots. Comme la nôtre.

— Comme la nôtre, confirmai-je.

Et pourtant, je l'avais gardée pendant plus de mille ans.

Qu'est-ce que le fait que je ne pouvais pas me souvenir d'elle ou me rappeler pourquoi j'avais ressenti le besoin de maintenir notre lien pendant si longtemps disait de moi ?

— Il est possible que certains souvenirs reviennent avec le temps, dis-je en répétant ce que les rapports d'activité de Lilith m'avaient appris. Mais seulement s'ils comptent vraiment pour moi.

— Je vois.

Son ton manquait d'émotion, mais ses yeux brillaient comme deux flammes vertes jumelles. C'était assez fascinant à observer.

— Je suppose que ça explique pourquoi ta façon de parler est toujours fluide et ne ressemble en rien à ce qu'elle était lors de notre première rencontre.

Je clignai des yeux, surpris par cette affirmation.

— Et aussi pourquoi tu sais utiliser un ordinateur, poursuivit-elle. Ça doit être des compétences suffisamment importantes pour que tu t'en souviennes. Mais est-ce que tu peux te rappeler qui t'a appris à utiliser un ordinateur portable ?

Je la dévisageai.

— Pourquoi est-ce que ça aurait de l'importance ?

— Pourquoi en effet, répondit-elle, son ton manquant

toujours d'émotion malgré les flammes qui dansaient dans son regard. Qu'est-ce que Jace a dit un jour ?

Les mots qu'elle prononça ensuite provenaient d'une langue ancienne, et la fluidité avec laquelle elle les prononça m'impressionna.

La phrase se traduisait vaguement par « *Les souvenirs sont notre fondation. Mais que se passe-t-il quand on en a trop ?* »

— C'est un bon résumé, murmurai-je. Mais ce n'est pas mon cousin qui a prononcé ces mots. C'est mon père.

— Cronus, confirma-t-elle tandis que ses pupilles s'enflammaient à l'évocation du nom.

— Oui.

J'étudiai son expression pendant un autre moment en essayant à nouveau de lire le sens qui se cachait derrière. Elle semblait presque... soulagée. Mais pas tout à fait. Il y avait des larmes dans son regard, mais elles disparurent en un clin d'œil alors qu'elle tentait de reprendre contenance.

— Je suis surpris que ces mots te soient familiers, admis-je. Je ne les avais pas entendus depuis très longtemps.

Pas depuis que mon père avait choisi le repos éternel plutôt que la vie. Et c'était bien avant que je prenne Ismerelda comme animal de compagnie.

— Tu m'as dit cette phrase une fois. J'ai juste confondu qui l'avait prononcée à l'origine.

Son pouls palpita de nouveau à ces mots, ce qui me fit froncer les sourcils.

Est-ce que ça veut dire qu'elle ment ?

Mais pourquoi mentirait-elle à ce sujet ?

Peut-être que je m'étais trompé et que j'avais mal cerné cette femme.

Ou peut-être que c'étaient ces fluctuations qui faisaient qu'elle m'intriguait tant. *Est-ce pour cela que j'ai érigé ce mur mental ? Parce que mon incapacité à la cerner m'amuse ?*

Ces pensées me traversant l'esprit, j'ouvris l'application qui me permettrait d'appeler la cuisine, ce que je n'avais pas encore fait depuis mon réveil. Mais Michael m'avait montré la marche à suivre, au cas où.

— Voyons si tu as raison sur mes goûts, Ismerelda, dis-je en appuyant sur le bouton pour appeler quelqu'un dans la cuisine. J'ai très hâte de goûter au *dessert*.

IZZY

C'est Cam. Mon Cam.

Parce qu'il était impossible que quelqu'un d'autre connaisse les dernières paroles prononcées par Cronus avant de mourir.

Seul *mon* Cam aurait pu connaître cette phrase. Ou plutôt, qui l'avait prononcée.

Pourtant, cet homme ne ressemblait pas du tout à mon Cam.

« L'un de ces effets secondaires est la perte de souvenirs sans importance, comme les aliments préférés ou les détails concernant des relations insignifiantes. »

L'implication dans ces mots m'avait fait l'effet d'un coup de couteau dans la poitrine. Il avait essentiellement dit que je ne représentais rien pour lui et que c'était la raison pour laquelle il ne se souvenait pas de moi.

Mais je savais au fond de moi que ce n'était pas vrai. Il devait y avoir une autre explication. Une explication qui n'impliquait pas de *dormir*, puisque je savais que ce n'était pas ce qu'il avait fait.

Cependant, il pensait clairement que c'était la cause. Il n'avait manifestement aucune idée de ce que Lilith lui avait réellement fait.

Et ma supposition concernant son lavage de cerveau semblait juste, étant donné le peu de considération qu'il semblait avoir pour moi en tant que compagne.

Au moins, il me faisait plaisir avec le dîner, un dîner que j'étais *très* reconnaissante qu'il ait commandé.

Parce que je ne savais pas cuisiner.

OK, ce n'était pas vrai. Je savais cuisiner. Mais pas très bien. C'était une chose que *mon* Cam devrait savoir. Mes commentaires sur le fait de ne pas pouvoir préparer un repas comme je le ferais normalement avaient été ma façon de tester sa mémoire.

Mais en testant sa mémoire, je m'étais rendu compte qu'un sosie de Cam n'aurait pas fait la différence non plus. J'avais donc cherché donc quelque chose que seul mon Cam connaîtrait.

Et il n'avait même pas sourcillé.

C'était mon Cam.

Mais un Cam sans aucun souvenir de nous.

Pourtant, il était étrange qu'il semble connaître le dialogue moderne, qu'il ait des compétences informatiques, que *je* lui avais enseignées, et qu'il soit au fait d'autres manières actuelles.

Il n'était donc pas coincé dans le passé, ce qui suggérait qu'il ne s'agissait pas d'un simple cas d'amnésie.

C'était plus ciblé, d'une certaine façon.

Plus spécifique.

Envers moi.

Une fois de plus, je me demandai pourquoi on m'avait

amenée ici. Si quelqu'un pouvait résoudre ce problème, c'était bien celle qui était liée à l'esprit de Cam.

En supposant que je puisse le convaincre de briser la barrière mentale, du moins. Ce ne serait pas facile, étant donné que cette version de Cam me considérait comme inférieure.

« Si je ne te dis pas quelque chose, c'est que tu n'es pas digne de le savoir. »

Cette déclaration avait touché une corde sensible en moi. Une corde dangereuse. Une corde que j'avais essayé d'ignorer pendant plus d'un siècle.

Une corde sensible remplie de ressentiment envers l'homme que j'aimais.

Parce que cet homme m'*avait* laissée dans l'ignorance en ne me disant pas ses plans pour Lilith ou comment il avait l'intention de revenir vers moi. Et cela m'avait fait me sentir inférieure à lui. Comme s'il n'avait pas pu me confier l'information ou qu'il ne m'estimait pas assez pour la partager.

J'avais combattu ces sentiments depuis le jour où il avait érigé le mur entre nos esprits.

Et il avait fait remonter tout cela à la surface avec quelques mots insensibles.

Je devais maîtriser mon irritation avant de dire quelque chose que je ne devrais pas. J'avais déjà dit ce que je pensais plusieurs fois en sa présence. Notamment sur le fait qu'il était parti sans me faire part de ses intentions, mais Cam n'avait pas réagi à ma franchise. Il s'était contenté de l'écarter avec sa déclaration sur mon manque de valeur.

Je l'observais maintenant alors qu'il s'installait en face de moi à la petite table de sa cuisine.

Il était parti prendre une douche pendant que j'avais mis la table pour le dîner. Il était de retour dans une autre chemise noire et un pantalon assorti, et les pointes de ses cheveux étaient humides.

Ses yeux bleus examinèrent les plats que j'avais mis dans des assiettes avant de se poser sur le verre de vin.

— Tu l'as sucré ? demanda-t-il avec un accent de plus en plus prononcé qui me fit frissonner.

— Pas encore.

Je déglutis, incertaine de ce qui se passerait alors, parce que je ne lui faisais pas confiance pour ne pas me faire de mal. Mais je voulais suivre notre rituel habituel aussi bien que possible. Parce que peut-être, juste peut-être, que cela inciterait l'un de ces *souvenirs sans importance* à surgir.

— D'habitude, tu préfères me mordre le poignet et le sucrer toi-même.

Son attention se porta sur mon cou, puis sur ma main avant de revenir à son verre.

— Je pense que je vais d'abord goûter le vin, pour voir si je suis d'accord avec ton évaluation concernant mes préférences.

— Je n'ai pas dit que tu n'aimais pas le vin français, lui rappelai-je. Juste que tu préfères l'italien quand t'es en Italie.

Cependant, je savais aussi que ce vin italien était l'un de ses préférés de tous les temps.

Je n'avais pas été surprise que le *personnel*, ou l'humain aux cheveux noirs qui avait livré le repas de ce soir, ait pu trouver une bouteille de ce vin.

Les vampires et les lycans appréciaient les plaisirs de la vie, ce qui était la raison pour laquelle ils avaient relégué tant de travailleurs du secteur des services, qui étaient littéralement des esclaves mortels auxquels on avait attribué la désignation de service pendant le Jour du Sang, dans des fermes et des vignobles afin de maintenir la qualité de la nourriture qu'ils avaient appréciée à des époques précédentes.

Lilith avait pensé à tout lorsqu'elle avait créé ce nouvel ordre mondial. Elle avait trouvé le moyen de monter psychologiquement les humains les uns contre les autres en les forçant à se battre pour l'immortalité, et elle avait pu satisfaire ses pairs vampires et lycans en leur proposant certains camps qui répondaient à leurs besoins spécifiques.

Des harems pour les vampires.

Des victimes de parties de chasse sous la lune pour les lycans.

Des vierges de sang pour les vampires.

Des fermes d'élevage pour les lycans.

C'était répugnant. Cruel. Complètement détraqué.

Et mon Cam semble être d'accord avec tout ça maintenant, pensai-je en le regardant déguster élégamment le vin. *Pire encore, les vidéos que j'ai visionnées semblaient faire référence à lui en tant que monseigneur, ce qui signifie qu'il pense peut-être même qu'il a orchestré toute cette folie.*

— Hmm, fredonna-t-il en attirant mon attention sur ses lèvres pleines. Ce vin est exquis, Ismerelda.

Je ne dis rien, mon cerveau attendant le « mais » qui semblait s'attarder sur sa langue. *C'est son vin italien préféré,* me dis-je. *S'il dit le contraire, il...*

— Mais...

Nous y voilà...

— T'as raison. Il faut le sucrer.

Mon cœur fit pratiquement un bond dans ma gorge. J'étais à la fois soulagée qu'il n'ait pas nié la saveur et terrifiée qu'il soit sur le point de me mordre à nouveau.

Parce que la dernière fois qu'il avait enfoncé ses crocs dans ma chair, il m'avait tuée.

Et il l'avait fait en s'assurant que je ressente chaque douloureuse seconde.

Je déglutis et mon bras se leva de lui-même vers lui, comme je l'aurais fait il y a cent dix-huit ans.

Seulement, cette fois, je n'étais pas remplie d'attentes nées de la répétition et de la routine. Parce que je ne savais pas ce qu'il allait faire. De l'incertitude se déploya à l'intérieur de mon estomac dans une sensation de flottement qui envoya un léger frisson le long de ma colonne vertébrale. Cela me rappelait la nuit où il m'avait mordue pour la première fois, quand je n'avais pas su exactement ce que je ressentirais.

Est-ce que ça va faire mal ?

Est-ce que j'aimerai ça ?

Est-ce que ce sera comme avant ?

Est-ce que ce sera nouveau ?

Ses longs doigts s'enroulèrent autour des miens et tirèrent ma main par-dessus la petite table tandis que son regard affamé soutenait le mien. Un autre frémissement me parcourut et mes cuisses se serrèrent alors que mon poignet s'approchait de sa bouche séduisante.

Il pourrait me tuer à nouveau, me rappelai-je. *Et si ce n'est pas le cas ? Et s'il...*

Ses incisives mordirent ma chair avant que je puisse terminer cette pensée, envoyant une décharge de chaleur dans mes veines, destinée à séduire et à subjuguer. Du *plaisir*.

Ce fut tellement inattendu que je gémis en fermant les yeux face à cette sensation que je n'avais pas ressentie depuis bien trop longtemps.

Cam fredonna en réponse et le son me toucha au plus profond de mon être. C'était comme s'il avait mon clito dans sa bouche, qu'il le suçait et le mordillait pour me rapprocher de l'orgasme.

Oh, ça m'avait tellement manqué... Mon estomac se serra autour d'un brasier de passion, m'amenant au bord du gouffre, pour se dissiper dans le souffle suivant lorsque Cam relâcha mon poignet.

Je battis des cils et la réalité s'installa lentement autour de moi alors que je réalisais que seules quelques secondes s'étaient écoulées.

Ses yeux bleus affamés rencontrèrent et soutinrent les miens. L'âme de Cam semblait me parler directement à travers son regard alors qu'il laissait mon sang couler dans son verre.

Ma gorge travailla alors que je tentais de déglutir. Mon monde avait tourbillonné dans la mauvaise direction, m'emmenant dans le passé et me donnant envie de le supplier pour plus.

Mais ce n'était pas mon Cam. Pas vraiment. Pas tant que je n'aurais pas franchi les barrières mentales entre nos esprits et que je ne me serais pas assurée qu'il se souvenait de moi. Qu'il se souvenait de *nous*.

Ses doigts se déplacèrent habilement sur ma main alors qu'il guidait mon poignet loin de son verre et le ramenait vers sa bouche. De la luxure et du besoin bouillonnaient dans ses yeux séduisants tandis qu'il léchait la plaie tout en soutenant mon regard.

Je frissonnai. Mes entrailles étaient entièrement prêtes pour plus, mes cuisses étaient contractées par le désir et mes tétons étaient tendus dans l'attente d'une autre morsure. *Là. Sur mes seins. S'il te plaît...*

Son attention se déplaça vers le bas, comme s'il avait entendu ma demande. Le Cam que je connaissais ne s'était que rarement laissé aller à me mordre à cet endroit. Il préférait mon cou et mes poignets, surtout parce qu'il craignait que d'autres endroits ne me blessent.

Il était donc assez étrange que je l'aie imaginé en train de mordiller la zone sensible entre mes cuisses. Il ne l'avait jamais fait, trop effrayé par la douleur que cela pourrait engendrer.

Mais quelque chose me disait que cette version de lui ne se soucierait pas du tout de mon inconfort.

Il embrassa l'intérieur de mon poignet et me relâcha.

— Tu vas refaire ce bruit pour moi tout à l'heure pendant que je baiserai ta bouche, dit-il. Ce sera ton dessert.

Son attention se porta alors sur la nourriture.

— En supposant que tout ça m'impressionne, bien sûr. Sinon, on fera quelque chose de beaucoup moins agréable. Pour toi.

Je frissonnai à la menace ainsi qu'à l'insinuation que le fait que je suce sa bite serait mon *dessert* uniquement s'il approuvait. *Alors qu'est-ce qu'il fera s'il désapprouve ?*

Cam prit sa fourchette et l'approcha d'une assiette de caprese, l'une des entrées que j'avais suggérées.

— Je t'ai récompensée pour le vin, dit-il en jetant un coup d'œil à mon poignet, puis à mes lèvres. Voyons si j'ai envie de te récompenser aussi pour la nourriture.

Je restai immobile pendant qu'il portait une tomate à sa bouche et mâchait avec une expression pensive.

Il prit une autre bouchée après avoir avalé, mais cette fois-ci, il la souleva vers moi pour me l'offrir.

Je ne savais pas si c'était sa façon de me récompenser ou de me faire goûter la nourriture avec lui. Mais je cessai de m'en soucier lorsque l'explosion de saveurs toucha ma langue et je gémis d'approbation.

— Hmm, je crois que t'aimes ça plus que moi, dit-il. Ce qui n'est pas peu dire, car j'ai plutôt apprécié le goût moi-même. Mais les sons que tu fais m'intriguent davantage.

Il me donna une autre bouchée de ce délice avant de passer à une autre entrée, des bruschettas.

Plutôt que d'y goûter lui-même en premier, il en coupa un morceau et le porta à mes lèvres.

— Ouvre.

J'obéis. Non seulement parce que j'étais affamée, mais aussi parce que cela me rappelait *mon* Cam.

Il me regarda mâcher et avaler de son regard saphir en suivant la colonne de ma gorge avant de prendre son propre morceau.

— Je préfère l'autre, admit-il après avoir terminé sa bouchée. Mais c'est décent.

Mes lèvres tressaillirent.

— T'as déjà dit ça avant.

Il arqua un sourcil.

— Ah bon ?

— Oui. Mais tu commandes toujours des bruschettas.

— Je me demande pourquoi, murmura-t-il en rassemblant un autre morceau de caprese sur sa fourchette.

— T'aimes la façon dont ça se marie avec l'aubergine, lui dis-je en jetant un coup d'œil au plat principal.

Il réfléchit en savourant une autre tomate. Puis il passa à son plat principal et coupa un morceau adéquat pour y goûter.

Son expression ne changea pas pendant qu'il mangeait, ses yeux bleus plus concentrés sur moi que sur la nourriture. Mais je sus qu'il était satisfait lorsqu'il prit un morceau de bruschetta pour l'accompagner.

Heureusement, j'avais dit la vérité sur son plat préféré. J'avais envisagé de mentir au cas où il me demanderait de le préparer, ce qui aurait été un énorme problème, mais les choses s'étaient bien terminées.

Et j'avais quelques réponses à propos de Cam.

Mon Cam.

Parce qu'il était là. Devant moi. En train de manger de la nourriture italienne.

Mon cœur sauta un battement et mes entrailles se réchauffèrent d'excitation alors que je laissais la réalisation s'installer en moi.

On est enfin ensemble.

Ce n'était pas comme ça que j'avais prévu que nous nous retrouverions, ni idéal, mais j'accepterais cela plutôt que de ne jamais le revoir.

— Tu peux manger ta pizza, Ismerelda, me dit-il en soutenant toujours mon regard.

— Merci, monseigneur, répondis-je en jouant le jeu de l'obéissance qu'il attendait manifestement de moi.

À cause de Lilith qui lui a lavé le cerveau, pensai-je avec aigreur en prenant une bouchée de ma pizza.

Je devais découvrir ce que Lilith avait fait exactement pour tenter d'inverser les dégâts.

Ou peut-être que c'est aussi simple que de briser le mur mental qui nous sépare.

Enfin, *simple* était un euphémisme. Rien n'était jamais *simple* avec Cam.

Cam était le vampire le plus têtu que j'avais jamais rencontré ; ses décisions étaient résolues et sans appel. Une fois qu'il avait pris une décision, il était pratiquement impossible de le convaincre du contraire.

Et je n'avais aucun doute sur le fait que cette version de lui était exactement pareille.

Je devais donc l'inciter à trouver lui-même cette idée plutôt que de la suggérer ouvertement.

Cela prendrait du temps. J'espérais que nous en avions beaucoup, mais ce n'était vraisemblablement pas le cas.

— Tu n'as pas l'air d'apprécier ta pizza autant que la caprese, dit Cam tandis que son attention passait de ma bouche à mes yeux. Elle est bonne ?

Elle est bonne, me dis-je. *Mais je suis plutôt distraite en ce moment en pensant à comment résoudre ton problème et je ne me préoccupe pas tellement de la nourriture du coup.*

Mais je ne pouvais pas dire ça.

Alors je lui donnai une autre vérité une fois que j'eus fini d'avaler.

— Elle est un peu sèche, mais sinon ça va.

Elle était probablement restée un peu trop longtemps dans le four, ou peut-être n'avait-elle pas été dans le bon type de four. Ce qui était dommage, vu que nous étions en Italie, mais nous étions aussi quelque part sous terre et je n'avais aucune idée de l'endroit où ils avaient préparé toute cette nourriture.

Il m'observa un instant, puis il prit mon assiette et l'échangea avec la caprese, plaçant l'entrée directement devant moi et la margherita au centre, à côté des bruschettas.

— Finis plutôt de manger ça. Je préfère tes gémissements au silence.

Mes lèvres menacèrent de se retrousser à ses mots, mais la faim sombre dans son regard me retint de montrer ma réaction.

Parce qu'il avait l'air prêt à me dévorer.

Et je ne savais pas si c'était une bonne ou une mauvaise chose. Ou un peu des deux.

Plutôt que de me perdre à nouveau dans mes pensées, je pris ma fourchette et reportai mon attention sur la salade caprese. Elle était vraiment bien meilleure que la pizza ; les saveurs étaient généreuses et pures. Une bonne huile d'olive avait manifestement été utilisée, ainsi qu'une poignée d'épices fraîches.

— Bien mieux, murmura Cam, le regard posé sur ma bouche.

Je n'avais pas eu l'intention de gémir à nouveau, mais apparemment je l'avais fait. Et je ne pris pas la peine de cacher mon plaisir en continuant à manger, ce qui sembla lui plaire.

Lorsqu'il eut terminé son repas, il se contenta de me regarder manger et ses pupilles s'illuminèrent d'un sinistre avertissement. Il ressemblait à un prédateur s'apprêtant à bondir sur sa proie.

De la chair de poule se propagea le long de mes bras. *Qu'est-ce qu'il va faire une fois que j'aurai avalé cette dernière bouchée ? M'obliger à le sucer en guise de dessert ?*

Je frissonnai à cette idée.

Cela faisait si longtemps que je n'avais pas été touchée correctement par cet homme.

Sauf que ce n'était pas du tout mon Cam.

C'était un homme à qui on avait lavé le cerveau pour qu'il me considère comme inférieure à lui. Pas comme sa compagne, mais comme une poche de sang. C'était pour cela qu'il m'avait mordue si librement hier et m'avait laissée mourir.

Et c'était pour cela qu'il était entré tout à l'heure avec l'intention de me baiser sans tenir compte de mon humeur ou de ma volonté.

Est-ce que je voulais recevoir ce genre d'homme dans mon lit ?

Était-ce mal de le faire ? Que penserait mon Cam une fois qu'il aurait retrouvé la mémoire ? Se sentirait-il trahi ?

Je déglutis, la caprese me semblant lourde dans ma gorge.

Cette dernière question avait suscité une réaction viscérale au plus profond de moi, une réaction qui disait que Cam *devrait* se sentir trahi.

Parce que l'idée d'être prise par cette version de mon compagnon me mettait mal à l'aise... mais m'intriguait aussi.

Qu'est-ce que ça ferait d'être touchée comme si je

n'étais pas cassable ? D'être prise avec la véritable puissance de son esprit ? D'être mordue à des endroits que mon Cam n'aurait jamais envisagés parce que j'étais trop fragile pour l'accepter ?

C'était mal d'y penser. Une *trahison*. Parce que ce n'était pas ma version de Cam. C'était... une version brisée. Une figure sombre de l'homme que j'avais aimé autrefois.

Mais peut-être que le sexe l'aidera à abaisser ses boucliers.

L'intimité nous avait généralement rapprochés. Nos esprits s'étaient unis de la plus ancienne des façons alors que nos corps avaient consommé notre amour l'un pour l'autre. Cela avait nourri nos âmes, renforcé notre lien et...

— Ismerelda.

Le ton soyeux de Cam me fit sortir de mes pensées et me ramena dans le présent alors qu'il posait son verre de vin vide sur la table.

— Je suis prêt pour le dessert.

CAM

Une belle rougeur envahit les traits d'Ismerelda, créant une invitation carmin que je me réjouissais d'accepter.

C'était bien mieux qu'avant. Son parfum était bien plus doux à présent et servait de phare à mon prédateur intérieur plutôt que de moyen de dissuasion.

J'inspirai profondément et notai l'odeur d'excitation subtile qui accompagnait son soupçon de peur.

Perfection, ronronnai-je dans mon esprit.

Le repas avait été étonnamment agréable. Les choix de plats d'Ismerelda ne ressemblaient à rien de ce que je me souvenais avoir jamais mangé, ce qui me poussait à me demander quels autres types de cuisines elle recommanderait.

Mais d'abord, je ressentais un fort désir de la récompenser. Elle m'avait fait plaisir d'une manière inattendue, ce qui, je l'imaginais, expliquait pourquoi je l'avais gardée toutes ces années. Elle s'était également montrée magnifiquement soumise tout au long de notre repas, attendant la permission de manger et me remerciant lorsque je la lui accordais.

Et ces gémissements...

Putain, j'avais presque jeté tous les plats par terre rien que pour pouvoir la pencher sur la table et la pénétrer.

Son odeur me disait à présent qu'elle serait prête.

Et bien serrée aussi, pensai-je avec un gémissement mental.

Ismerelda n'avait pas été baisée depuis plus de cent ans. Sa chatte inutilisée serait presque aussi agréable qu'une chatte vierge, se contractant et pulsant autour de ma bite avide pendant que je la pilonnerais sans remords.

Cela ferait mal. Mais elle le supporterait parce qu'elle le devait. Elle était à moi.

Et putain, le fait de savoir cela rendait ma bite encore plus dure.

Cela faisait trop longtemps que je n'avais pas ressenti le plaisir de la glisser dans une femme. Mon Dieu, je ne me souvenais même pas de la dernière fois, juste que ça avait été euphorique. Irréel. *Addictif.*

Une fois que j'aurais commencé à baiser Ismerelda, je ne pourrais probablement pas m'arrêter. Elle mourrait sans doute avec ma bite profondément enfoncée en elle en me suppliant de ralentir ou de lui accorder un sursis.

Mais je n'en serais pas capable. Pas avec la faim sauvage qui animait mon prédateur en ce moment même.

Pas avec son doux parfum qui s'enroule autour de moi et ce rougissement délectable qui taquine son cou.

Un grognement s'échappa de ma bouche et fit frissonner ma petite *Erosita*. Il n'y avait aucun doute entre nous sur le dessert que j'avais l'intention de dévorer.

Cependant, je voulais tout de même la féliciter d'une

manière ou d'une autre. Peut-être lui accorder un peu de plaisir avant de la détruire pour satisfaire mes besoins.

Cela lui permettrait peut-être de se réveiller correctement la prochaine fois.

— Débarrasse la table, lui dis-je. Ensuite, je vais *te manger*, tout comme t'as dit que je le ferais.

Parce qu'une glace au chocolat ne m'attirait certainement pas autant que sa douce excitation.

J'écarterais ces cuisses athlétiques, que j'admirais maintenant qu'elle se tenait debout sans un mot pour faire ce que j'exigeais, et je la goûterais comme il se devait. La lécherait profondément. La mordrait. Mélangerait sa douleur à son plaisir et en boirait chaque goutte.

Son parfum naturel semblait s'épanouir à chaque pas qu'elle faisait ; son intérêt était un arôme enivrant qui épaississait l'air entre nous.

De la chair de poule se développait le long de ses jambes, une manifestation intrigante qui confirmait qu'elle était à la fois excitée et effrayée.

Une belle combinaison.

Elle se pencha au-dessus de la table à côté de moi pour ramasser sa pizza, ce qui fit remonter ma chemise un peu plus haut sur ses cuisses.

Cela me démangeait d'explorer sa peau crémeuse avec mes doigts, mais je me retins, même lorsqu'elle se redressa et me laissa entrevoir ses mamelons en train de durcir sous le tissu fin.

Elle ne s'était pas trompée sur ma préférence vestimentaire. Car elle portait définitivement mieux ma chemise que moi.

J'admirai ses mouvements tandis qu'elle récupérait les dernières assiettes, déposait la vaisselle sale dans l'évier et rangeait les quelques restes dans le réfrigérateur.

Mon verre de vin était le dernier élément, et elle le lava

à la main avant de revenir lentement près de moi. Ses yeux étaient baissés dans une soumission claire et ses joues arboraient toujours cette teinte rose séduisante.

— Assieds-toi, dis-je en faisant un geste vers la table devant moi. Et écarte les jambes.

Elle déglutit tandis que ses yeux verts papillonnaient jusqu'aux miens avant de s'abaisser à nouveau.

— Oui, monseigneur, murmura-t-elle.

Son assurance antérieure semblait s'être envolée. Cette réaction suggérait qu'elle était habituée à ma brutalité particulière.

Bien.

Car je me sentais vorace d'elle et je ne me retiendrais pas, ce qu'elle savait manifestement et acceptait.

Je m'adossai à la chaise tandis qu'Ismerelda montait sur la table. Ses jambes parurent encore plus longues lorsqu'elle les positionna sur le bord et les laissa pendre de part et d'autre de mes cuisses.

— Plus large, Ismerelda. Et remonte ma chemise.

Son pouls bondit au son de ma voix et ses yeux montèrent brièvement jusqu'aux miens avant de s'abaisser à nouveau. Plutôt que de répondre verbalement à mon ordre, elle fit glisser ses paumes le long de ses cuisses jusqu'au bord du tissu et plus haut pour exposer son sexe nu.

Je l'avais déjà vu plus tôt lorsque je l'avais déshabillée avant de la laver, une tâche que j'aurais confiée à quelqu'un d'autre, mais je ne voulais pas que quiconque d'autre la touche. Pas en étant si avide d'elle.

Hélas, elle était restée inconsciente pendant toute la durée de l'expérience. Presque morte, vraiment.

Mais maintenant, elle était bien vivante.

Je pouvais donc lui poser une question que j'avais déjà

envisagée, mais que je n'avais pas pu formuler parce qu'elle n'était pas assez vivante pour y répondre.

— C'est pour moi que tu t'es entretenue ?

Je ne pouvais pas imaginer pour qui d'autre elle se serait préparée de la sorte, mais une partie possessive de moi ressentait le besoin de confirmer ses intentions.

— Non. Je l'ai fait pour moi, répondit-elle doucement. Je l'ai gardé taillé pendant des siècles, mais tout raser est... libérateur.

Son joli rougissement se répandit dans son cou jusqu'à la parcelle de peau révélée par ma chemise.

— Ça rend les choses plus sensibles.

— Hmm, fredonnai-je, intrigué par son affirmation.

Elle écarta alors les jambes, m'offrant une vue imprenable sur sa chaleur humide.

Si humide et prête.

Tellement à moi.

— Voyons à quel point t'es *sensible*, Ismerelda.

Je saisis ses cuisses et les écartai encore plus avant de me pencher pour inhaler son parfum addictif.

Ses jolis yeux croisèrent les miens, me permettant de voir la lueur d'incertitude qui se mêlait à l'intérêt dans ses pupilles dilatées. Elle n'avait aucune idée de ce que j'avais l'intention de lui faire. Et je n'avais aucune envie de le définir.

C'était mon terrain de jeu. Mes règles. *Ma putain d'esclave de sang.*

— Penche-toi en arrière et tiens-toi en équilibre sur tes paumes, lui dis-je en empoignant ses hanches. Et essaie de ne pas...

Mon poignet vibra d'une notification entrante, ce qui provoqua un grognement dans ma poitrine. Ismerelda trembla en réponse tandis que sa chatte en manque se trouvait à un centimètre de mes lèvres.

Putain.

— Il y a intérêt à ce que ce soit important, craquai-je en acceptant l'appel en mode vocal uniquement.

Je ne voulais pas que quelqu'un d'autre voie mon *Erosita* dans cet état. Elle était *mon* dessert, le mien seul.

— Tu m'as demandé de te prévenir lorsque les préparatifs du rituel seraient terminés, répondit Mira d'un ton plat. Je suis prête à commencer.

Je me redressai, le regard toujours fixé sur le spectacle délectable qui s'offrait à moi. Je n'avais pas vraiment le choix de la marche à suivre, même si j'aurais aimé en avoir un. Mais j'avais perdu la majeure partie de la nuit à me défouler sur des vampires mineurs et à offrir un repas à Ismerelda.

Et maintenant, je payais pour avoir retardé ma satisfaction.

Je soufflai longuement et fermai les yeux.

— Je serai là dans cinq minutes. Ne commence pas sans moi.

Je mis fin à l'appel avant qu'elle ne puisse répondre et me reconcentrai sur Ismerelda. De la luxure brillait dans son regard ; son intérêt était palpable et très bienvenu.

Juste quelques heures trop tard.

— Je m'attends à ce que tu sois nue, mouillée et dans mon lit à mon retour, lui dis-je. Ne me déçois pas, Ismerelda.

Je bougeai avant qu'elle ne puisse répondre et mes lèvres rencontrèrent sa cuisse sur le chemin de son clito, où je la mordis. *Fort.*

Elle cria en réponse, ses récepteurs de plaisir et de douleur étant submergés par l'assaut soudain du venin chargé d'endorphines de mes incisives.

Les vampires pouvaient blesser gravement leurs proies.

Ou nous pouvions faire découvrir à une victime un nouveau royaume d'extase.

Je choisis cette dernière option, surtout parce que je voulais entendre un dernier gémissement délicieux avant de partir. Mon esclave chérie ne me déçut pas. Elle *chanta* et son corps se convulsa sur un orgasme que j'enviais et que je souhaitais reproduire pour moi-même.

Hélas, je devais aller travailler.

Mais je reviendrais une fois que j'aurais terminé.

Et je ferais bien plus que simplement mordre Ismerelda. Je l'anéantirais.

— Je serai bientôt de retour, dis-je contre la blessure que j'avais laissée sur sa jolie chair rose.

Du sang se mêla à son excitation, me fournissant le dessert parfait, mais je ne me permis qu'un long coup de langue, qui la fit exploser à nouveau tandis que son sexe exposé était prêt à se faire baiser.

Je la laissai ainsi plutôt que de la guérir. La douleur résiduelle ressemblerait à la mienne et la punirait en même temps que moi pendant que je retardais l'inévitable entre nous.

Mon sang immortel qui coulait dans ses veines lui permettrait de se rétablir rapidement, mais ce ne serait pas aussi immédiat que si je refermais la plaie.

— Bientôt, répétai-je avant de la lécher pour un dernier avant-goût et de m'éloigner vers la porte.

Je ne me retournai pas pour l'observer ou m'assurer qu'elle suivait mes ordres d'être nue et prête pour moi dans le lit. Je savais qu'elle m'obéirait. Elle était à moi, après tout.

Je savourai sa saveur pendant que je me dirigeais vers le couloir, tout en ordonnant à ma bite de se calmer. Mais le fait d'avoir son essence dans ma bouche ne m'aidait pas.

Tout ce que je voulais, c'était me retourner et la

dévorer. La pilonner pendant des heures. Libérer tout ce désir refoulé dans sa chatte trempée et l'étouffer de ma semence.

Je l'aurais prise de toutes les façons possibles, encore et encore, jusqu'à ce que je me lasse d'elle.

Puis je recommencerais probablement le lendemain.

Putain.

Je passai ma main sur mon visage. Son odeur était encore fraîche sur ma paume, et elle ne venait même pas de sa chatte, juste de sa peau.

C'était pour *ça* que je l'avais gardée près de moi. Ce devait être la raison. Elle était sacrément addictive.

Je fermai les yeux et me forçai à me concentrer, puis je fis le reste du chemin dans le couloir jusqu'à l'ascenseur.

J'y trouvai Michael qui m'attendait, comme il le faisait toujours.

Va te faire foutre, eus-je envie de dire. Je n'étais pas d'humeur pour les formalités. Je voulais juste faire demi-tour et détruire mon *Erosita*.

Au lieu de cela, je haussai un sourcil en attendant qu'il prenne la parole.

— Monseigneur, me salua-t-il en s'inclinant, ce qui me fit lever les yeux au ciel. Les techniciens m'ont informé qu'on devrait reprendre le contrôle de notre console de communication d'ici six à douze heures.

Voilà au moins une information utile.

— Est-ce qu'ils ont déterminé une cause ?

Pas encore, monseigneur. Mais il s'agit très probablement d'une interférence de Damien, comme l'a dit Mira. Il essaie sans doute de localiser sa sœur.

Une théorie solide, sauf que...

— S'il avait le pouvoir d'infiltrer nos systèmes auparavant, pourquoi est-ce qu'il ne l'a pas fait après avoir obtenu le téléphone de Lilith ? Pourquoi avoir attendu jusqu'à maintenant ?

Parce que ça n'avait aucun sens pour moi. Cela faisait près de deux semaines qu'il foutait la merde avec nos systèmes. Qu'est-ce qui lui avait permis de percer notre sécurité maintenant ?

— Je ne suis pas un expert technique, mais je pense que la question est plutôt « Qu'est-ce qui a changé et lui a soudainement donné accès pour enfin pirater nos systèmes ? » rétorqua Michael. Je suis d'accord pour dire qu'il a d'abord eu accès au téléphone de Lilith, mais il n'a pas complètement pénétré notre serveur de communication avant l'arrivée de ton *Erosita*.

J'étudiai son expression et déchiffrai le véritable sous-entendu de ses propos.

— T'es en train d'insinuer qu'Ismerelda a quelque chose à voir avec le fait qu'il ait réussi à franchir nos murs de sécurité ?

— Elle fait partie des changements, fit remarquer Michael. Il se peut qu'elle ait été l'inspiration dont il avait besoin pour infiltrer le système ou, plus probablement, qu'elle ait fait quelque chose qui a permis son ingérence.

Je le regardai fixement.

— Elle était morte et enfermée quand il a pénétré dans nos systèmes, Michael. Elle ne l'aide pas, si c'est ce que t'insinues.

— Eh bien, peut-être pas sciemment ou activement, reformula-t-il. Mais il y a peut-être une puce implantée en elle qui permet...

— Une puce ? répétai-je.

— Oui, un petit dispositif technique qui serait implanté sous sa peau, clarifia-t-il. Un appareil qui pourrait être utilisé pour la suivre à la trace ou peut-être permettre de se connecter à distance à notre système en fonction de sa proximité.

De la même façon que je savais instinctivement tout sur les ordinateurs, je savais aussi déjà ce qu'était une puce et je n'avais pas répété ce mot pour en obtenir une définition, mais plutôt comme une interrogation incrédule.

— Je doute fort que son frère lui ait implanté une *puce*, Michael. Mais si t'as un scanner ou un outil quelconque pour l'examiner, je pourrai vérifier plus tard.

Et si on en trouvait une, on l'enlèverait.

— Bon, je dois aller voir Mira.

Je me tournai à nouveau vers l'ascenseur.

— Ou je peux la scanner pendant que tu travailles avec Mira ? suggéra Michael.

Je lui jetai un coup d'œil.

— Non.

Ses sourcils se froncèrent.

— Mais si elle a une puce en elle, il faut la retirer immédiatement. Sinon, Damien ne fera que contrecarrer nos efforts et continuera à prendre en otage nos capacités de communication.

— T'as dit que ton équipe n'a pas découvert la véritable cause, fis-je remarquer. Si tu peux prouver que c'est Damien, alors je redonnerai priorité au scan de mon esclave de sang. En attendant, je dois superviser le réveil de Fen.

— Mais si elle a une puce, alors on saura qu'il s'agit de Damien, argumenta-t-il en me surprenant avec son attitude et son changement de ton.

Il remettait directement en question mon autorité, et même s'il avait un peu raison, ce n'était pas suffisant pour que je le laisse s'approcher de mon *Erosita* nue, un fait que mon prédateur intérieur approuva immédiatement en grognant au plus profond de ma poitrine.

— Qui est le monseigneur ici, Michael ? demandai-je alors que l'ascenseur arrivait.

J'ignorai la porte qui s'ouvrait et lui fit plutôt face.

Il déglutit et inclina légèrement la tête.

— C'est toi, monseigneur, répondit-il à voix basse, presque grinçante parce que ses dents se serraient autour des mots.

— Je suis le monseigneur, répondis-je en écho. Et je te dis de me trouver un appareil à utiliser sur Ismerelda quand j'en aurai le temps. En attendant, travaille avec les techniciens pour déterminer une cause. Si tu peux prouver qu'il s'agit de Damien, je m'occuperai de ta demande en priorité.

Parce qu'il était hors de question que je le laisse entrer là-dedans et poser ses mains sur mon *Erosita* exaltée. Elle était mon cadeau à dévorer plus tard, pas le sien.

— C'est compris ? insistai-je en fixant l'homme tandis que l'ascenseur se refermait derrière moi.

Ou plutôt, le sommet de sa tête puisqu'il n'était pas assez courageux pour me regarder.

Il déglutit à nouveau.

— Oui, monseigneur.

— Bien.

Je tapai le code une dernière fois.

— Maintenant, remets-toi au travail.

— Oui, monseigneur, répéta-t-il avec encore cette qualité grinçante dans la voix qui soulignait chaque mot.

Mais je n'en avais rien à foutre. Il avait remis en question mon ordre. Il était *ma* progéniture et *mon* assistant. Il avait intérêt à s'en souvenir et à me laisser gérer mon *Erosita* tout seul.

J'entrai dans l'ascenseur et attendis qu'il me rejoigne. Il n'y avait aucune raison pour qu'il reste à mon étage maintenant que je lui avais ordonné de ne pas s'approcher d'Ismerelda.

Il me suivit, mais je sentis que c'était à contrecœur.

Heureusement, il ne dit rien et se contenta de sélectionner l'étage auquel j'allais ainsi que celui situé juste au-dessus. Je restai silencieux lorsqu'il descendit de l'ascenseur et m'accordai simplement un dernier moment d'intimité avec le goût sucré d'Ismerelda sur ma langue.

Puis je me concentrai sur la tâche qui m'attendait lorsque j'arrivai à destination.

Il était temps de réveiller une autre Créature Bénie.

Fen.

Izzy

Quelques minutes plus tôt

— Bientôt.

Le mot vibra sur mon antre humide, suivi par la caresse d'une langue chaude tout contre mon clito palpitant.

Et puis la source disparut et le bruit d'une porte qui se fermait résonna dans la pièce alors que mon cœur battait à tout rompre dans mes oreilles.

Oh, mon Dieu...

Je pouvais à peine respirer. Je ne pouvais même pas penser. Je... J'existais juste. Je vivais. Un frisson me parcourut. Je faillis jouir à nouveau.

J'avais si *chaud* partout.

Le baiser venimeux de Cam m'avait rendue délirante. *Combien d'endorphines avait-il injectées avec cette morsure ?*

Mes jambes tremblaient encore et mes entrailles

palpitaient à cause de l'intensité de cet orgasme forcé par les crocs d'un vampire.

Comment... ?

Pourquoi ?

Oh... Je serrai mes jambes l'une contre l'autre alors qu'une autre secousse traversait mes sens. La douleur à l'endroit où il m'avait mordue dansait avec l'extase résiduelle qui nageait dans mes veines. C'était une sensation vertigineuse. Contre nature. Dévastatrice. *Accablante.*

Parce que *mon* Cam n'avait jamais fait *ça.* Oh, il savait manier sa langue à merveille et m'avait fait jouir un nombre incalculable de fois.

Mais jamais de cette façon.

Jamais aussi rapidement. Non, même pas ça. *Immédiatement.* Il avait enfoncé ses crocs dans mon clitoris et m'avait immédiatement plongée dans un tourbillon de sensations intenses.

Je n'avais jamais rien connu de tel.

Et une partie de moi détestait ce nouveau Cam pour cela. Il... il m'avait fait découvrir un plaisir que je ne pouvais pas ignorer.

Je m'étais demandé ce que cela ferait d'être mordue à cet endroit et traitée comme si j'étais incassable plutôt que fragile...

Et maintenant, je savais.

Seulement, je ne *voulais* pas savoir.

Je voulais être loyale envers mon Cam. Être fidèle à sa mémoire. Ne pas céder à cette version crapuleuse de lui.

C'était mal.

Je me sentais sale, comme si je lui avais manqué de respect en... en *appréciant* l'expérience. Pourtant, je n'avais pas eu le choix. Je n'avais même pas su ce que Cam avait l'intention de faire. Il ne m'avait pas laissé le temps de réfléchir. Il m'avait juste jetée dans les profondeurs de l'oubli sans radeau de sauvetage et m'avait laissée là pour me noyer dans un courant de ravissement sans fin.

Mes jambes se crispèrent une fois de plus alors qu'une autre secousse descendait le long de mon être pour s'installer juste entre mes cuisses.

Il ne m'a pas guérie, réalisai-je. *Il voulait que je sente la douleur se mêler aux répliques résiduelles de mon orgasme.*

Non. Pas au singulier. Au *pluriel*.

J'avais joui au moins deux fois. Peut-être plus. Tout cela en l'espace de ce qui me semblait être des secondes.

Je me roulai soigneusement en boule sur la table pendant que je supportais les spasmes qui me secouaient encore tandis que mon cœur s'emballait anormalement dans ma poitrine.

Heureusement que Mira l'a appelé. Parce que je n'aurais pas survécu à ces sensations s'il avait fait ce qu'il avait prévu.

La mort par orgasme, me dis-je. *Ce n'est pas une façon horrible de mourir. Mais...*

Je soupirai.

Ce n'est pas mon Cam.

Je devais trouver un moyen de raviver ses souvenirs.

Ce qui signifiait faire quelque chose de proactif, comme descendre de cette table. Seulement, pour cela, il fallait que je ne sois pas une boule de nerfs en train de se tortiller.

Je gémis lorsque mon genou toucha ma poitrine, chaque partie de mon corps étant incroyablement sensible.

Respire profondément, me dis-je. *Inspire. Expire. Recommence.*

Oh, mais ça brûlait...

Entre mes jambes. Mes poumons. Même ma gorge.

À cause de mes cris, pensai-je. Je fermai les yeux et me concentrai pour calmer les battements de mon cœur, en prenant une inspiration après l'autre. Ça fait mal, protestèrent mes entrailles.

Et mon clitoris… *pulsait.*

Je me mordis la langue pour ne pas gémir.

Allez, Ismerelda. Lève-toi. Prends l'ordinateur portable. Concentre-toi sur le fait d'en savoir plus sur Cam.

Et sur le… le rituel *dont elle a parlé.* Je fronçai les sourcils. *Quel rituel ? Quels préparatifs ? Qu'est-ce qu'ils font ? Pourquoi est-ce que Cam… ?*

Mes yeux s'ouvrirent alors que j'achevais ma réflexion.

— Pourquoi est-il impliqué ? murmurai-je pour moi-même en clignant des yeux.

Est-ce que ça a quelque chose à voir avec la raison pour laquelle ils lui ont fait subir un lavage de cerveau ?

Je me forçai à me redresser alors qu'un autre choc de plaisir mêlé à de la douleur secouait mon système. La morsure de Cam pulsait entre mes jambes, comme un symbole de sa revendication brutale. Mais je me contraignis à l'ignorer.

Il se passait quelque chose d'important.

Quelque chose que je… que je devais… *voir.*

Je jetai un coup d'œil à son ordinateur portable. Il l'avait laissé sur le lit, à la vue de la caméra.

Mais il n'avait pas vraiment dit que je ne pouvais pas l'utiliser. Au contraire, il avait cru à mon mensonge selon lequel je n'y connaissais rien en informatique, ce qui avait été l'un de mes premiers tests. S'il avait été le vrai Cam ou, dans le cas présent, un Cam avec tous ses souvenirs intacts, il aurait ricané de mes commentaires.

Mais il ne l'avait pas fait. Il pensait que je n'avais même pas réussi à me connecter alors que j'avais passé un moment sur son ordinateur devant cette caméra. Est-ce qu'il a pensé que j'avais simplement essayé de deviner son mot de passe pendant tout ce temps ?

Ou bien ne m'avait-il pas vue du tout ?

Je songeai à la caméra, puis à l'ordinateur portable.

Peut-être qu'il était trop occupé pour regarder les vidéos en direct. Ce qui voulait dire qu'il était peut-être de nouveau trop occupé pour m'observer en ce moment.

Mais pourquoi a-t-il une caméra dans sa propre chambre si c'est lui qui surveille la vidéo ? me demandai-je en fronçant une nouvelle fois les sourcils. *C'est... étrange.*

Certes, rien de tout cela n'avait de sens. La perte de mémoire de Cam. Le fait qu'on m'ait amenée ici. Le lavage de cerveau que Lilith avait fait subir à Cam. La trahison de Mira.

Je descendis de la table et grimaçai face à la douleur entre mes jambes. J'allais sans aucun doute avoir des bleus à cet endroit. Mais au moins, mon lien immortel avec Cam m'aiderait à guérir plus vite.

Je me dirigeai vers le lit avec des pas maladroits et prudents et y grimpai tandis que la moitié inférieure de mon corps protestait.

Aïe, aïe, aïe, scandai-je dans ma tête tandis qu'un gémissement s'échappait de ma bouche. Les sensations qui circulaient dans mon sang étaient totalement contradictoires, mais je ne pouvais pas les empêcher.

Pourquoi Cam ne m'avait-il jamais mordue à cet endroit ? me demandai-je en me calant contre les oreillers. *Ça fait mal, mais c'est aussi...* Ma pensée resta en suspens et je me tortillai alors qu'une autre secousse d'extase inondait mes veines. *Teeeellement boooon...*

Je déglutis et mes yeux se fermèrent brièvement tandis que je luttais contre l'envie de jouir à nouveau. Ce serait probablement plus douloureux qu'agréable à ce stade. Et je me sentais mal de profiter de la situation, surtout en sachant que mon Cam ne m'aurait jamais mordue comme ça.

Mais maintenant, j'aimerais bien qu'il le fasse, me dis-je. *Ce qui fait probablement de moi une très mauvaise compagne.*

Je me raclai la gorge et attrapai l'ordinateur portable, déterminée à faire mieux. À rendre mon Cam fier. À respecter ses vrais souvenirs. À être la compagne que j'avais juré de toujours être.

Même quand il...

Non. Ne va pas dans cette voie.

J'entrai le mot de passe que Cam avait utilisé plus tôt et que je l'avais vu taper lorsqu'il s'était connecté pour commander le dîner.

Un écran bleu s'anima, suivi d'une série d'applications. J'en cherchai une qui pourrait être liée à des vidéos en direct, dans l'espoir de trouver Cam et de voir où il allait et ce qu'il faisait.

Mais il ne semblait rien y avoir en lien avec un système de sécurité. Aucun programme de surveillance. Rien en rapport avec une diffusion en continu. Et aucune icône de vidéo.

— C'est bizarre.

Je cliquai sur tous les programmes disponibles et trouvai qu'ils étaient non seulement très peu nombreux, mais aussi inutiles.

Rapports d'activité fut l'un des derniers dossiers que j'ouvris et je tressaillis lorsque le visage de Lilith apparut à l'écran.

— Rapport d'activité année cent douze, jour un, dit une voix.

Elle ressemblait à celle de Lilith, mais ses lèvres ne bougèrent pas jusqu'à ce qu'elle ajoute :

— Bonjour, monseigneur.

— Ouais, non merci, marmonnai-je.

Même si ses *rapports* pourraient m'éclairer sur le

comportement de Cam, ce n'était pas ce que je cherchais pour l'instant.

Je fermai la fenêtre en cours pour parcourir la liste des fichiers vidéo contenus dans ce dossier. Ils étaient tous nommés par des dates comme ceux que j'avais vus plus tôt, sauf qu'ils comportaient le visage de Lilith sous forme de vignettes.

Pas de vidéo de surveillance en direct. Hmm.

Je quittai l'application et ouvris les quelques autres restantes, dont l'une était un panneau de communication sur lequel les mots *« Non connecté »* défilaient à l'écran.

Il n'y avait pas de mot de passe ou quoi que ce soit d'autre, alors je supposai que cela faisait référence à l'absence de connexion externe au réseau utilisé par ce système.

Mais si je pouvais appeler Damien...

Je cliquai sur quelques boutons pour essayer et un message d'erreur apparut à chaque fois, avec les mêmes mots : *« Non connecté »*.

Je poussai un souffle et me remis à chercher des vidéos en direct.

Elles ne sont définitivement pas là. Ce qui était étrange étant donné qu'elles étaient hébergées sur le réseau interne, ce que je savais puisque j'avais pu les visionner à l'aide d'un appareil connecté au système.

Alors pourquoi Cam ne les voit-il pas ? Il n'y a pas accès ?

C'était peut-être la raison pour laquelle il n'avait pas fait de commentaires sur le fait que j'avais passé autant de temps sur son ordinateur. Il ne savait pas que je l'avais utilisé ou il ne m'avait pas vue le faire. Cela pourrait aussi expliquer pourquoi il avait une caméra dans sa propre chambre.

Sait-il qu'elle est là au moins ? Je fronçai les sourcils en jetant un coup d'œil à la caméra au plafond.

Si j'avais raison sur le fait que Cam n'avait pas accès à ces vidéos en direct, alors il ne savait probablement pas qu'elles existaient.

Alors qui es-tu ? demandai-je à l'observateur non identifié, consciente qu'il ou elle ne pouvait pas lire dans mes pensées. Mira, peut-être ?

Qui que ce fût, cette personne n'était manifestement pas préoccupée par le fait que je sois sur l'ordinateur portable de Cam. Peut-être parce que l'observateur en question supposait que je n'avais accès qu'aux mêmes fichiers que Cam.

Ce qui suggérait que mon piratage de tout à l'heure n'avait probablement pas été détecté.

Ou alors le responsable s'en moque.

J'observai la caméra une fois de plus, puis haussai les épaules et me mis au travail. Si l'observateur ou observatrice s'en souciait, il ou elle révélerait peut-être son identité.

En attendant, j'allais enquêter sur ce rituel et voir ce que Cam et Mira manigançaient.

Un autre spasme jaillit de mon centre, faisant se serrer mes cuisses alors qu'une vague de chaleur traversait mon être. Je déglutis, même si la sensation n'était plus aussi intense qu'auparavant. Peut-être parce que je commençais à guérir grâce à mon lien avec le bagage génétique ancien et immortel de Cam.

C'était à la fois une bénédiction et une malédiction, car cela accélérait le processus, ce qui pouvait parfois entraîner des degrés de douleur plus élevés.

C'est pour ça que tu ne m'as pas guérie ? me demandai-je tout en m'efforçant de me connecter via la porte dérobée de son ordinateur portable. *C'est une sorte de préliminaires tordus ?*

Cam avait toujours été doux avec moi ; ses caresses

étaient plus révérencieuses que passionnées auparavant. Mais cette version de lui me semblait presque prédatrice. Animale, même. Comme s'il ne retenait pas du tout ses bas instincts et me permettait d'être témoin de son côté sombre.

Est-ce ce que t'as toujours été au fond de toi ? Ou est-ce le résultat du temps que nous avons passé séparés ? De la façon dont tu t'es réveillé ? De la façon dont Lilith t'a torturé ? Il y avait tant de questions, tant de possibilités, mais aucune à laquelle je ne pouvais répondre.

Mais la plus grande d'entre elles restait à l'avant-plan de mon esprit, celle à laquelle je n'étais pas sûre de vouloir obtenir une réponse. *Cette version de toi est-elle permanente ?*

Et si je ne parvenais pas à le faire se souvenir de moi ?

Et si ses souvenirs étaient perdus à jamais ?

Qu'est-ce que cela signifierait pour nous ?

Je frissonnai tandis que mon esprit se précipitait dans le pays des « Et si ». C'était un train de pensées dangereux, dont je me forçai à m'éloigner lorsque le panneau administrateur apparut à l'écran.

Le curseur clignotait, attendant ma commande. Mes doigts volèrent sur le clavier, trop désireux de se distraire de mes montagnes russes mentales.

Une série de noms de fichiers apparut ensuite, m'emmenant dans une série de vidéos de surveillance en direct. Je cliquai dessus, à la recherche de Cam.

Je me retrouvai dans l'une d'entre elles, comme la dernière fois, et j'ignorai l'image.

Étant donné qu'il ne semblait y avoir qu'une seule caméra dans cette pièce, il était impossible pour quiconque de savoir exactement ce que je faisais à l'écran, à moins d'essayer de se connecter à distance à l'ordinateur. Et si cela se produisait, j'en serais avertie puisque je fouillais déjà tout ça en mode administrateur.

Je continuai et trouvai plusieurs autres vidéos de l'infâme Couvent. Il y avait des filles et des garçons dans diverses pièces, certains seuls, d'autres en groupe, tous en train d'apprendre ce que serait leur future vie d'esclaves de sang. Les images me tordirent l'estomac et de la bile remonta dans ma gorge lorsqu'un vampire à l'air sadique pencha l'une des matrones les plus âgées sur une table pour faire une démonstration pratique à une classe de jeunes filles. Ses yeux noirs vitreux les observaient toutes avec intérêt tandis qu'il exposait ses penchants sous une lumière sombre pour que tout le monde puisse en être témoin.

Monstre, pensai-je en mémorisant son visage. Si je le croisais ici, je ferais tout mon possible pour lui enfoncer un couteau dans le cœur.

Dommage que je n'avais pas la fameuse dague de Lilith à portée de main. Apparemment, elle n'avait pas été retrouvée sur son cadavre après que Ryder l'eut tuée. Probablement parce qu'elle ne voulait pas qu'elle soit près de lui, au cas où il aurait pu s'en emparer.

Malheureusement pour elle, il avait improvisé en lui plantant une hache dans le cou.

Une lame empoisonnée serait beaucoup plus facile à manier pour moi, car je doutais de pouvoir reproduire avec aisance les actions de Ryder. Ce genre d'attaque nécessitait une force surnaturelle et une précision d'expert face à un immortel.

Je fermai la vidéo, ne voulant pas voir la fin de la démonstration, et continuai à chercher Cam.

Il y avait plusieurs couloirs. La plupart étaient déserts, à l'exception d'un garde posté ici ou là. Deux autres chambres apparurent, toutes deux vides.

Cependant, le visuel qui suivit contenait plusieurs personnes. Une montagne de personnes, semblait-il.

Des humains morts, réalisai-je en tressaillant.

Je m'apprêtai à sélectionner une autre vidéo, mais mes doigts se figèrent lorsque mes yeux se posèrent sur le mur derrière l'amas de chair mutilée.

Il semblait y avoir un message écrit dessus en rouge. *Non, c'est... C'est du sang.* Sauf que ce n'était pas dans une langue que je pouvais lire. C'était archaïque. Une écriture que Cam pourrait probablement déchiffrer.

Ou écrire...

Est-ce lui qui... Est-ce lui qui a peint ça sur le mur ? me demandai-je en déglutissant. *Dans quel but ? Est-ce lié au rituel ?*

Mes lèvres s'abaissèrent tandis que je scrutais la pièce, qui ressemblait plus à une cellule, à la recherche de signes de Cam. *Y a-t-il un autre angle ? Un autre point de vue ?*

Je sélectionnai la vidéo suivante et découvris une autre vue d'un couloir.

Hmm.

J'en ouvris quelques autres en me demandant s'il reviendrait à...

Mes yeux s'écarquillèrent. *Oh. Oh, mon Dieu...*

Le spectacle qui s'offrait à moi fit se décrocher ma mâchoire de pur choc. Deux hommes nus étaient enchaînés à ce qui semblait être des trônes faits de... *de chair et d'os humains.*

Je portai le dos de ma main à mes lèvres pour éviter d'avoir un haut-le-cœur. Cela ne ressemblait à rien de ce que j'avais déjà vu.

Ils étaient clairement affamés. Pourtant, ils étaient nourris par deux autres personnes qui leur tendaient des sacrifices humains pour qu'ils les dévorent.

— *Qu'est-ce que... ?* marmonnai-je contre ma main. Pourquoi ? *Pourquoi ?*

Et qui étaient ces deux hommes visiblement insatiables ?

Un bout d'inscription sur le mur m'indiqua qu'il s'agissait de la même pièce que précédemment, ce qui suggérait que cette pile de cadavres était leur œuvre. Cependant, ils ne semblaient pas du tout rassasiés. Ils étaient comme fous de faim. Je pouvais le voir à la façon dont leurs yeux brillaient d'un soupçon de démence alors qu'ils mordaient dans le cou de leurs nouvelles victimes.

Je ne pouvais rien entendre, mais je soupçonnais qu'ils grognaient comme des bêtes sauvages.

Et les vampires qui les nourrissaient... étaient en train de... *sourire* ?

Ce spectacle les amusait.

Mais pourquoi ? Qu'est-ce que c'est que ça ? Qui sont-ils ?

J'essayai d'étudier leurs traits, mais leur peau grise et leurs longs cheveux blancs ne m'étaient pas familiers et ils étaient résolument inhumains. Ils avaient les mains libres, ce qui leur permettait de mieux agripper leurs victimes. Leurs ongles trop longs et mal entretenus ressemblaient à des griffes. Cependant, ils semblaient presque cassants.

En fait, leur apparence semblait majoritairement fragile par nature. Comme s'ils étaient trop faibles pour être vraiment vivants.

Comme des momies, pensai-je en fronçant les sourcils avant que ceux-ci ne s'envolent vers le haut. *Comme des momies !*

— Non, murmurai-je alors qu'une prise de conscience troublante perturbait mon esprit. Il n'y a pas moyen. Il n'y a pas moyen, putain.

Sauf que la preuve était sur l'écran. Leurs cils ressemblaient à de la cendre, leurs iris étaient dépourvus de pigmentation et leur peau n'avait manifestement pas vu le soleil ou tout autre élément depuis un bon moment.

— Des anciens, soufflai-je.

Nous étions au Vatican. *Non, on est en dessous... là où reposent les Créatures Bénies.*

Des Créatures Bénies qui ne pouvaient être réveillées que par un rituel.

Un rituel qui nécessitait du sang royal pour fonctionner.

Et il y avait un vampire dont le sang pouvait être utilisé pour réveiller toutes les Créatures Bénies existantes.

— L'aîné des vampires.

Cam.

Izzy

C'est pour ça que tout ça se produit ? C'est pour ça que Lilith a fait subir à Cam un lavage de cerveau de sorte qu'il croie qu'il est ce monseigneur ? Pour qu'il coopère et prenne part à cette folie ?

Mais pourquoi suis-je ici ? Quel but suis-je censée servir ?

Et pourquoi donnent-ils des humains en pâture aux Créatures Bénies ?

Les Créatures Bénies ne buvaient pas de sang. Elles étaient immortelles sans avoir à absorber d'essences mortelles. Tous les vampires le savaient. Pourtant, ces deux-là dévoraient ces humains comme de la nourriture.

C'est quoi ce bordel ?

Je cherchai un moyen de zoomer sur la vidéo pour voir si je pourrais repérer des traits caractéristiques qui me permettraient d'identifier ces pauvres âmes.

Il existait vingt Créatures Bénies.

Toutes étaient des hommes.

Et elles ressembleraient toutes à ces états momifiés après avoir été réveillées de leur repos.

Cependant, il y avait aussi des vampires qui avaient choisi le repos éternel, comme Cane, le frère de Cam. Ce qui signifiait que ces deux-là pourraient être des vampires, et non des Créatures Bénies.

Non. Ils ne pouvaient pas être des vampires parce que le sang de leurs victimes aurait déjà dû les aider à guérir s'ils avaient dévoré tous les corps de cette pile.

Alors pourquoi donnent-ils du sang aux Créatures Bénies ? me demandai-je une nouvelle fois en fronçant les sourcils.

J'avais assisté au rituel lorsque Cane avait choisi de dormir. Il n'avait nécessité aucun sacrifice humain, juste l'essence d'un royal de haut rang ou d'une Créature Bénie. Cam étant le plus ancien vampire royal, son sang avait été plus que suffisant pour la cérémonie de Cane.

Tout comme il serait plus que suffisant pour une cérémonie de réveil. C'était du moins ce que j'avais compris. Cam m'avait dit que les procédés étaient similaires, allant même jusqu'à m'enseigner les mots anciens impliqués, juste au cas où j'aurais besoin d'orchestrer un tel rituel.

Non pas que mon sang serait suffisant.

Mais celui d'un autre royal le serait.

Cependant, Cam n'avait jamais mentionné ça dans cette conversation.

Pourquoi est-ce qu'ils...

Les lumières s'éteignirent soudain autour de moi, me plongeant dans l'obscurité avec l'ordinateur portable pour seule source de lumière.

Je clignai des yeux.

Qu'est-ce que...

Une alarme se mit alors à retentir.

— Aïe, soufflai-je en levant mes mains vers mes oreilles qui bourdonnaient à cause de l'assaut sonore.

L'écran prit une teinte rouge bizarre. Puis il devint noir. Rouge à nouveau. Noir encore une fois. Rouge.

Je regardai fixement la scène tandis que des mouvements apparaissaient de manière irrégulière sous l'éclairage étrange. Les deux anciens descendirent de leurs trônes macabres et se déplacèrent hors de vue.

Où sont passées leurs chaînes ? me demandai-je en plissant les yeux pour essayer de voir plus nettement l'image. Mais l'éclairage stroboscopique empêchait de distinguer le moindre détail.

Je sursautai lorsque, sur l'écran, un corps vola à travers la pièce et que les lumières rouges en firent un spectacle monstrueux de brutalité. D'autres parties de corps apparurent ensuite et me donnèrent un haut-le-cœur.

Ça suffit. Je changeai de vidéo alors que mes oreilles bourdonnaient toujours à cause de l'alarme. D'autres lumières stroboscopiques rouges apparurent sur l'écran, provoquant une sensation de vertige dans mon esprit.

Je ne peux pas continuer à regarder ça dans le noir.

Je quittai rapidement le mode administrateur et m'assurai que je n'étais plus connectée au profil de Cam, mais je ne fermai pas l'ordinateur. C'était ma seule source de lumière.

Donc l'alarme retentit ici, mais pas les stroboscopes rouges.

Peut-être parce que c'était la chambre de Cam et non l'une des zones principales ? Même si cette cage qui retenait les deux anciens était sans doute plus une cellule qu'un espace public. Tout comme certaines de ces salles de classe s'apparentaient plus à une prison qu'à autre chose.

Je secouai la tête pour effacer les images de mon cerveau. Je devais me concentrer. *Cam est là pour aider à réveiller les anciens.*

Pourquoi est-ce que je suis là ? me demandai-je une fois de plus. Même si je comprenais les coutumes, mon sang ne pouvait pas aider aux rituels. Ma présence ne pouvait donc pas être en rapport avec ça.

Peut-être que la personne derrière tout ça m'a amenée ici pour contrôler Cam ?

Non, ça ne pouvait pas être le cas. Il ne se souvenait pas de moi. Et le mur entre nos esprits l'empêchait de me connaître.

À moins que ce ne soit cela qui l'inquiétait, que Cam essaie de me localiser s'il ne pouvait pas me parler en personne.

Je fronçai les sourcils. *Alors pourquoi ne pas me tuer ?* J'étais la meilleure chance pour Cam de se souvenir de tout. Ça allait sûrement à l'encontre de...

Je me figeai en entendant la porte s'ouvrir alors que la lueur de l'écran de connexion était ma seule source de lumière.

Merde... Je déglutis et mon expiration sembla s'arrêter dans ma gorge. Aucun autre son ne suivit. Pas de bruit de pas. Pas de bruissement de vêtements. Pas même le léger soupçon de la respiration de quelqu'un d'autre.

Mais les prédateurs pouvaient être extrêmement discrets. Et ils n'avaient pas besoin de lumière pour voir.

J'attendis. *C'est tellement silencieux. Trop silencieux. Et sombre...*

Mes poumons brûlaient à cause du besoin d'air et me forcèrent à inspirer brusquement. La chair de poule se répandit le long de mes bras et la sensation d'être observée provoqua en moi une peur viscérale qui me retint captive sur le lit.

— Cam ? chuchotai-je en me demandant s'il était revenu pendant la coupure de courant.

Pas de réponse.

Juste un silence inquiétant qui me mit mal à l'aise et fit se hérisser les poils de mes bras.

L'ordinateur portable se mit en veille et l'écran s'éteignit, me jetant dans une mer d'obscurité perpétuelle où je restai assise sans bouger. Une partie morbide de moi se dit que cela ferait de moi une proie moins intéressante.

Ce qui était tout simplement ridicule.

J'étais une humaine. Mon sang était idéal pour tous les monstres qui se cachaient dans les coins sombres du Vatican.

Arrête de rester assise là et fais quelque chose, me dis-je, irritée par ma réaction instinctive face à cet environnement austère. J'avais sur mes genoux une source de lumière en parfait état qui pourrait me confirmer si quelqu'un se tenait à proximité ou non ; je devais simplement l'utiliser.

Plutôt que de trop tergiverser, j'appuyai sur une touche et orientai l'ordinateur vers la porte ouverte. *Rien.* Un rapide coup d'œil dans la pièce me permit de constater que personne ne se tenait non plus près du lit. Si quelqu'un était entré, il pourrait s'être caché quelque part, étant donné qu'il m'avait fallu pas mal de temps pour réagir judicieusement, mais un simple ordinateur portable ne me permettrait de toute façon pas de me défendre contre quelqu'un qui voudrait m'effrayer.

Cogiter ne servirait à rien, alors je descendis du lit en tenant l'ordinateur portable contre ma poitrine avec l'écran tourné vers l'extérieur comme une lampe de poche encombrante.

Je me dirigeai sur la pointe des pieds vers la porte, les oreilles à l'affût d'un quelconque mouvement à proximité et je m'arrêtai au seuil sans le franchir.

Est-ce une sorte de test ?

Je fronçai les sourcils à cette idée. Un test n'expliquerait pas ce que j'avais vu les Créatures Bénies faire dans les catacombes.

À moins qu'il ne s'agisse d'une étrange mise en scène.

Mais dans quel but ? Pourquoi me laisser voir quelque chose d'aussi monstrueux ?

Non, ça ne pouvait pas du tout être un test. Il se passait quelque chose ici. Quelque chose que je n'étais pas censée savoir. Quelque chose qui nécessitait que Cam pense qu'il était ce monseigneur.

Quelque chose qui impliquait le réveil d'êtres anciens.

Je fis un pas dans le couloir et appuyai sur une touche du clavier pour maintenir l'écran allumé. La lueur qu'il projetait n'était pas vraiment vive, mais suffisante pour éclairer devant moi.

Malheureusement, cette lueur donnait aux murs de pierre un aspect plutôt intimidant. *Comme si j'étais dans une grotte.* Cependant, la texture semblait lisse, ce qui me fit davantage penser à du béton qu'à un bloc rocheux standard.

Donc plutôt une prison, décidai-je en tournant à droite pour avancer dans les méandres.

Il n'y avait pas d'autres portes le long du couloir dans cette direction, juste beaucoup d'espace vide. Une fois au bout, je fis demi-tour et m'engageai dans la direction opposée, passai devant l'entrée de la chambre de Cam et aboutis dans un espace ouvert avec quelques ascenseurs et une ouverture de porte.

J'utilisai l'ordinateur portable pour jeter un coup d'œil à travers cette dernière et découvris qu'elle menait à un escalier. Mon sourcil s'arqua vers le haut. *Ça ressemble définitivement à un test maintenant.*

Mais je ne voyais pas le but.

Et même si je prenais l'escalier, où est-ce que j'irais ?

J'étais déjà allée dans les catacombes une fois, quand Cane avait opté pour le repos éternel, mais je n'avais pas vraiment exploré. De plus, c'était il y a plusieurs centaines d'années. Parviendrais-je à m'orienter en bas, au moins ?

Où sont-elles en haut ? me demandai-je en remarquant que l'escalier montait et descendait.

Qu'est-ce que Lilith avait changé sous le Vatican ? De toute évidence, elle avait construit un logement pour Cam. *Est-ce là qu'elle l'a gardé toutes ces années ?* J'en doutais. Sa chambre était trop luxueuse pour cela.

Alors, elle t'a gardé en haut ou en bas ?

Je me souvins du jour où j'avais assisté au rituel de Cane et de la profondeur sous terre à laquelle nous nous étions aventurés.

Les catacombes avaient ressemblé à une véritable caverne d'obscurité avec des cryptes faites de roches anciennes et liées par des métaux précieux. Elles avaient été conçues pour servir de tombeau pour la royauté, mais sans l'entretien habituel. Du moins à l'époque, en tout cas. Lilith les avait probablement transformées en une salle de trône glorifiée, centrée sur son ego démesurément gonflé.

Salope, pensai-je en plissant les yeux. Dieu merci, Ryder l'avait tuée. Je regrettais seulement de ne pas avoir été là pour en être témoin.

Bon, en haut ou en bas ? me demandai-je. Parce que test ou pas, j'avais l'intention d'explorer. Si Cam me trouvait, je dirais simplement que je le cherchais à cause de la coupure de courant.

Je haussai les épaules et m'engageai dans la cage d'escalier. Le sol froid et dur me rappela instantanément que j'étais pieds nus, et le léger courant d'air qui remonta le long de mes jambes chatouilla ma peau nue sous la chemise de Cam. Une autre secousse me traversa, gracieusement offerte par la morsure de Cam.

Je grimaçai, mais me forçai à ignorer la sensation et me dirigeai vers les marches.

En bas, décidai-je avant de descendre les marches en

ciment sur la pointe des pieds tout en gardant l'ordinateur portable tourné vers l'extérieur.

Je m'aventurai deux étages plus bas avant de découvrir une autre ouverture de porte. Je jetai un coup d'œil de l'autre côté et aperçus un couloir semblable à celui que je venais de quitter.

Je supposai qu'il s'agissait probablement d'un autre logement, puisque celui de Cam était sur environ deux étages. Toutes les chambres étaient vraisemblablement aussi grandes. Non pas que cela avait beaucoup de sens vu l'absence de fenêtres et de meubles.

Je haussai les épaules et continuai à descendre l'escalier jusqu'à tomber sur un autre couloir similaire environ deux étages plus bas.

Hmm. Je fis quelques pas de plus, puis m'arrêtai pour écouter. *Jusqu'où ça descend ?*

Rien ne me parvint aux oreilles.

Aucune alarme au loin. Aucun signe de pas. Pas même un murmure de voix.

Je jetai un coup d'œil par-dessus la rampe en éclairant vers le bas pour essayer de localiser le fond et fis un bond en arrière lorsque je découvris une paire d'yeux rouges brillants qui me fixaient droit dans les yeux.

L'ordinateur portable faillit m'échapper des mains, mais je réussis à le serrer à la dernière seconde contre ma poitrine secouée par le martèlement de mon cœur.

Un cri se logea dans ma gorge lorsque l'être aux yeux rouges apparut devant moi avec une vitesse indiquant qu'il était surnaturel.

Vampire, réalisai-je avec un halètement. *Les lycans ont des yeux jaunes à cause de leurs loups intérieurs.*

Cependant, maintenant qu'il était proche, je pouvais voir les traits de son visage dans le faible éclairage. Ses yeux n'étaient plus d'un rouge brillant, mais d'un vert éclatant. Et il avait de longs cheveux blonds qui lui arrivaient aux épaules.

Mes lèvres se retroussèrent.

— Michael ?

Je l'avais rencontré une fois plus d'un siècle auparavant. Peu de temps avant sa *mort*.

— Ismerelda, répondit-il d'un ton plat. T'essaies de t'échapper ?

Je clignai des yeux vers lui.

— Quoi ?

Pourquoi est-ce que j'essaierais de m'échapper ? Mais ce n'était pas la question la plus importante.

— Comment tu peux être là ?

T'es censé être mort. Des humains l'avaient tué. C'était en partie ce qui avait poussé Lilith à vouloir réduire l'espèce humaine en esclavage.

En théorie, en tout cas.

Mais si Michael est vivant...

— Je vois que monseigneur ne t'a pas encore débarrassée de ton impolitesse, dit-il d'un ton arrogant qui me rappela Lilith.

Il m'arracha l'ordinateur portable des mains et le ferma, nous plongeant tous les deux dans une mer d'obscurité perpétuelle.

Je tendis instinctivement le bras pour le récupérer, mais me heurtai à de l'air. Le mouvement me fit perdre l'équilibre et mes mains cherchèrent quelque chose à quoi s'accrocher sans rien trouver de substantiel.

J'essayai de m'agripper à quelque chose derrière moi en faisant tournoyer mes bras tandis que mes pieds se déplaçaient pour essayer de rester sur la marche de l'escalier, mais je ne pouvais rien voir dans le noir.

Putain !

Le monde bascula.

Je baissai le menton et couvris ma tête alors que je cédais à la chute, consciente qu'elle était inévitable. Le ciment dur frappa d'abord mes genoux, puis mes coudes, arrachant un cri à mes lèvres alors que je me tordais et tournoyais avant d'atterrir sans ménagement sur le dos.

L'air dans mes poumons se retrouva bloqué, car ma poitrine fut momentanément en état de choc et oublia comment fonctionner. Je haletai et me recroquevillai en boule face à la douleur. L'élancement commença entre mes jambes et se répercuta le long de ma colonne vertébrale pour rejoindre la cacophonie de sensations intenses qui parcouraient mes terminaisons nerveuses.

J'avais clairement ouvert la plaie que Cam avait laissée derrière lui, mais il n'y avait plus d'effets résiduels agréables. Uniquement de la douleur.

Tellement de douleur.

— Oh, je suis désolé. La mortelle présomptueuse est tombée de son grand cheval ? me dit une voix moqueuse bien trop près de mon oreille. C'est vraiment dommage.

Une douleur aiguë s'abattit sur ma cheville alors qu'un poids lourd pesait sur elle.

Est-ce sa main ou son pied ? Des stries de caoutchouc répondirent à ma question mentale en s'enfonçant dans ma peau. *Définitivement son pied. Couvert d'une botte.*

Je haletai lorsque la douleur se transforma en une sensation d'écrasement qui me fit oublier toutes mes autres blessures et me concentrer entièrement sur mon membre inférieur.

— Les humains n'ont aucun droit dans ce monde. Même ceux qui appartiennent à l'être suprême de notre espèce. Tu dois apprendre cette leçon si tu comptes rester en vie. Et vite.

Un cri griffa ma gorge alors qu'il exerçait davantage de pression.

— Sinon, tu seras facilement remplacée. D'autant plus qu'on est dans un bunker rempli de vierges de sang. Je doute que tu manquerais à Cam. Ce n'est pas comme s'il se souvenait de quoi que ce soit à ton sujet.

Il fit pivoter sa botte, ce qui envoya une douleur insoutenable dans mes jambes. Mais ses mots me firent encore plus mal, ainsi que ce qu'ils impliquaient.

Je suis superflue parce que Cam ne se souvient pas de moi.

Il... Il pourrait me remplacer.

— Ah, voilà, dit Michael d'un air songeur. Tu commences à comprendre. Excellent. Maintenant, sois une bonne petite pute de sang et dis-moi comment t'aides Damien à démanteler nos opérations techniques.

Sa botte s'enfonça dans ma peau, me forçant à me mordre la lèvre pour ne pas crier. Je refusais de lui donner satisfaction. Tout autant que je refusais de parler. Je ne lui devais rien, et encore moins une explication.

Mais j'aurais bien aimé savoir comment il pouvait être toujours en vie.

La pression sur ma cheville augmenta jusqu'à atteindre un niveau atroce, forçant un autre cri à s'élever dans ma gorge.

Ne le laisse pas gagner. Ne crie...

— Dis-moi comment t'aides Damien. Si ta réponse me plaît, je te laisserai peut-être ramper dans les escaliers pour retourner dans la chambre de Cam en un seul morceau.

Il relâcha ma cheville, ce qui me donna envie de me recroqueviller encore plus sur moi-même alors qu'une nouvelle douleur se propageait dans mes veines. Mais ses doigts dans mes cheveux attirèrent soudain mon attention lorsqu'il tira sur les racines.

— Parle, pute de sang.

Je sentis son souffle chaud sur mon visage, confirmant sa proximité.

Je clignai des yeux dans l'obscurité, avant de les fermer brutalement lorsque toutes les lumières s'allumèrent en même temps. C'était aveuglant, cruel et inattendu.

Mais Michael ne me laissa pas une seconde pour m'acclimater et ses doigts s'enchevêtrèrent violemment dans mes cheveux emmêlés.

— Réponds-moi, Isme...

Il me relâcha brusquement, faisant tourner mon monde une fois de plus, presque comme s'il m'avait jetée en bas d'une autre volée de marches. Mais seule ma tête semblait tourbillonner, pas mon corps.

Mon estomac se noua en réponse. *Non, non. Pas maintenant.* Je me couvris la bouche et me forçai à déglutir alors qu'un malaise menaçait de me submerger.

Je me sentais brisée.

Meurtrie.

Blessée.

— Qu'est-ce qui se passe ici ?

La voix de Cam traversa mon esprit, me remplissant immédiatement d'une vague de réconfort et de sécurité.

Jusqu'à ce que la dureté de ses mots filtre à travers mes pensées.

Il avait l'air irrité. Non, plus que ça. Une intention meurtrière se cachait sous sa question. Un ordre qui exigeait une réponse.

Mais j'étais trop désorientée pour en fournir une.

— Monseigneur, murmura Michael avec un ton révérencieux bien loin de la voix sinistre qu'il avait employée quelques secondes plus tôt.

Où étaient-ce des minutes plus tôt ?

— Je cherchais la source de notre perturbation technique quand j'ai trouvé ton *Erosita* en train d'essayer de s'échapper.

Je fronçai les sourcils.

— Je ne m'échappais pas, lâchai-je d'un ton graveleux.

Tout cela me déboussolait complètement et me mettait mal à l'aise. J'essayai d'ouvrir les yeux pour trouver Cam, mais la luminosité me fit mal à la tête et me replongea dans une spirale descendante.

Ça n'a même pas de sens. Je ne me suis pas cogné la tête en tombant.

À moins que...

Je me suis cogné la tête ?

Argh, je ne sais pas. J'ai mal, *c'est tout.*

— Pourquoi est-ce que mon *Erosita* saigne ? demanda Cam avec ce tranchant toujours présent dans la voix.

— Il faisait noir, donc elle a trébuché et est tombée dans l'escalier, expliqua Michael. Elle avait tellement hâte de s'échapper qu'elle a apparemment oublié qu'elle était mortelle et qu'elle ne pouvait pas voir sans lumière.

Sa description des faits me donna envie de grogner.

— Je ne m'échappais pas, répétai-je entre mes dents en essayant à nouveau d'ouvrir les yeux.

— Et pourquoi est-ce que t'as mon ordinateur portable ? s'enquit Cam en ignorant complètement ce que je venais de dire.

— Parce qu'il est la source de notre perturbation technique. J'ai trouvé ton *Erosita* avec, ce qui confirme qu'elle travaille avec Damien. C'est clairement eux qui ont causé la faille de sécurité.

Quoi ? Ça n'a aucun sens. J'avais essayé en vain d'accéder à un réseau externe. Seul le système interne semblait fonctionner. Alors comment est-ce que j'aurais pu communiquer avec Damien ?

Et pourquoi piraterait-il leur système ?

Enfin, il pourrait effectivement essayer de nous localiser, Cam et moi. Mais...

— Je vois.

La voix de Cam transperça mes divagations mentales et le fait qu'il acceptait aisément les accusations de Michael me fit froncer les sourcils encore plus.

— Et t'as la preuve que c'est mon ordinateur portable qui est en cause ?

OK, il n'avait peut-être pas complètement accepté son explication.

—Je l'aurai une fois que j'aurai confié ton ordinateur à nos techniciens, répondit Michael.

— Et ils seront en mesure de confirmer que c'est Ismerelda qui a aidé Damien à obtenir l'accès ? insista Cam avec une note glaciale dans la voix qui me fit frissonner.

J'ouvris la bouche pour nier l'accusation, mais Michael répondit avant que je ne puisse le faire.

— Je n'en suis pas sûr, monseigneur. J'essayais de l'interroger quand elle est tombée. Mais elle n'a jamais répondu.

— Donc c'est toujours possible qu'elle n'ait rien fait de mal.

— C'est possible, oui. Mais peu probable, étant donné que je l'ai surprise en train d'essayer de s'échapper avec ton ordinateur, fit remarquer Michael, ce qui me donna à nouveau envie de lui grogner dessus.

— Pourquoi est-ce que j'irais plus profond sous terre si je voulais m'échapper ? craquai-je alors que mes yeux semblaient enfin réussir à s'adapter à la vive lumière.

Ma vision était un peu floue, mais je pouvais distinguer Cam qui se tenait sur le palier trente centimètres devant moi. Michael semblait être quelques marches plus bas, mais son corps était caché par la carrure impressionnante de Cam.

— On est sous le Vatican, poursuivis-je avant que l'un

ou l'autre des deux hommes ne puisse à nouveau m'ignorer. J'irais vers le *haut* si je voulais m'échapper.

Aucun des deux hommes ne répondit, mais je sentis un changement dans l'air. Quelque chose de subtil. Quelque chose qui me mit... mal à l'aise.

— Elle n'a pas tort, Michael, murmura Cam en faisant pivoter son corps vers moi tandis qu'il glissait ses mains dans ses poches. Alors qu'est-ce que tu faisais, Ismerelda ? Pourquoi est-ce que t'étais dans l'escalier avec mon ordinateur portable ?

CAM

Je dus me retenir physiquement de ne pas réagir à la femme blessée au sol.

Mon nez m'avait conduit jusqu'à elle dès que j'étais arrivé à mon étage. Pour une raison quelconque, les ascenseurs s'étaient remis à fonctionner avant que les lumières ne se rallument.

Je m'apprêtais à ouvrir la porte de ma chambre lorsque l'odeur attirante d'Ismerelda m'avait conduit vers la cage d'escalier.

Son sang frais avait été comme un phare, appelant mon prédateur intérieur et me guidant quelques étages plus bas.

Où je l'avais trouvée recroquevillée sur le sol, les fesses à l'air à cause de ma chemise fripée.

Non pas qu'elle semblait avoir remarqué sa situation précaire. Elle était en position fœtale, clairement en train de souffrir.

L'air était parfumé de son essence à cause des écorchures sur ses genoux et ses coudes, mais ce n'était pas cet arôme qui m'avait attiré vers elle.

Non. La source de ma curiosité se trouvait entre ses cuisses et concernait le sang attrayant qui suintait de la morsure que je lui avais infligée plus tôt. Sa chute dans l'escalier, si l'on en croyait la description de l'accident faite par Michael, avait probablement aggravé la blessure.

— Tout est devenu noir et la porte de ta chambre s'est ouverte, dit-elle, ce qui attira mon attention sur ses lèvres. J'ai pris ton ordinateur portable pour m'en servir comme lampe de poche et je suis partie à ta recherche. Mais il n'y avait rien à ton étage à part l'escalier, alors j'ai commencé à descendre les marches.

Elle prononça ces mots avec la conviction d'une reine et sa douleur sembla passer au second plan par rapport à son besoin de s'expliquer. Cela me rendit presque fier, ce qui était une réaction étrange. Je devais briser son insolence profondément ancrée, et non l'encenser.

Et pourtant, elle s'avéra utile dans cette situation.

— Alors tu n'es pas tombée dans le noir ? demandai-je en haussant les sourcils.

Je soupçonnais Michael de ne pas avoir été tout à fait franc, surtout parce qu'il m'avait dit vouloir interroger Ismerelda à peine une heure plus tôt. Je lui avais dit de ne pas s'approcher d'elle, mais je les avais trouvés seuls dans une cage d'escalier.

— Oui, répondit-elle en soutenant audacieusement mon regard. Je suis tombée après que Michael m'a brusquement pris l'ordinateur des mains et m'a aveuglée au milieu de l'escalier.

— Parce que je voulais mettre fin au jeu que tu jouais avec ton frère, quel qu'il soit, déclara ma progéniture sans ambages. Ce qui a visiblement fonctionné vu que la lumière est revenue moins de cinq minutes après que j'ai fermé l'ordinateur.

Cela pouvait effectivement constituer une preuve. *Cependant...*

— Est-ce que les techniciens ont confirmé que celui qui a piraté le système a perdu sa connexion ? Ou est-ce qu'ils ont réussi à l'expulser ?

Je fis de nouveau face à Michael.

— Et est-ce qu'ils ont confirmé que c'est bien Damien qui pirate notre réseau ?

Le tic dans la mâchoire de Michael me donna sa réponse avant qu'il ne l'exprime.

— Non, monseigneur. Mais ils m'ont envoyé ici pour que je localise la source avec ça, dit-il en sortant un appareil carré de sa poche. Et il m'a conduit à ton ordinateur portable.

— C'est un scanner ? demandai-je en regardant l'objet qu'il tenait dans sa main.

— C'est un traceur qui émet des signaux de couleur, expliqua-t-il. Les techniciens m'ont dit de quel étage semblait provenir la brèche et ils m'ont envoyé ici pour enquêter. Plus je me rapprochais de ton ordinateur, plus le signal devenait lumineux.

— Il n'est pas très lumineux en ce moment, dis-je en regardant toujours la boîte noire sans prétention dans sa paume.

— Il s'est éteint quand j'ai fermé l'ordinateur.

— Je vois.

Je reportai mon attention sur l'ordinateur en question.

— Alors je te suggère de l'apporter aux techniciens et de leur demander de procéder à un examen approfondi.

— Oui, monseigneur.

Il essaya de jeter un coup d'œil derrière moi.

— Et pour elle ?

— C'est moi qui décide du sort d'Ismerelda, lui dis-je sur un ton qui excluait toute contestation.

— Mais c'est la preuve qu'elle travaille avec Damien, monseigneur.

— Je ne vois pas en quoi le fait qu'elle utilise mon ordinateur portable en guise de lampe de poche prouve quoi que ce soit d'autre que le fait qu'elle est ingénieuse lorsqu'elle explore des zones qu'elle ne devrait pas.

Ce qui était techniquement de ma faute, puisque je ne lui avais pas explicitement dit de rester dans ma chambre. Je l'avais simplement sous-entendu.

— Elle ne sait peut-être pas qu'elle l'aide, dit-il d'un ton m'incitant à reconsidérer la question. J'ai trouvé un scanner, monseigneur. Je peux te l'apporter. Ça te permettra au moins d'être certain que Damien ne lui a pas implanté de puce.

Il devait être très sérieux au sujet de cette accusation pour avoir trouvé un scanner en si peu de temps.

Hélas, il n'avait pas vraiment tort de faire ces suppositions. Il voulait simplement protéger l'opération et quelqu'un, éventuellement le frère d'Ismerelda, lui rendait la tâche très difficile à l'heure actuelle.

Celui qui avait piraté le système avait permis aux Créatures Bénies de s'échapper de leurs cages, ainsi qu'à plus d'une douzaine d'autres sujets de recherche.

Mira et les autres étaient encore profondément sous terre en train de les pourchasser.

Je les avais laissés arranger ça puisque c'étaient leurs systèmes défectueux qui avaient provoqué ce bazar. Si un seul hacker pouvait semer un tel chaos, alors l'équipe qui avait construit cette installation méritait de tirer les leçons de sa propre incompétence.

Les derniers mots que j'avais adressés à Mira avaient été « Viens me trouver quand tout sera rentré dans l'ordre et que tout sera prêt pour nos expériences. On ne réveillera Fen qu'à ce moment-là, pas avant. »

La dernière chose dont nous avions besoin, c'était que le père incontestable des lycans vienne s'ajouter à cette catastrophe.

— Monseigneur, commença Michael en interrompant mes pensées. Je...

— Apporte mon ordinateur portable en bas pour qu'il soit inspecté et ramène-moi le scanner. Si Ismerelda a une puce, je la trouverai et on pourra partir de là, lui dis-je. Mais je veux quand même la preuve que c'est Damien qui est derrière tout ça.

Ce que la puce pourrait peut-être démontrer.

Cependant, je doutais fortement que l'on trouve quoi que ce soit. Surtout parce qu'il n'y avait eu aucun avertissement qu'Ismerelda serait emmenée ici. Implanter une puce aurait nécessité de la prévoyance et je doutais fort que quiconque ait vu venir la chose.

— Bien sûr, monseigneur, répondit Michael en s'inclinant. Je reviendrai.

Il partit sans un autre mot, mais je perçus une bouffée de sa satisfaction dans l'air.

J'ignorai cette odeur irritante et me tournai vers un autre parfum bien plus intrigant : le sang d'Ismerelda.

Elle s'était déplacée pour caler son dos contre le mur, les jambes repliées à un angle étrange. Des larmes brillaient dans ses jolis yeux et sa mâchoire était serrée.

Une battante, pensai-je, interpellé par le fait qu'elle refusait de laisser tomber ces émotions perfides malgré la douleur qu'elle ressentait manifestement.

J'observai sa silhouette et remarquai à nouveau les éraflures sur ses genoux et ses coudes. Elle en avait d'autres sur les avant-bras, mais la source principale de son doux parfum provenait toujours d'entre ses cuisses.

Cela attira mon attention sur ses jambes. La bête en moi avait envie de les écarter et de dévorer un splendide repas constitué de chatte et de sang.

Seule l'ecchymose sur le bas de sa jambe détourna momentanément l'attention de mon prédateur intérieur et lui arracha un grognement d'une autre nature. Primaire. Vicieux. Furieux.

Je m'accroupis devant elle pour mieux la voir et j'aperçus des rougeurs sur sa cheville. Ses autres blessures provenaient clairement d'un atterrissage sur une marche ou peut-être sur ce palier en ciment. Elles étaient plus petites. Rondes. Boursouflées de sang.

Mais celle-ci... Celle-ci était plus longue. Avec des empreintes qui s'enfonçaient profondément dans sa peau. *Des empreintes qui ressemblent à celles d'une botte...*

— Qu'est-ce qui s'est passé ici ? demandai-je.

Mes doigts me démangeaient de toucher sa peau délicate et de tracer la marque étrange. Celle-ci allait définitivement former une ecchymose affreuse et entacher sa peau par ailleurs sans défaut.

Je suis le seul à pouvoir la marquer, pensai-je. *Et jamais comme ça.*

Je clignai des yeux. Ma réaction était si vive que je reconnus à peine ma propre voix mentale.

Mais Ismerelda ne me laissa pas le temps de m'attarder là-dessus.

— Michael voulait me rappeler ma place dans ce nouveau monde, répondit-elle.

Ma mâchoire se crispa.

— Quoi ?

Oh, je l'avais bien entendue, mais j'avais besoin qu'elle le répète.

Elle poussa un souffle.

— Michael a utilisé ma cheville pour me rappeler que

j'étais mortelle. Ou c'était peut-être sa façon de prouver qu'il était immortel.

Elle leva une épaule et grimaça.

— Il était humain la dernière fois que je l'ai vu. Et je croyais qu'il était mort. Je suppose que ma curiosité ne lui a pas plu.

Je cédai à mon besoin de la toucher et tendis la main vers sa cheville.

Et je le regrettai presque instantanément lorsqu'elle tressaillit et éloigna sa cheville de moi avec un sifflement avant de se mordre la lèvre inférieure.

Un autre soupçon de son essence réchauffa l'air, taquinant mes papilles et me donnant envie de lécher le sang de sa bouche.

Mais une partie plus forte de moi avait besoin de la soigner.

De la guérir.

De la *venger*.

Comment est-ce que ce putain Michael avait pu oser la toucher ? Surtout après ce que je lui avais dit à peine une heure plus tôt.

J'étais le seul à pouvoir punir Ismerelda. Le seul à pouvoir la contrôler. *Le seul à pouvoir la protéger.*

Je déglutis et repoussai cette dernière pensée. Ce besoin de la posséder et de la revendiquer venait du lien qui nous unissait.

C'était pour ça que j'avais chargé Lilith de trouver une meilleure alternative que de prendre une *Erosita*. Ces instincts possessifs étaient dangereux et distrayants.

Mais je ne pouvais pas nier mon désir de guérir Ismerelda.

Je ne voulais pas risquer qu'elle meure et se réveille à nouveau dans un état bizarre. Pas alors que je ne l'avais pas encore baisée correctement.

Elle était mon jouet.

Ma principale source de subsistance.

Et je ne pourrais pas en profiter pleinement si je la laissais dans cet état.

Plutôt que d'y réfléchir davantage, je la soulevai dans mes bras en réussissant tout juste à ignorer son inspiration brutale et montai progressivement les marches jusqu'à mon étage, puis l'amenai directement dans ma chambre.

Le trajet ne dura que deux ou trois secondes, mais ce fut suffisant pour qu'elle se morde à nouveau la lèvre pour lutter contre l'envie de réagir à ses blessures et fasse couler encore plus de sang. *Elle doit également ressentir une douleur atroce entre ses cuisses.*

J'avais mordu son clito pour la maintenir dans un état d'excitation.

Cela s'était manifestement retourné contre elle.

Je m'en souviendrai à l'avenir.

— Tu n'aurais pas dû aller te promener, lui dis-je en l'allongeant sur mon lit. Si quelque chose comme ça se reproduit, attends-moi ici.

Elle déglutit et baissa les yeux.

— Oui, monseigneur.

Mes lèvres menacèrent de se retrousser face à sa soumission. Ce qui était étrange, car elle devait se soumettre à moi, comme tous les autres. Mais sa pugnacité dans la cage d'escalier m'avait bien plu. C'était bien plus séduisant que cette apparence docile.

Intéressant. La femme que j'avais vue sur le tarmac lorsque l'avion avait atterri avait été une que j'avais envisagé de transformer en vampire, ne serait-ce que parce que son esprit était manifestement supérieur à celui de la plupart des humains.

Cependant, cette version d'elle était faible et

correspondait exactement à ce que l'on attendait des êtres inférieurs.

C'est peut-être pour ça que je l'ai gardée comme esclave de sang au lieu d'en faire ma reine, pensai-je. *Et je l'ai peut-être gardée toutes ces années parce que je voyais qu'elle avait le potentiel d'être plus que ça.*

Mais son comportement actuel prouvait qu'elle ne pourrait pas gérer la véritable immortalité.

Parce qu'une reine ne s'inclinerait jamais aussi facilement. Pas même devant son roi.

Je soupirai, portai mon poignet à ma bouche et me mordis.

— Bois, lui dis-je en plaçant la plaie ouverte contre ses lèvres.

Ses yeux verts étincelants se levèrent vers moi et je vis de l'émotion cachée sous un voile de larmes non versées. Pendant un instant, je crus déceler un soupçon de surprise dans son regard embué, mais il disparut lorsqu'elle cligna des yeux et obéit à mon ordre.

Ma main opposée vint se placer à l'arrière de sa tête pour la tenir contre moi pendant qu'elle se nourrissait. J'avais l'intention de contrôler la quantité qu'elle buvait, mais les nœuds dans ses cheveux me détournèrent de cette tâche.

Ses cheveux semblaient ébouriffés. Comme si les doigts de quelqu'un s'étaient grossièrement emmêlés avec les mèches.

Ou les mains d'un autre homme. Je plissai les yeux.

— Michael t'a touchée ici ?

Ces jolis iris retrouvèrent les miens alors qu'elle baissait légèrement le menton en guise de confirmation.

Je retirai mon poignet.

— Pourquoi est-ce que ses doigts étaient dans tes cheveux ?

Sa gorge travailla sur une dernière déglutition et ses joues se mirent à rougir, non pas par embarras, mais par l'excitation provoquée par le fait de boire du sang de vampire.

— Il me posait des questions sur Damien, dit-elle d'une voix à nouveau assurée. Il m'a demandé comment j'aidais mon frère.

— Et qu'est-ce que t'as répondu ?

— Je n'ai pas eu le temps de répondre.

Elle me regarda fixement.

— Mais, pour que les choses soient claires, je n'aide pas Damien à faire quoi que ce soit. Il faudrait que je puisse avoir accès à une sorte de réseau extérieur pour pouvoir le joindre, et je n'ai pas eu l'occasion de le faire.

— T'as eu accès à mon ordinateur portable, fis-je remarquer en l'étudiant alors qu'elle continuait à soutenir hardiment mon regard. Et, d'après Michael, l'équipe technique a remonté les interférences jusqu'à cet ordinateur portable.

Elle haussa les épaules.

— Je n'ai pas d'explication pour ça. Je ne pourrais pas non plus te dire à quoi ça me servirait d'ouvrir toutes les portes *et* d'éteindre toutes les lumières pendant que je suis sous terre. Je ne peux pas voir dans le noir. De toute évidence.

Elle soulevait un bon point.

Je ne voyais pas non plus ce qu'elle aurait à gagner en laissant les Créatures Bénies sortir de leur cage. Elle ne savait probablement même pas qu'elles étaient réveillées.

Mais elle savait clairement que nous étions sous le Vatican puisqu'elle l'avait mentionné dans la cage d'escalier.

— T'étais déjà venue ici ?

Parce que si c'était le cas, elle pourrait déjà connaître son chemin.

Mais elle était descendue au lieu de monter.

Ce qui, comme elle l'avait dit, n'avait aucun sens si elle essayait de s'échapper.

Et pourquoi voudrait-elle s'échapper de toute façon ? J'étais sa ligne de vie immortelle. Son compagnon. Elle avait littéralement couru vers moi sur ce tarmac, et non pas loin de moi.

Ses pupilles s'enflammèrent tandis qu'elle répondait.

— Oui. Avec toi. Quand Cane a choisi le repos éternel.

— Hmm.

Je ne me souvenais pas du tout de ça.

— On a assisté à sa cérémonie, dis-je.

Ce n'était pas une question, mais une affirmation. Parce qu'il était évident que j'avais assisté au rituel. J'y aurais participé pour aider mon frère à entrer dans le sommeil qu'il avait choisi. Mais il était surprenant d'apprendre qu'Ismerelda avait été présente avec moi.

— Ça fait combien de temps que mon frère a choisi le repos éternel ?

Je n'avais rien lu à ce sujet dans les dossiers. Mais ce n'était sans doute pas très pertinent pour notre monde actuel puisque mon frère avait choisi de se reposer pendant tout ce temps.

— Il y a environ quatre cent cinquante ans. Donc je n'ai vu que les catacombes où sont conservés les anciens. Pas...

Elle fit un geste de la main pour désigner la pièce.

— ... ça.

— Et t'as assisté à toute la cérémonie ? insistai-je, toujours fixé sur le fait que je l'avais emmenée avec moi.

— Oui.

Je plissai les yeux.

— Prouve-le. Raconte-moi une partie de...

Un coup à la porte interrompit ma demande. *Michael.*

Je fronçai les sourcils alors que mes doigts quittaient les cheveux d'Ismerelda. Je n'avais même pas réalisé que je la tenais toujours, car mon esprit était trop captivé par notre conversation pour songer aux actions de ma main. La toucher m'avait semblé normal. Attendu. Apaisant, même.

Je m'éloignai de mon lit en secouant la tête et me dirigeai vers la porte.

— Le scanner, monseigneur, dit Michael en guise de salut, la tête inclinée.

Je l'observai pendant un long moment tandis que la bête en moi se disputait avec le stratège à l'intérieur de mon esprit.

Il a touché ma femme.

Il est mon assistant.

Il a blessé Ismerelda.

Il veut seulement protéger notre mission. Je m'en ficherais s'il avait interrogé n'importe qui d'autre.

Ismerelda n'est pas n'importe qui d'autre.

— Monseigneur ? demanda-t-il lorsque je ne répondis pas immédiatement. Tu veux que je te montre comment il fonctionne ?

Hmm. Une partie de moi voulait lui prendre l'appareil et l'utiliser pour le matraquer.

Mais la partie la plus intelligente de mon esprit avait une autre suggestion.

Une sorte d'idée.

Une idée qui se transforma en un plan qui n'apaisa pas tout à fait l'animal qui rugissait dans mon esprit, mais qui calma suffisamment la bête féroce pour me permettre de répondre.

— J'imagine qu'il suffit de faire rouler cet appareil le long de sa peau, non ?

— C'est exact, monseigneur. Tu n'as qu'à appuyer sur ce bouton, dit-il en me montrant le bouton en question sur le côté. Je te recommande de scanner chaque partie de son corps, au cas où Damien aurait choisi de placer le traceur à un emplacement... euh... *inventif*.

Je hochai la tête, comprenant ce qu'il voulait dire. Il insinuait qu'Ismerelda devrait être nue pour l'examen.

Ce que j'avais déjà prévu.

— Tu peux rester pendant que je l'examine, Michael, lui dis-je.

Cela fit grogner mon prédateur intérieur de désapprobation. Mais le fait de savoir pourquoi j'avais l'intention de permettre la présence de Michael tout au long de cette procédure intime apaisa la plupart de mes instincts possessifs.

Les lèvres de Michael se retroussèrent et son parfum de satisfaction se répandit dans l'air.

— Bien sûr, monseigneur.

Je m'écartai pour lui permettre d'entrer dans la pièce.

Puis je fis face à mon *Erosita*.

Il était temps de découvrir si mon instinct à son sujet était correct. Ou si j'avais été aveuglé par le lien millénaire qui nous unissait.

Izzy

— Enlève ta chemise, Ismerelda, dit Cam en prenant l'appareil des mains de Michael.

Je frissonnai tandis que l'intention derrière ses mots s'installait au plus profond de moi. *Il veut que je me déshabille. Que je sois nue. Exposée. Vulnérable. Devant un autre homme.*

Mon Cam n'aurait jamais permis cela, et encore moins envisagé de le faire. Mais dans ce nouveau monde créé par des vampires et des lycans assoiffés de sang, les humains étaient du bétail.

Et *ce* Cam avait l'intention de me le rappeler.

Tout comme Michael avait essayé de le faire dans la cage d'escalier.

Très bien. Si ces deux êtres puissants voulaient m'obliger à me soumettre, je jouerais le jeu. Tout comme je le faisais chaque fois que j'appelais Cam « *monseigneur* ».

Il faut juste que je trouve un moyen de faire en sorte qu'il se souvienne de moi, pensai-je en commençant à déboutonner ma chemise. *Ce que je ne peux pas faire devant Michael.*

Je devais m'adonner à ce comportement, voir cela comme un jeu, et trouver son cœur vulnérable sous tout cet extérieur de vampire endurci.

Et si ça ne marche pas ? se demanda une partie de moi. *Qu'est-ce qu'il se passe après ?*

Alors je le fais retomber amoureux de moi, décidai-je. *Il est mon âme sœur. Ça ne peut pas être supprimé, n'est-ce pas ?*

Je refusai de laisser la voix cynique dans ma tête répondre à cette question et je finis de déboutonner la chemise.

Les yeux de Cam parcoururent mon torse pendant que je retirais le tissu de mes épaules. Plutôt que de le laisser tomber, je le pliai sur le lit à côté de moi et attendis son ordre suivant.

Va-t-il me demander de me lever ? Parce que je n'étais pas sûre d'en être capable pour l'instant. Même si j'avais avalé suffisamment de son sang pour entamer le processus de guérison, celui-ci venait à peine de commencer à faire effet, comme en témoignait la sensation de picotement dans ma cheville. Cela prendrait encore une heure ou deux pour que je me sente de nouveau moi-même. Peut-être un peu plus.

Je me mordis la lèvre lorsque le point sensible entre mes cuisses recommença à me piquer. *Je ne suis définitivement pas fan des morsures à cet endroit*, décidai-je. Ça avait été agréable au début, euphorique même, mais maintenant... plus tant que ça.

Je ne veux absolument pas me lever. Mais je n'aurais pas le choix si Cam l'exigeait.

Mais il se contenta d'admirer mes seins un instant de plus avant de baisser son regard vers la marque qu'il avait laissée sur mon sexe. Ses narines se dilatèrent et il s'approcha avec le scanner dans la paume de sa main.

Plutôt que de parler, il s'assit à côté de moi sur le lit et utilisa sa main libre pour repousser mes cheveux de mon visage.

— Ce serait peut-être plus facile si elle se tient debout, monseigneur, dit Michael en se rapprochant de nous. Juste pour être sûr que tu puisses scanner chaque centimètre, je veux dire.

Cam m'observa un instant et son regard passa de ma bouche à mes yeux. Je retins mon souffle, attendant qu'il donne l'ordre et espérant pouvoir trouver l'équilibre pour y obéir.

— Plus facile, oui, murmura-t-il tandis que ses iris bleus se teintaient d'une noirceur qui me fit frissonner sous son regard. Mais je préfère le défi.

— Bien sûr, monseigneur, répondit Michael.

Cam continua d'étudier mon visage alors que ses doigts démêlaient mes cheveux en tirant doucement dessus. Son regard semblait brûler dans le mien avec une intensité qui donna un coup de fouet à mes sens, revitalisa mes veines et fit battre mon cœur plus vite.

Tout cela avait un caractère dangereux.

Hypnotique.

Terrifiant, mais excitant.

Son scanner ne révélerait rien. Je le savais. Mais il y avait une certaine violence dans ses mouvements qui me laissait incertaine de ce qui allait suivre.

Cette version de Cam me fait peur, réalisai-je. Ce qui était logique, étant donné tout ce qu'il avait fait. Mais ressentir cela à propos de mon compagnon, de l'amour de ma vie, était déroutant. À la fois contrariant et stimulant.

Parce que je ne pouvais pas anticiper ce qu'il allait faire ensuite.

Il n'était pas la version que je connaissais et en laquelle j'avais confiance. C'était un être ancien avec un sens reprogrammé de l'humanité. Ou un manque d'humanisme. Il ne se souciait ni de moi ni de la race des mortels.

Pourtant, il continuait à me toucher avec une tendresse qui me rappelait mon Cam. Mais le mâle que j'aimais n'aurait jamais permis à un autre homme de me voir ainsi. De dégrader mon intimité. De me forcer à me soumettre à ce point.

Je déglutis alors que ses doigts s'aventuraient dans mon cou et que son pouce effleurait mon pouls qui battait à tout rompre.

— Hmm, t'as peur, dit-il en penchant la tête. Parce que je suis sur le point de découvrir que t'as menti sur le fait de ne pas aider ton frère ?

— Non.

J'étais certaine qu'il ne trouverait rien du tout.

— Alors pourquoi est-ce que ton pouls s'accélère, petite souris ? demanda-t-il d'une voix douce comme un murmure et remplie d'intentions mortelles.

Mais j'étais trop fixée sur le surnom qu'il venait d'employer pour laisser la menace sous-jacente à son ton me perturber. *Petite souris ?* répétai-je mentalement en retroussant légèrement les lèvres.

— D'habitude, tu m'appelles *« petit cygne »*.

Il me regarda fixement pendant un moment.

— Petit cygne ?

— Ou doux cygne, lui dis-je.

Il se concentra sur ma bouche tandis que sa paume encerclait ma nuque.

— Je suppose que t'as des traits qui ressemblent à ceux d'un cygne.

Son attention se déplaça vers mon cou, qu'il serra légèrement.

— Si tu me dis où te scanner en premier et que tu m'aides à accélérer ce processus, je serai peut-être enclin à alléger ta punition.

Je plissai les yeux.

— Tu vas devoir scanner chaque partie de mon corps, monseigneur. Parce que je ne cache rien.

Ce n'était pas tout à fait vrai. Techniquement, je lui cachais toute une histoire. Mais ce n'était pas ma faute. Lilith avait fait quelque chose à son esprit, faisant d'elle la coupable au lieu de moi.

Et je ne pouvais pas lui balancer la vérité comme ça. Du moins, pas dans ces circonstances. Il ne me croirait pas. Je n'étais qu'un jouet pour lui en ce moment.

Un jouet qui semblait l'intriguer, car il parcourut de nouveau mon corps du regard avec les lèvres légèrement retroussées.

— T'entends ça, Michael ? Elle insiste sur le fait qu'elle n'a rien fait de mal.

Michael grogna.

— Nos problèmes techniques actuels suggèrent le contraire.

— C'est pour ça que t'as tenté de l'interroger ? demanda Cam en jetant un coup d'œil par-dessus son épaule à l'homme blond qui se tenait près du lit. Parce que je ne me souviens pas que t'aies encore apporté la preuve que l'interférence est l'œuvre de Damien.

— Je lui ai posé quelques questions, monseigneur. Après avoir déjoué sa tentative d'évasion. C'était une réaction appropriée à ses actions.

Ma mâchoire se crispa, mais je ne pris pas la peine de le corriger à nouveau. Michael savait que je n'avais pas essayé de m'échapper. Il avait juste voulu faire valoir son immortalité sur moi.

— Alors je suppose qu'on verra si ta *réaction* était justifiée, répondit Cam.

Son attention revint sur moi tandis que sa main se déplaçait de ma nuque à ma gorge. De la violence dansait dans son regard saphir, me faisant déglutir contre sa paume.

Il s'attendait à trouver quelque chose sous ma peau.

Je pouvais le voir dans la façon dont il m'étudiait si attentivement, comme s'il était impatient de me tordre le cou pour l'avoir défié.

C'était une facette de Cam que je n'avais jamais vue auparavant, le vrai prédateur sous la peau. D'habitude, il cachait cette partie de lui-même, préférant son côté humain à sa nature vampirique.

Il semblait plus sauvage à présent. En phase avec sa faim. Ne se souciant plus que les mortels qui l'entourent puissent craindre sa vraie nature. Exigeant que tout être inférieur à lui *s'incline*.

Mon Cam se trouve quelque part en toi, pensai-je en soutenant audacieusement son regard. *Je trouverai un moyen de le ramener à la vie. J'en fais le serment.*

Ses lèvres se retroussèrent comme si ma promesse mentale l'intriguait, mais je savais qu'il ne pouvait pas m'entendre. Une barrière existait entre nos esprits ; une barrière qu'il contrôlait, pas moi.

Cependant, je le saurais s'il abattait ce mur parce que je serais capable d'entendre les mots qui nourrissaient ce regard dangereux sur son visage trop beau.

Ce qui signifiait que le barrage entre nous était toujours en place.

— Un cygne, hein ? songea-t-il en référence au surnom que j'avais mentionné tandis que son pouce effleurait mon pouls. C'est intéressant. Je suppose que c'est lié à tes traits délicats.

Il me jeta un coup d'œil.

— Mais tes yeux sont beaucoup plus félins qu'aviaires en ce moment.

Il me serra la gorge, m'empêchant de répondre. Non pas que je susse quoi dire. Puis il me relâcha brusquement.

— Relève tes cheveux, ordonna-t-il en allumant le scanner avec son pouce. Je vais commencer par ta nuque.

Je rassemblai mes mèches errantes en une queue de cheval en posant mon regard félin sur le sien.

Depuis quand suis-je féline ? me demandai-je. *Cam m'a toujours vue comme un cygne.*

« *Si fragile, mais si belle* », avait-il souvent dit.

Il ne m'avait jamais qualifiée de *féline*.

Il ne m'avait jamais non plus appelée « *souris* ».

J'avais presque l'impression que ce mâle était possédé en entendant ces mots affectueux – ou ces insultes, peut-être – sortir de sa bouche.

Ou que je n'avais jamais connu Cam.

Mais ce n'était pas le cas. Nous avions été ensemble pendant un millier d'années avant qu'il soit capturé. Je le connaissais mieux que quiconque.

Pourtant, cette version... pensai-je alors qu'il plaçait le scanner contre ma gorge. *Cette version, je ne la reconnais pas du tout.*

Ses pupilles s'enflammèrent tandis qu'il se concentrait sur l'appareil qui glissait sur ma peau, avec pour seul son entre nous le faible bourdonnement de l'électricité.

Il passa l'objet lentement, vérifiant minutieusement chaque centimètre de mon cou avant de le déplacer vers le haut, le long de ma nuque et dans mes cheveux.

Je tenais ma queue de cheval dans mon poing, figée

sous ses soins. Il fit le tour de ma main, puis vérifia le sommet de ma tête et les côtés.

— Lâche tes cheveux et pose tes deux paumes sur tes cuisses, dit-il.

J'obéis tout en étudiant son expression sombre impassible alors qu'il poursuivait son chemin le long de l'arrière de mon crâne.

Le bourdonnement électrique fit vibrer mes oreilles, provoquant un frisson le long de ma colonne vertébrale. Puis il commença à s'attaquer à mon visage.

Je refusai de fermer les yeux, non pas qu'il me l'ait demandé. Il soutint mon regard pendant un long moment et ses lèvres tressaillirent une fois de plus avant qu'il ne concentre son attention sur mes épaules et le haut de mon dos.

Il m'attira vers l'avant en pressant sa main sur ma nuque et mon bras nu se retrouva pressé contre sa poitrine tandis que sa main opposée balayait ma colonne vertébrale jusqu'au sommet de mes fesses.

Je m'attendais à ce qu'il me dise de me mettre à quatre pattes, comme il l'avait fait lorsqu'il avait voulu me baiser plus tôt, mais il ne dit rien. Au lieu de cela, il me maintint contre lui pendant qu'il m'examinait et utilisait sa main pour me manœuvrer si nécessaire.

Il examina mes flancs et mes bras, puis continua sur mon ventre avant de remonter jusqu'à mes seins.

Tout cela était très clinique, et pourtant, il y avait quelque chose d'indéniablement sensuel dans la façon dont il me déplaçait pour répondre à ses besoins. Son toucher n'était pas brutal, juste ferme. Confiant, même.

Mais il sembla faiblir un peu lorsqu'il atteignit mes jambes. Surtout lorsqu'il approcha le scanner de l'intérieur de mes cuisses.

Le sang de sa morsure avait séché contre ma peau et

mon corps avait en grande partie guéri grâce à son essence qui circulait dans mon système.

Il l'étudia un long moment et de la faim sembla assombrir ses iris d'un bleu océanique profond. Je me demandai s'il avait envie de me lécher pour me nettoyer et je ne pus m'empêcher de l'imaginer.

Sa langue contre mon clito. Sa bouche réchauffant cette partie intime de mon corps. Ses doigts...

Je déglutis. Ces pensées firent se crisper mes membres inférieurs alors que l'appareil plongeait entre mes cuisses. Mais le métal n'était pas ce dont j'avais envie. Ce n'était pas du tout ce dont j'avais besoin ou ce que je désirais.

Et le léger tressaillement aux coins de la bouche de Cam me dit qu'il le savait aussi.

Il balaya lentement ma chair intime, m'entraînant plus profondément dans un étrange état de besoin.

Ça ne devrait pas m'exciter. Je... Je ne veux pas aimer ça...

Ma gorge se noua tandis que mon esprit semblait partagé entre le souvenir de ma réalité et le fait de me perdre au contact de mon compagnon.

Mais ce n'est pas mon Cam. C'est... C'est quelqu'un... quelque chose....

Sa paume saisit ma hanche avant de dériver le long de ma jambe pour continuer à me manipuler comme une poupée. Chaque contact était délibéré et efficace, mais sa prise se relâcha lorsqu'il s'approcha de ma cheville blessée.

Ses doigts effleurèrent la peau, ce qui me fit tressaillir légèrement parce que la légèreté de la caresse me chatouilla.

— Ça te fait mal ? demanda-t-il d'une voix faussement douce.

Je regardai ma cheville, surprise de constater qu'elle ne me faisait plus mal.

— Elle est en grande partie guérie, admis-je.

Ce qui signifiait qu'il me scannait depuis bien plus longtemps que je ne l'avais réalisé.

Étant donné la minutie dont il faisait preuve, c'était logique. J'étais plus surprise par la facilité avec laquelle j'étais tombée sous son charme et avais oublié ce que nous étions en train de faire.

Plutôt que de répondre verbalement, il hocha la tête et finit d'examiner mes membres inférieurs.

L'appareil n'avait émis aucun son, comme je m'y attendais. Je soutins son regard avec une extrême satisfaction lorsqu'il me regarda à nouveau.

— Mets-toi à califourchon sur moi, lionne, dit-il, le choix de son surnom me surprenant presque autant que sa demande. Tout de suite.

Il détourna son corps du mien en plantant ses pieds sur le sol.

Cette action m'obligea à le contourner pour m'installer sur ses genoux, ce qui ne m'aurait normalement pas dérangée, mais ce mouvement me rappela que Michael était silencieusement présent. Il se tenait à quelques mètres du lit, ce qui lui donnait une vue complète de mon corps nu alors que j'écartais mes jambes sur les cuisses musclées de Cam.

De la chair de poule apparut le long de mes bras ; mon dos me semblait complètement exposé à la vue de l'autre homme.

Mais Cam enroula de nouveau sa paume autour de ma nuque et je ne vis soudain plus que lui. Ses magnifiques iris. Sa mâchoire ciselée. Ses lèvres cruellement belles. Si charnues et si parfaites. Ses pommettes bien définies. Ses cheveux noirs et épais.

Je pouvais sentir sa force sous moi et son âme en phase avec la mienne.

Je suis en sécurité.

Sauf que je n'étais pas du tout en sécurité. Le danger se déversait pratiquement de lui en vagues sombres et toxiques, me noyant sous une mer de malice.

Je ne comprenais pas. J'avais passé son test. Je n'avais rien fait de mal.

Et pourtant, je pouvais sentir son envie de punir. De blesser. De *tuer*.

Sa poigne se resserra et il me tira vers le haut pour me forcer à m'appuyer sur mes genoux alors qu'il exposait entièrement mon cul à Michael.

Un frisson me parcourut, me ramenant à la réalité et me faisant me demander ce qu'il avait l'intention de faire ensuite. *M'offrir à l'autre homme ? Le laisser me battre ? Qu'est-ce que j'ai fait de mal ? Pourquoi est-il...*

Du métal toucha l'arrière de ma cuisse.

Le scanner. Je clignai des yeux. *Il vérifie si j'ai un implant dans le cul.*

Oh.

C'était le dernier endroit qu'il lui restait à examiner. *Évidemment.*

Je pris une profonde inspiration apaisante et me concentrai sur les contours nets de son visage pendant qu'il travaillait. L'intimidation marquait ses traits et son ire était palpable. Il semblait vouloir me punir, pourtant l'appareil n'émettait aucun son.

Parce que je suis innocente. Du moins, en partie.

Si j'avais pu contacter Damien, je l'aurais fait. Mais je n'avais aucune raison de déclencher ces alarmes, d'ouvrir des portes ou de faire tout ce qui s'était passé dans ce court laps de temps. Qu'aurais-je à y gagner ?

Et pourquoi aurais-je essayé de m'échapper ?

J'avais passé plus d'un siècle à me languir de mon compagnon perdu. Il n'était peut-être plus l'homme que j'avais connu, mais il était toujours Cam. J'avais maintenant la responsabilité de le sauver et de faire en sorte qu'il se souvienne de son propre esprit. Partir ne m'apporterait rien.

Il relâcha mon cou et jeta le scanner sur le lit à côté de nous.

— Elle est clean, Michael.

Les mains de Cam se posèrent sur mes hanches et il me détacha de lui pour me faire atterrir près de l'appareil sur le matelas. Je grimaçai légèrement à cause de sa façon de me malmener, mais ce fut son ton qui attira vraiment mon attention.

Parce qu'il avait l'air incroyablement calme. Cela ne correspondait pas à la noirceur qui tourbillonnait dans son regard ou à la rigidité avec laquelle il se leva.

Quelque chose se prépare, me dit mon instinct. *Quelque chose de mauvais.*

— Ça ne veut pas dire qu'elle est innocente, monseigneur, répondit Michael avec un visage vide de toute émotion.

Soit il était inconscient de l'hostilité qui couvait sous la façade sereine de Cam, soit il savait qu'elle ne lui était pas destinée.

Je frissonnai. *Suis-je la seule à la sentir à cause de notre lien ?*

Cam n'avait jamais été un homme très en colère, même lorsqu'il avait été confronté aux changements proposés par Lilith pour la société. Il avait toujours été stratégique et posé, choisissant d'utiliser les mots pour régler les problèmes plutôt que de se battre.

Mais cette version de lui ne semblait pas opposée à cette option.

À moins que je ne lise tout ça de travers, pensai-je.

— Elle pourrait quand même travailler avec Damien, poursuivit Michael. Les interférences proviennent de ton ordinateur portable. Il est tout à fait possible qu'il lui ait appris comment le contacter ou comment orchestrer le piratage depuis l'intérieur de l'enceinte. Elle doit être interrogée minutieusement.

— C'est pour ça que tu as pris sur toi de commencer à l'interroger ? demanda Cam, son calme inquiétant toujours présent dans ses paroles.

— J'ai commencé à l'interroger quand je l'ai trouvée en train d'errer dans la cage d'escalier avec ton ordinateur portable, monseigneur. Elle ne s'est pas montrée coopérative.

— Peut-être parce que t'as choisi la violence en premier.

Cam glissa ses mains dans son pantalon et se plaça devant moi, bloquant Michael de mon champ de vision.

— Donc c'est pour ça que tu as décidé de lui écraser la cheville ?

Michael ricana.

— Elle se l'est tordue en tombant. J'ai juste exercé une petite pression pour qu'elle parle.

— Et ça a marché ?

— Non. Elle a refusé de me donner quoi que ce soit, ce qui prouve encore une fois qu'elle est coupable. Ou du moins, qu'elle cache quelque chose.

Bon, il n'avait pas tort sur ce point.

— Donc tu penses qu'elle est capable de neutraliser notre système de sécurité à l'aide d'un ordinateur portable ? insista Cam. Tu penses que c'est elle qui a libéré Sota et Troph ?

Je fixai son dos tout en répétant ces noms dans mon esprit. Il s'agissait de deux Créatures Bénies. Les pères de Sahara et de Lajos. *C'est eux que j'ai vus sur la vidéo en direct ?*

— Qu'est-ce qu'elle aurait à gagner à perturber leur leçon ? ajouta Cam d'un ton légèrement lugubre. T'es en train de suggérer qu'elle est là pour démanteler toute l'opération ? Ça impliquerait qu'elle sache ce qu'on fait ici. C'est de notoriété publique ?

— Eh bien, non, mais...

— Pourquoi est-ce que *mon Erosita* choisirait de me défier, moi, son seigneur ?

Il fit un pas en avant.

— T'es en train d'insinuer que je ne l'ai pas correctement formée à me servir ?

— Bien sûr que non, mon...

— Alors je te le demande encore une fois. Qu'est-ce qu'elle gagnerait dans cette situation, Michael ? Pourquoi est-ce qu'elle essaierait de faire échouer notre opération ?

— Parce qu'elle ne veut pas être remplacée, répondit rapidement Michael. L'objectif est de fabriquer des poches de sang immortel. Quand ce processus sera au point, tu n'auras plus besoin d'être lié à elle.

Mes lèvres s'entrouvrirent. *Quoi ? C'est... C'est ce qu'ils... ? Mais... Mais comment ?*

Je clignai des yeux alors que mon esprit apportait rapidement une réponse à ce que Michael venait de dire : *en créant plus de Créatures Bénies.*

Les Créatures Bénies n'avaient pas besoin de sang pour survivre, seuls leurs enfants en avaient besoin. Et pourtant, les Créatures Bénies étaient immortelles.

Cela faisait d'elles la source de nourriture parfaite pour les vampires.

Parce qu'elles ne peuvent pas mourir.

Et alors... *Alors Cam n'aura plus besoin d'être lié à moi.* Son *Erosita.* Sa compagne. Sa source de sang immortel, mais avec un lien spirituel.

Oh, putain...

CAM

La brusque inspiration d'air derrière moi me dit tout ce que j'avais besoin de savoir. Je jetai tout de même un coup d'œil par-dessus mon épaule pour voir le choc révélateur qui colorait les traits de mon *Erosita*, surtout pour m'assurer que Michael le voyait aussi.

— Son expression ressemble à celle d'une femme qui connaissait déjà nos intentions, Michael ? demandai-je sans ambages. Parce que je trouve vraiment qu'elle a l'air surprise.

Michael se racla la gorge.

— Elle pourrait jouer la comédie.

Je ricanai.

— J'en doute.

Ces larmes dans ses yeux étaient trop authentiques pour être fausses, ce que j'étais le seul à savoir à cause de la façon dont elles tiraillaient mon âme.

C'était d'ailleurs la raison pour laquelle j'avais besoin de couper les ponts avec cette humaine.

Ismerelda m'inspirait des désirs irrationnels, comme celui qui animait encore mon esprit en ce moment. Celui qui me disait de *tuer* Michael pour avoir touché mon *Erosita*.

— Vous êtes... en train de créer... et de remplacer...

Ismerelda s'interrompit pour essayer de maîtriser ses émotions en battant des cils à toute vitesse.

J'arquai un sourcil, attendant de voir si elle allait essayer d'en dire plus. Mais ma lionne chérie avait disparu derrière un nuage de doute et la partie féline confiante en elle n'avait plus le contrôle.

C'était vraiment dommage.

Cette partie d'elle m'avait incroyablement intrigué pendant que j'utilisais le scanner. Elle avait fait preuve d'audace et d'assurance en soutenant mon regard sans broncher alors qu'elle me disait silencieusement qu'elle ne m'avait pas trahi.

Puis quelques mots imprudents de Michael avaient chassé la lionne féroce pour faire place au cygne.

Quelle énigme enivrante ! m'émerveillai-je en la fixant toujours. *C'est sûrement pour ça que je la garde, à cause de sa complexité.*

Enfin, ça et sa délicieuse essence.

Et peut-être aussi pour le sexe. Même si je n'avais pas encore expérimenté cette partie.

Bientôt, me dis-je. *Quand j'aurai fini de m'occuper de Michael.*

— Alors pour quelle autre raison est-ce qu'elle interférerait dans nos plans ? demandai-je en me concentrant à nouveau sur l'homme en question. Parce qu'elle n'était clairement pas au courant de notre objectif jusqu'à ce que tu le mentionnes.

Les yeux verts de Michael se plissèrent légèrement.

— Son frère est un acteur connu de la révolution, et il est doué en technologie.

—Je suis au courant, dis-je.

— Et elle...

Il désigna Ismerelda.

— C'est sa sœur et elle a vécu avec un clan connu pour être contre nos principes. Ce serait logique qu'elle aide son frère à tenter de faire échouer nos opérations, quels que soient nos objectifs.

C'était une bien meilleure raison de l'accuser d'avoir aidé son frère. *Sauf que...*

— On ne sait toujours pas si Damien est le coupable.

— Qui que ce soit, il veut clairement saboter notre travail, et les seuls à avoir un motif pour ça sont les membres de la révolution de ton cousin, répondit Michael en croisant les bras sur sa poitrine. Et ces problèmes ont commencé après son arrivée.

— Alors qu'elle était inconsciente, lui rappelai-je. Ce qui veut dire qu'elle n'a pas pu pirater quoi que ce soit pour ouvrir un canal de communication avec son frère, et pourtant il a eu accès à nos systèmes pendant tout ce temps selon toi.

La mâchoire de Michael tiqua, mais il ne dit rien.

Ce qui était une bonne chose, car je n'avais pas fini.

— J'ai utilisé le scanner sur elle, et elle n'a rien, ce qui réfute ta théorie selon laquelle Damien a implanté une puce qu'il a ensuite utilisée d'une manière ou d'une autre pour se connecter à nos systèmes.

Michael ne fit toujours pas de commentaire, ni ne hocha la tête en signe de reconnaissance. Il se contenta de me regarder fixement en attendant que je continue.

— Alors même si Ismerelda a miraculeusement contacté Damien ce soir en utilisant mon ordinateur portable, ça n'explique toujours pas comment quelqu'un a piraté notre système en premier lieu, poursuivis-je. Ça n'explique pas non plus pourquoi elle a soudainement eu besoin de l'aider ce soir.

Parce que, encore une fois, il n'y avait pas vraiment de motif autre que celui de vouloir démanteler nos opérations.

Mais Ismerelda devait savoir que nuire à nos objectifs la blesserait également. Elle était à moi. Si j'échouais, elle échouait aussi. Cela n'avait aucun sens qu'elle essaie de me combattre alors que je la possédais déjà.

— Peut-être qu'elle l'a contacté ce soir pour lui donner des nouvelles et que c'est pour ça que le traceur m'a conduit à ton ordinateur portable, proposa Michael.

— Mon ordinateur portable ne permettait pas de communiquer avec l'extérieur à cause du problème de piratage, fis-je remarquer. À moins que tu ne suggères qu'elle connaît un moyen de contourner le problème, un moyen que même nos techniciens n'ont pas réussi à mettre au point ?

Cela me paraissait assez improbable. Je jetai un coup d'œil à Ismerelda, curieux de lire son expression, et fus surpris de voir une lueur féroce briller dans ses yeux.

La lionne est de retour et elle est furieuse, m'émerveillai-je. *Excellent.*

— T'en sais plus sur les ordinateurs que ce que tu m'as laissé croire ? lui demandai-je.

— Tu vas me remplacer par une poche de sang immortel ? répliqua-t-elle, apparemment toujours bloquée sur cette révélation.

— Pas aujourd'hui, lui dis-je. Ni de sitôt, étant donné que Lilith m'a complètement fait défaut.

Elle ricana en faisant ce bruit que je n'aimais pas du tout. C'était à la fois impoli et inacceptable.

Je la regardai dans les yeux.

— T'oublies où est ta place, *petit cygne* ?

Je fis un pas vers elle.

— Est-ce que je dois te forcer à t'agenouiller pour te rappeler ta raison d'être ici ?

La féline dansait avec colère dans son regard, me faisant bander en un instant.

Cette femelle n'était pas du tout brisée. Elle était pleine de feu et de vie, ce qui la rendait plus intrigante de seconde en seconde.

Pas étonnant qu'elle soit à moi. Mille ans et elle me regarde encore comme ça ? Avec toute cette passion et cette assurance ?

Et elle avait prouvé qu'elle savait aussi quand plier. Comment se soumettre.

Elle est si exquise.

J'avais envie de la mordre. De la maîtriser. De la faire mienne et de l'entendre rugir.

— Je connais un peu les ordinateurs, monseigneur, dit-elle en me faisant sortir d'un coup de mes pensées affamées. Suffisamment pour que je puisse me connecter après que tu m'as montré ton mot de passe. Mais vous n'aviez aucune connexion à un réseau externe, alors même si j'avais voulu envoyer un message à mon frère, je n'aurais pas pu le faire.

— Donc t'admets t'être connectée à son ordinateur portable ? insista Michael, interrompant le moment et oubliant sa place dans cette pièce.

— Je me suis connectée pour voir si je pouvais envoyer un e-mail juste pour faire savoir à Damien que j'allais bien, répondit Ismerelda avec son regard toujours posé sur le mien.

— Sans ma permission ?

Elle fronça les sourcils.

— T'étais toujours d'accord pour que je lui parle

avant. Je n'avais pas réalisé que j'avais besoin d'une permission.

— Parce que tu n'as pas encore appris ton rôle dans ce nouveau monde, grommela Michael derrière moi.

Oui, en parlant de rôle...

Je me tournai vers lui une fois de plus.

Il est temps de laisser libre cours à ma bête.

— Ismerelda est mon *Erosita*, Michael. Pas la tienne.

Je fis un pas dans sa direction.

— Je t'ai déjà dit que ce serait *moi* qui m'occuperai d'elle. Pas toi.

Il recula d'un pas.

— Bien sûr, mon...

— Non, l'interrompis-je. Cette réponse n'est pas acceptable, Michael. Parce que t'as déjà montré que tu ne respectais ni ne comprenais ma position.

Je bondis en avant et l'attrapai par le cou avant qu'il ne puisse essayer de répondre. La force de mon mouvement le projeta contre le mur à côté de la porte.

Ses yeux s'écarquillèrent et ses lèvres remuèrent sans bruit tandis que je serrais. Contrairement à la façon dont j'avais traité Ismerelda quelques instants plus tôt, je ne pris pas la peine de contrôler ma force avec Michael. Il méritait de sentir mon pouvoir et de réaliser qui il avait contrarié avec ses actions imprudentes.

— Ismerelda est peut-être humaine et donc en dessous de ton rang, mais ce n'est ni ton travail ni ton droit de la former. Elle est à *moi*. Si je veux qu'elle soit disciplinée ou interrogée, c'est *moi* qui m'en chargerai. Jamais toi. Parce que *tu n'as pas le droit de la toucher.*

Je le soulevai contre le mur, faisant pendre ses jambes.

— Je t'avais prévenu tout à l'heure de ne pas t'approcher de mon *Erosita*, mais t'as laissé des marques sur sa peau délicate. Des bleus avec ton empreinte. Tout ça parce que t'as estimé que c'était ton droit de le faire.

Il commença à secouer la tête, ce qui ne fit que m'exaspérer davantage.

— J'ai vu l'empreinte, Michael. Ce que t'as fait est indéniable et inexcusable. J'ai été clair et tu m'as désobéi.

Sa main vient se placer sur la mienne tandis que ses yeux commençaient à se remplir de larmes à cause du manque d'oxygène. Mais son expression était exempte de chagrin ; elle n'affichait aucun soupçon de remords ou d'appel à la clémence.

Au lieu de cela, je n'y vis que de la rage. Probablement parce qu'il n'arrivait pas à croire que j'étais prêt à le punir pour une humaine. C'était dévalorisant et cruel, mais cette arrogance était précisément la raison pour laquelle cela devait arriver.

— Ce n'est pas qu'une humaine, lui rappelai-je. C'est *mon* humaine. Mon animal de compagnie. Ma protégée. Ça lui confère une supériorité que les autres mortels n'ont pas, parce que *je suis ton roi*. Et on ne touche pas à la propriété d'un roi sans sa permission.

Je le relâchai juste avant qu'il ne s'évanouisse et son souffle douloureux résonna dans la pièce alors que ses genoux se dérobaient sous lui.

Il s'écroula sur le sol et se mit à tousser, le visage baissé et caché par ses longs cheveux blonds.

— Ne la touche plus jamais, Michael. Ou je t'enlèverai ton don d'immortalité plus vite que tu ne peux cligner des yeux.

Je coinçai sa cheville sous ma chaussure en cuir et appuyai de toutes mes forces. Il émit un cri rauque et brisé, loin d'être aussi fort que le craquement de ses os.

Mais ma bête intérieure n'était pas satisfaite.

J'avais besoin de plus.

Il m'avait désobéi. Il avait touché ma femelle. *Il l'avait marquée.*

Je brisai son autre cheville dans le souffle suivant, puis me penchai pour saisir son cou tout en ouvrant ma porte avec mon autre main.

— Considère ça comme ton seul et unique avertissement, Michael. Ne me manque plus jamais de respect en touchant à ma propriété.

Je le projetai dans le couloir et claquai la porte derrière lui.

C'était ça ou le tuer.

Hélas, il avait été particulièrement utile ces dernières semaines lorsque je m'étais réveillé de mon sommeil prolongé. J'étais donc prêt à lui donner une chance.

Mais elle serait de courte durée s'il osait ne serait-ce que regarder Ismerelda.

Je passai une main sur ma chemise et fis face à la femme en question pour découvrir que son regard félin m'observait attentivement.

Il y avait dans ses traits un soupçon de quelque chose que je n'arrivais pas à définir. Ce n'était ni de la peur, ni du dégoût, ni du choc, ni de la surprise.

Je penchai la tête d'un air curieux.

— Tu n'as pas peur.

Ce n'était pas une question, mais une affirmation.

— Mais tu me regardes étrangement. Pourquoi ?

Elle ne dit rien pendant un long moment, ce qui me donna envie de lui rappeler nos rôles. Mais d'une manière très différente de celle que je venais d'utiliser pour remettre Michael à sa place.

Je fis un pas en avant, prêt à commencer une nouvelle leçon, lorsqu'elle prit la parole.

— Ça me rappelle la nuit où on s'est rencontrés pour la première fois, dit-elle.

— La nuit où on s'est rencontrés pour la première fois ? répétai-je en fronçant les sourcils.

Ses lèvres se retroussèrent légèrement.

— Oui.

— Comment on s'est rencontrés ?

Je ne savais pas trop pourquoi cela avait de l'importance, mais j'avais très envie de connaître la réponse.

— Tu m'as sauvée d'un viol collectif, répondit-elle, ce qui me choqua au plus haut point.

— J'ai quoi ? demandai-je en fronçant les sourcils. Ça ne me ressemble pas du tout.

Je n'étais pas un héros. J'évitais aussi généralement les interactions entre humains et les laissais à leur propre sort chaque fois que c'était possible.

— Pourquoi est-ce que j'ai fait ça ?

Elle rit légèrement et secoua la tête.

— Parce que tu me pourchassais et qu'ils étaient sur le point de souiller le repas que t'avais prévu d'avoir.

— Oh.

Cela me sembla beaucoup plus raisonnable.

— Mais je n'avais pas peur de toi, poursuivit-elle. Et ça t'a intrigué.

Je la regardai fixement. *Évidemment. Parce que j'ai vu la lionne dans ton regard.* La même que celle que j'avais remarquée ce soir.

— J'étais déjà au courant pour les vampires grâce à mon frère, continua-t-elle. Alors je savais aussi ce que t'étais. Ou ce que je pensais que t'étais, en tout cas. Et ensuite j'ai mentionné le nom de Ryder.

Je me rapprochai du lit tout en écoutant, captivé par cette rencontre dont je n'avais aucun souvenir.

— Et ça a tout changé, conclut-elle.

— Parce que je ne voulais pas potentiellement porter

atteinte à la propriété d'un autre royal, supposai-je, conscient de la façon dont je gérerais une situation similaire aujourd'hui.

Le fait que je sois plus âgé et donc plus haut placé dans la lignée que Ryder n'avait pas d'importance. Les altercations avec d'autres royaux prenaient du temps et étaient sanglantes. Je n'aurais pas voulu risquer quelque chose comme ça pour un repas.

— Mais je t'ai manifestement gardée.

Je glissai mes mains dans mes poches en marquant une pause à côté du lit, mes cuisses à quelques centimètres du matelas.

— Qu'est-ce qui s'est passé ensuite ?

— Je t'ai parlé de mon lien avec Damien et Ryder. Et ensuite je t'ai supplié de me mordre.

Ses joues rougirent un peu lorsqu'elle dit cela.

— Je voulais savoir ce que ça ferait.

— Et je t'ai vidée de ton sang ?

Elle ricana et le son m'irrita moins qu'avant.

— Loin de là. Je crois que t'as pris deux gorgées de ma veine avant d'insister pour que je boive de ton sang pour me soigner.

— Pourquoi est-ce que j'ai fait ça ?

Elle haussa les épaules.

— Parce que t'étais terrifié à l'idée de me blesser.

— Je vois.

Je devais avoir eu peur des répercussions de Ryder. Il avait transformé son frère, faisant grosso modo d'elle une parente de son arbre généalogique. Il aurait été très protecteur à son égard.

D'ailleurs, il l'était probablement encore malgré le fait qu'elle soit à moi.

— Ensuite, t'es resté avec moi pendant des mois en attendant le retour de Ryder et de Damien. La technologie n'existait pas à cette époque, alors on n'avait pas vraiment le choix.

— Je suis resté avec toi ?

C'était surprenant. J'avais peut-être voulu discuter de quelque chose avec Ryder.

— Oui. Et on a continué à échanger du sang, ce qui a mené à d'autres choses.

Ses yeux vert clair dansaient de non-dits intimes.

— Et t'as fini par me revendiquer.

— Avant que Ryder et Damien ne reviennent ? devinai-je.

— Oui. Environ trois semaines avant qu'ils ne reviennent.

— Comment est-ce qu'ils ont réagi ?

Parce que je pouvais imaginer que Ryder n'avait pas été content.

— Comme des grands frères surprotecteurs, marmonna-t-elle. Ils agissent toujours comme ça aujourd'hui.

Ce qui implique que la tuer devant eux serait une punition convenable pour tout ce qu'ils ont fait.

Bien sûr, ça pourrait aussi me faire souffrir.

Hmm, il faudrait que je revienne sur cette idée plus tard. De préférence après avoir bien profité d'Ismerelda.

J'admirai ses seins nus avant de prendre sa taille svelte et de continuer à descendre mes mains jusqu'à ses cuisses galbées. Mon sang l'avait guérie rapidement, comme il se devait, et avait laissé derrière lui une femme régénérée attendant d'être ravagée.

Mais comment devrais-je la prendre en premier ? me demandai-je tandis que ma bête intérieure ronronnait d'intentions malveillantes. Elle ne s'était pas beaucoup imprégnée de mon essence, mais elle en avait assez pour répondre à mes exigences.

C'était du moins ce que j'espérais.

Elle déglutit, attirant mon regard sur sa gorge délicate avant que je ne le remonte jusqu'à ses yeux. La dilatation de ses pupilles confirma qu'elle pouvait sentir ma faim grandissante. Et le doux parfum de l'excitation induite par la peur me dit qu'elle l'anticipait également.

Je lui avais dit à quoi s'attendre quand je reviendrais la chercher. Il se trouvait que c'était arrivé plus tôt que je ne l'avais prévu, avec un léger détour impliquant une progéniture désobéissante.

Il l'a touchée, pensai-je, furieux encore une fois. *Il a touché ma femme.*

Eh bien, maintenant, j'allais effacer complètement toute trace.

Reprendre possession de chaque centimètre d'elle, à l'intérieur comme à l'extérieur.

La baiser jusqu'à ce qu'elle ne puisse plus marcher.

La faire crier pendant des heures jusqu'à ce que sa voix soit enrouée.

J'avais envie de goûter ses larmes. Me délecter de son plaisir. La forcer à jouir pour moi, même si elle n'en était plus capable.

Et j'avais ensuite envie de la détruire.

De la remplir de mon être et de m'assurer qu'elle ne puisse plus jamais être touchée par quelqu'un d'autre.

Seulement pour recommencer jusqu'à ce qu'elle suffoque sur ma bite, se noie dans ma semence et se réveille avec ma bite enfouie en elle. En train de la baiser. En train de la prendre. En train de la *revendiquer*.

Je lui laissai voir dans mon expression ce besoin viscéral tandis que le prédateur en moi était prêt à s'attaquer à la proie qu'il désirait.

Ça allait faire mal.

Parce que je n'avais pas l'intention de me retenir.

— À quatre pattes, Ismerelda, lui dis-je, prêt à commencer. Et t'as intérêt à être mouillée pour moi. Parce que prête ou pas, je vais prendre ce qui m'appartient. Tout de suite, putain.

Le changement brutal de conversation et de ton ne sembla pas affecter Ismerelda. Elle m'obéit simplement en m'offrant la vue séduisante de son cul galbé alors qu'elle se tenait en équilibre sur ses mains et ses genoux.

Je l'admirai par-derrière tout en déboutonnant ma chemise et en salivant à l'idée de la goûter. Ma bite semblait tout aussi impatiente.

Le tissu bruissa sur mon torse lorsque je le retirai de mes épaules et le laissai tomber sur le sol. Mes chaussures suivirent, puis ma ceinture, mais je m'arrêtai lorsque j'atteignis le bouton de mon pantalon.

Quelque chose ne va pas.

La position était parfaite et exactement ce que je désirais. Elle sentait exquisément bon, un effluve de luxure induite par la peur. L'aperçu de sa chatte luisante me disait également qu'elle mouillait pour moi.

Pourtant, une étrange tension dans mes tripes m'empêcha d'enlever mon pantalon.

Cela n'avait pas de sens. Ma bête salivait pratiquement pour elle, ma bite était dure et prête, mais ce sentiment d'inconvenance tourmentait mon instinct.

Je fis un pas sur le côté pour observer son corps sous un nouvel angle.

Ses seins étaient fermes et pleins, attendant que je les saisisse. Ses mamelons étaient mûrs et rosés.

Elle est définitivement excitée. Elle était très différente de la première fois que j'avais exigé qu'elle prenne cette position. Ce qui était bien parce que je voulais qu'elle ait envie d'être baisée. Qu'elle ait envie d'être à moi. Qu'elle ait envie que je la *morde*.

Je continuai à bouger en lui tournant autour comme un prédateur devrait le faire, et je m'arrêtai lorsque j'atteignis le côté opposé du lit.

Ses yeux.

C'était de *ça* que j'avais besoin.

Ces magnifiques iris verts, d'une nature si féline et remplis d'une intention calculatrice. Presque comme si elle savait quelque chose que j'ignorais. Une sorte de secret.

Non, pas un secret.

Un *défi.*

Un défi que son regard me disait qu'elle avait bien l'intention de gagner. Sauf que je ne savais pas à quel jeu nous étions en train de jouer. Mais j'étais intrigué à l'idée de le découvrir.

— Viens ici et enlève mon pantalon, lui dis-je, voulant que son regard se pose sur moi presque autant que ses mains.

Elle s'avança en rampant et s'assit sur ses talons, les genoux légèrement écartés. J'admirai ses cuisses et l'aperçu de son sexe rasé avant de remonter mon regard le long de son ventre plat jusqu'à ses seins.

Je terminai mon examen par ces yeux addictifs.

Je me sentais hypnotisé par elle, complètement envoûté par la lueur de ruse qui se cachait dans ces profondeurs émeraude.

Comment ai-je pu ne pas remarquer ça plus tôt ? me demandai-je, captivé par son regard. Même ses doigts sur mon pantalon ne parvenaient pas à me distraire. *C'est si envoûtant...*

C'était pour cela que le lien d'*Erosita* était dangereux et qu'il fallait le détruire. Il affaiblissait même les êtres les plus anciens, moi y compris.

Mais Ismerelda ne gagnerait pas ce match entre nous.

Je lui rappellerais sa place : sous moi. Et je fixerais ces yeux séduisants tout du long.

Le bruit de ma fermeture éclair en train d'être abaissée fit monter le sang dans mon aine et me rendit incroyablement plus dur pour la femme qui se trouvait devant moi.

Définitivement dangereux. Et addictif.

Je n'avais pas pu toucher une autre femme depuis mon réveil. Ismerelda était la seule dont j'avais envie. Et ce n'était pas faute d'options. J'avais tout un buffet de vierges de sang à ma disposition, et aucune d'entre elles ne m'avait attiré comme Ismerelda le faisait en ce moment.

C'était en partie à cause de notre lien. Mais je soupçonnais que c'était bien plus profond que cela. J'avais choisi cette femme pour une raison. Et j'avais hâte de découvrir pourquoi.

Elle s'avança et fit descendre mon pantalon jusqu'à mes cuisses, révélant ma bite palpitante. Pourtant, ses yeux restèrent fixés sur les miens pendant qu'elle déplaçait son corps athlétique vers le sol pour s'agenouiller à mes pieds.

Putain !

La voir ainsi agenouillée devant moi était bien plus attirant que de la voir à quatre pattes, surtout parce que je pouvais voir son visage. Son expression. *Et ses yeux incroyables.*

C'était comme si j'avais été drogué, mon obsession pour elle augmentant de seconde en seconde. Le remède était simple : la baiser.

Mais je ne voulais pas me précipiter. Je voulais savourer cela. Me laisser aller à mes envies jusqu'au bout. *Me sentir enfin vivant.*

L'anticipation était inattendue, mais bienvenue. Tout comme le contact doux d'Ismerelda contre mes membres inférieurs tandis qu'elle retirait mon pantalon, ainsi que mes chaussettes.

Mon attention se porta sur sa bouche et j'imaginai ses lèvres charnues et humides enroulées autour de ma queue. Elle me sucerait profondément tout en me fixant de ses iris félins. *Oui. Oui, c'est ce que je veux.*

Mais je voulais aussi la goûter. Comme il se devait, cette fois. Pas seulement la mordre, mais la déguster complètement.

On a le reste de la nuit et toute la journée, pensai-je tandis que ma main trouvait sa tête pour caresser ses doux cheveux. *Pas besoin de précipiter quoi que ce soit. Je peux la baiser à ma guise de toutes les façons imaginables.*

Et je n'aurais jamais à m'arrêter.

Elle était à moi.

Mon jouet.

Ma source éternelle de sang.

Mon *Erosita*.

— Tu me dois toujours un dessert, lui dis-je, décidant que c'était le meilleur endroit pour commencer. Je veux te dévorer jusqu'à ce que tu ne puisses plus marcher.

Et en retour, je lui donnerais quelque chose à avaler.

— Remonte sur le lit, petite lionne. Je veux que tu chevauches mon visage.

Izzy

MES CUISSES se serrèrent et mon sang chauffa dans mes veines alors que j'absorbais les paroles de Cam.

« Je veux que tu chevauches mon visage. »

Depuis le temps que nous étions ensemble, Cam ne m'avait jamais rien dit de tel. Je n'avais même pas réalisé que j'aimerais ça avant qu'il ne prononce son ordre.

Maintenant, je ne pouvais pas m'empêcher de le répéter dans ma tête alors qu'il se glissait sur le lit. Ses muscles fléchirent à mesure qu'il se déplaçait, m'offrant un spectacle séduisant d'homme athlétique.

Tant de force et de puissance.

Tant de beauté.

Tant de *létalité*.

Et il voulait que je presse ma partie la plus délicate sur sa partie la plus brutale.

Je déglutis.

Il avait sans aucun doute l'intention de me mordre à

nouveau. Je pouvais le voir dans son expression affamée tandis qu'il positionnait sa tête contre les oreillers.

Va-t-il me faire mal ? Me laisser à nouveau guérir toute seule ?

« Je veux te dévorer jusqu'à ce que tu ne puisses plus marcher », avait-il dit.

Un frisson me parcourut l'échine. *Jusqu'où irait-il ?*

Serait-ce suffisant pour que je trouve un moyen de briser les barrières mentales entre nos esprits ? J'en doutais.

Mais quel choix avais-je ?

Il a l'intention de me remplacer. Mes yeux se plissèrent. *Parce que Lilith l'a programmé pour qu'il le fasse.*

Eh bien, je le reprogrammerais simplement et ferais en sorte qu'il se souvienne de moi. Même si cela me ferait mal.

Je me levai et posai mon genou sur le lit en soutenant son regard. *Tu vas être de nouveau à moi. J'en fais le serment.*

Ses lèvres tressaillirent sur les bords, presque comme s'il trouvait mes pensées amusantes. Si seulement il pouvait vraiment entendre ce que j'avais à dire, je lui ferais y voir clair.

C'est pour cela que je devais faire ça. Pour essayer de briser les barrières entre nous, trouver un moment de faiblesse dans les affres de la passion, et forcer le passage.

Son expression me disait que ce ne serait pas si facile. Le prédateur préparait déjà son combat contre moi alors qu'il ne savait même pas quelle lutte nous allions avoir.

Il pourrait facilement me détruire. Je le savais. Mais je refusais d'accepter son état actuel. Mon Cam existait quelque part à l'intérieur de cet homme, et rien ne m'empêcherait de le retrouver.

Son regard suivait paresseusement mes mouvements tandis que je rampais vers lui sur le lit. Je me sentais vraiment comme une proie traquée, pleinement consciente que j'étais en route pour être dévorée par un vampire aux dents très acérées. Mon pouls s'accélérait à chaque centimètre que je parcourais et mes paumes se couvraient de sueur. Je n'arrivais pas à savoir si j'étais excitée ou effrayée, ou si c'était une combinaison folle des deux.

Je m'arrêtai à côté de lui en réfléchissant à la meilleure façon de le chevaucher.

— T'es nerveuse, *petit cygne* ? dit-il en levant un sourcil parfait.

Ce surnom affectueux avait toujours sonné doux sur ses lèvres, mais cette version de lui le faisait ressembler à une insulte.

Ou peut-être qu'il l'utilisait en guise de défi.

Je saisis la tête de lit au-dessus de lui et commençai à me mettre en position, mais ses mains sur mes hanches m'arrêtèrent.

— Dans l'autre sens, Ismerelda. Tu vas me sucer la bite pendant que je boirai ta chatte.

Mes mains se posèrent sur le lit de chaque côté de lui tandis qu'il tirait la moitié inférieure de mon corps vers le haut. J'étendis automatiquement mes genoux sur lui et les oreillers amortirent ma position. Mais rien de tout cela ne calma les battements erratiques de mon cœur.

Cam ne m'avait jamais maniée de cette façon.

Il m'avait toujours laissé le temps de m'acclimater, d'être à l'aise, de...

Sa langue traça le contour de mon sexe, me faisant sursauter de surprise.

— Putain, c'est délicieux, murmura-t-il, ce qui fit vaciller mes genoux.

C'était comme si j'étais avec un nouvel homme. Quelqu'un que je n'avais jamais rencontré auparavant. *Un inconnu.*

Est-ce que ça compte comme de l'infidélité ? me demandai-je avec stupéfaction au-dessus de lui. *Non. C'est toujours Cam. Mais... pas la version que je connais.*

— Hmm, peut-être que t'es vraiment un cygne.

Les mots sortirent dans un souffle contre mon clito alors qu'il forçait mes jambes à s'écarter encore plus, me faisant bel et bien chevaucher sa bouche.

— Une lionne serait déjà en train de me sucer.

Il palpa mes fesses et fit lentement remonter sa paume le long de ma colonne vertébrale.

— Est-ce qu'il faut que je te guide ?

Son ton grave contenait une subtile raillerie, qui semblait encore plus menaçante avec sa bouche si proche de ma chair intime.

— C'est de ça que t'as besoin ?

Mes doigts s'enfoncèrent dans la literie de chaque côté de son ventre tandis que sa main continuait à dériver vers le haut, vers mes omoplates.

Ce n'est pas nouveau, me dis-je. *On a déjà fait ça avant.*

Sauf qu'à l'époque, j'avais confiance en Cam pour ne pas me faire de mal. Maintenant... Maintenant, je n'en étais plus si sûre.

Cependant, quelque chose dans tout ça m'excitait. Peut-être parce que ça semblait si nouveau. L'incertitude de notre situation allumait un feu en moi et me donnait envie de découvrir cette nouvelle facette de Cam et d'accueillir son côté sombre.

D'être traitée comme quelqu'un de fort, et non de délicat.

D'être une égale.

C'était une idée folle, étant donné son âge et son caractère surnaturel, mais ici, dans la chambre à coucher, je pouvais m'imposer. Je pouvais mettre ce *roi* à genoux.

Parce qu'il le permettait vraiment, sans dicter notre rythme ou s'assurer que je me sentais bien à chaque étape.

Cette version de Cam me disait ce qu'il voulait et ne mâchait pas ses mots.

Je trouvais son franc-parler presque rassurant, même s'il était terrifiant.

Il veut ma bouche sur lui, pensai-je alors que sa paume atteignait ma nuque. *Je peux faire ça.*

Et je lui ouvrirais grand les yeux en même temps.

Je me penchai avant qu'il ne puisse me forcer à bouger et effleurai l'extrémité de son épaisse longueur avec mes lèvres avant de passer ma langue dessus jusqu'à la base.

Son corps se tendit sous le mien et ses doigts se refermèrent sur mon cou tandis qu'il grognait contre mon centre palpitant.

— *Plus.*

Le besoin contenu dans ce seul mot renforça mon assurance et me fit sourire.

Je savais comment faire *ça.*

Car même si Cam n'était pas lui-même en ce moment, j'avais maîtrisé son corps des milliers de fois auparavant. Et cela faisait plus d'un siècle qu'il n'avait pas eu droit à mon toucher, ma langue et mes *dents*.

Je mordillai sa chair dure, ce qui lui arracha un sifflement, que je sentis contre mon bourgeon sensible. Son emprise se resserra encore plus et son anticipation alimenta mes mouvements et mon désir. Je me sentais couler dans sa bouche ; mon corps était prêt à en avoir plus malgré le plaisir qu'il m'avait infligé à peine quelques heures plus tôt.

Cela faisait tellement longtemps. *Tellement, tellement longtemps.*

Ce n'étaient peut-être pas les retrouvailles dont j'avais rêvé et fantasmé, mais cela n'empêchait pas mon corps de réagir à mon compagnon.

Mon Cam.

Je fis glisser mes dents le long de sa tige, jusqu'au bout

de son gland, et léchai le liquide pré-éjaculatoire qui m'attendait là. Son goût m'était familier et son gémissement l'était encore plus.

De cet angle, je ne pouvais pas voir la cruauté tapie dans son regard, ni les expressions étrangères sur son trop beau visage. J'imaginai donc les regards que je connaissais et que j'adorais, ceux qui me disaient que je lui appartenais pour toujours, quoi qu'il arrive.

Cette dévotion attisa un feu en moi, faisant se serrer mes cuisses autour de lui. Il ne m'avait pas encore mordue ; il continuait simplement à respirer contre ma peau trempée en me taquinant avec la promesse d'en faire plus.

Je pris sa bite dans ma bouche, décidant de faire monter les enchères de ce jeu. Le juron de Cam qui en résulta fit vibrer mes plis lisses, me faisant gémir contre sa longueur dure alors que je le prenais profondément au fond de ma gorge.

Oui, pensai-je en me délectant de ce mouvement naturel que j'avais déjà fait tant de fois auparavant.

La bite de Cam avait toujours eu la taille parfaite pour moi. Ou peut-être avait-il simplement appris à mon corps à accepter le sien. Quoi qu'il en soit, je savais quoi faire. Je *le* connaissais.

Et je le prouvai à chaque coup de langue.

— *Putain*, Ismerelda.

Ses doigts saisirent douloureusement mes cheveux et sa main opposée se posa sur mon cul tandis que sa bouche se refermait sur mon clito.

Je haletai autour de son épaisseur alors que mon corps était traversé de secousses en réponse à son baiser brûlant. Je l'avais anticipé, mais ce n'était rien comparé à ce que je *ressentais*.

Il ne se retint pas et me suça comme si j'étais son

dessert personnel. C'était plus brutal que d'habitude, intense et ponctué par la menace de ses crocs.

Sa poigne se resserra davantage sur mes cheveux alors qu'il me forçait à le prendre plus profondément, avec une impatience et un besoin palpables. Il n'avait aucune retenue. Il ne se souciait pas de me faire mal. Il n'y avait que de la *luxure* pure et simple.

C'était le côté de Cam qu'il m'avait caché, le monstre intérieur dont il craignait qu'il me fasse du mal.

Libérer cette partie cruelle de lui aurait dû me terrifier, mais tout ce que je pouvais faire, c'était l'accepter. L'accepter *lui*.

Je le laissai pousser ma tête vers le bas sur sa bite pour que je la prenne au-delà du point de confort tout en essayant de ne pas m'étouffer autour de sa dureté.

Être à sa merci me semblait... naturel.

Comme si nous avions toujours été faits pour nous emboîter de cette façon, pour que je lui laisse le contrôle et que je suive ses directives.

Pourtant, cela ne ressemblait à rien de ce que nous avions fait auparavant, et ce sentiment de nouveauté provoquait un picotement au plus profond de moi.

Une sensation de picotement que Cam approfondissait à chaque coup de langue.

Les muscles de mes cuisses se tendirent. Ma concentration se divisait entre lui donner du plaisir et me délecter du ravissement qu'il me procurait.

— T'es addictive, petite lionne.

Ses mots se répercutèrent contre mon centre, envoyant des pulsations dans mes veines.

Comment se fait-il que je sois déjà proche ? m'étonnai-je.

Puis je me souvins de son sang.

Oh, mon Dieu...

Le sang de vampire amplifiait les sens humains et

rendait les mortels ultra-sensibles à *tout*. Pas étonnant que j'étais en feu. Ce n'était pas seulement le temps qui s'était écoulé depuis la dernière fois que j'avais fait ça, mais aussi le fait que mon corps était prêt à exploser pour lui.

— Je vais passer toute la nuit à baiser ta bouche.

Il poussa ses hanches vers le haut pour ponctuer son propos, ce qui me fit presque m'étouffer autour de sa bite.

— Ensuite, je prendrai ta chatte.

Son poing se resserra pour tirer brusquement mes cheveux par les pointes.

— Et après ça, ton cul.

Il mordilla mon clito, m'arrachant un glapissement qui sortit étouffé contre son excitation brûlante et fut réduit au silence lorsqu'il leva à nouveau les hanches.

— Chaque partie de toi m'appartient, haleta-t-il en soulevant son bassin du lit alors qu'il me forçait à baisser la tête pour baiser ma bouche comme il l'avait dit.

Je détendis ma gorge du mieux que je pus, déterminée à le prendre et à l'exciter jusqu'à ce qu'il explose. Parce que je savais à quel point son esprit devenait fragile dans les affres de l'orgasme et à quel point cela pouvait intensifier notre connexion.

Reviens-moi, Cam, lui murmurai-je. *Explose pour moi et souviens-toi de moi.*

Ses dents effleurèrent mon centre.

— T'as intérêt à avaler, Ismerelda, ronronna-t-il. Même si tu cries.

Il me laissa à peine une seconde pour respirer avant que ses crocs ne s'enfoncent dans ma chair délicate et ne m'envoient la tête la première vers un orgasme tourbillonnant tandis que sa bite tressaillait dans ma bouche.

Oh, mon Dieu, je... Je vais... me noyer...

Il n'y avait rien de compatissant là-dedans. C'était

animal. Féroce. *Violent.* Parce qu'il continua à s'enfoncer dans ma bouche pendant qu'il jouissait, ne me laissant pas d'autre choix que d'avaler pendant que l'extase s'emparait de ma vision et de mes pensées.

Je ne pouvais rien faire d'autre que de le prendre, dans un état d'euphorie que je n'avais jamais connu auparavant. Parce que ça... ça n'était pas nous. Pas ce que nous avions l'habitude de faire. Pas la façon dont nous faisions l'amour auparavant.

C'est comme ça que sa bête baise.

Le prédateur que je n'ai jamais vraiment rencontré.

Le vampire au plus profond de son âme.

Mes poumons hurlèrent à cause du manque d'air alors que je continuais à avaler. Je n'avais aucun moyen d'inspirer alors que le bout de sa queue étouffait ma gorge à chaque coup punitif. Sa main tenait ma tête tandis que ses hanches s'élançaient vers le haut, et mes yeux s'emplissaient de larmes.

J'étais aveugle.

Perdue dans un nuage d'oubli.

Et me noyant dans une mer de péchés.

Cam, soufflai-je en essayant désespérément de franchir le mur qui nous séparait. Mais il était trop épais, trop impénétrable.

Ce n'est pas... On n'a pas l'habitude de..., bafouillai-je, seulement pour être forcée d'avaler davantage.

Il continuait à gicler.

Tout comme moi, alors que ses crocs s'enfonçaient profondément dans ma chair et exigeaient que je me soumette davantage. Un autre orgasme. Une pénétration plus profonde. Pas d'oxygène.

Ma vision se brouillait.

Mes poumons brûlaient.

Mon estomac se convulsait alors que le ravissement envahissait tout mon être.

Rien n'avait de sens ; mon contrôle s'était envolé au moment où il avait pris les choses en main. Je n'étais qu'un jouet. Un être qu'il pouvait baiser. Utiliser. Et il était un animal qui libérait plus d'un siècle de *besoins*.

Je haletai lorsque mon dos heurta le matelas et que mon monde bascula de façon inattendue. Ma poitrine pleura immédiatement de joie face à cette nouvelle source de vie et ma gorge se mit à travailler avec avidité à chaque inspiration brutale. Mais tout bascula une fois de plus et ma tête se retrouva à l'envers...

Non, pas à l'envers. Pas tout à fait.

Juste par-dessus le côté du matelas.

Je ne...

La bite de Cam trouva de nouveau ma bouche et se cala à l'intérieur, raccourcissant mes respirations une fois de plus.

Putain... Je pendais sur le côté du lit tandis qu'il était debout et baisait ma bouche avec une vigueur renouvelée.

Je m'étouffai. L'angle était trop prononcé et mon corps n'était pas encore prêt pour plus.

Mais rien ne pouvait l'arrêter, pas même mes ongles qui s'enfonçaient dans ses cuisses, ce que je n'avais pas réalisé que je faisais jusqu'à présent. Au contraire, cela le rendit encore plus agressif et sa voix se posa sur moi alors qu'il prononçait tout ce qu'il voulait me faire.

— Tu vas en avaler plus, me dit-il. Beaucoup plus.

Sa bouche trouva à nouveau sur mon sexe, ce qui me fit me tortiller en signe de protestation, car mes entrailles n'étaient pas prêtes.

— Et moi aussi.

Ses crocs me mordirent une nouvelle fois, m'envoyant en spirale dans une profonde piscine d'obscurité.

C'était... c'était agréable.

C'était douloureux.

C'était trop.

Mais pas vraiment.

Son sang, pensai-je de façon délirante. *Son sang me guérit alors même qu'il me tue.*

Il me permettait de rester consciente. En alerte. Et il me torturait en me léchant pour me gratifier, puis en m'infligeant une douleur exquise.

J'essayai de prononcer son nom, de le supplier de m'accorder une minute pour récupérer, mais cela sortit de manière inintelligible autour de sa grande longueur et de son extrémité qui se logeait profondément dans ma gorge à chaque poussée de ses hanches.

Ça tuerait une humaine normale, me dis-je. *Ou au minimum ça briserait quelque chose en elle.*

Mais je... Je n'étais pas une humaine normale. Mon âme était liée à un être ancien, et cet être ancien m'avait donné un peu de son essence une heure ou deux plus tôt.

Ça altérait tout.

Ça me rendait plus résistante.

Mais ça ne m'empêchait pas d'avoir mal.

Ça ne m'empêchait pas d'avoir peur et de m'inquiéter des terribles façons dont ce mâle pourrait vraiment me faire du mal. *Il n'est pas mon Cam, même s'il est mon Cam.* C'était une notion enivrante qui m'étourdit alors que sa bite recommençait à être parcourue de spasmes.

Déjà ? m'étonnais-je. *Ou il s'est écoulé tant de temps ?*

Mon esprit était perdu dans un nuage orgasmique et je n'arrivais pas à suivre nos mouvements. J'essayai malgré tout d'avaler. Ou du moins, c'est ce que je crus faire. Mon corps n'avait pas vraiment le choix. C'était ça ou me noyer dans sa semence.

Cam...

Toujours rien. Ce mur... Il n'allait... *jamais être franchi.*

J'avais passé plus de cent ans à essayer de passer à travers pour parler à mon compagnon. Mais rien n'avait fonctionné.

Pas même ça.

Une larme née d'une douleur émotionnelle plutôt que physique s'échappa de mes yeux. Cependant, elle disparut parmi les autres sur mon visage en sale état à force de pleurer tandis qu'il utilisait ma bouche comme si c'était un trou sans fin, sans se soucier du fait que j'en avais besoin pour *respirer.*

Mes membres étaient engourdis par le manque d'oxygène. Ou peut-être à cause de tout le sang que le vampire avait aspiré.

Est-ce que je peux me vider de mon sang de cette façon ? me demandai-je. Il ne se nourrissait pas à partir de mon artère, mais il se rassasiait certainement entre mes cuisses.

Je ne sentais plus mon clitoris.

Je supposai que c'était une bénédiction.

Sauf que c'était Cam. L'amour de mon existence. Celui qui était censé me protéger. Me chérir. Me faire sentir comme une reine.

Mais il n'y avait rien de royal là-dedans.

Il est en train de me tuer à nouveau. Son sang le permettrait-il ? Ou bien cela m'amènerait-il au bord du gouffre et me forcerait-il à une dure convalescence tout en étant éveillée ?

Je frissonnai à cette idée et mes yeux se fermèrent en envisageant cette possibilité morbide.

Tout me paraissait froid. Accablant. *Ça fait mal.*

J'avais l'impression que mes poumons étaient de la glace et l'air passait à travers des pics de douleur qui me faisaient grimacer à chaque inspiration. Puis quelque chose de chaud toucha ma gorge.

Cam est en train de jouir une nouvelle fois ? devinai-je, désorientée et à la limite de la rupture.

J'avais voulu trouver un moyen d'entrer dans son esprit. Au lieu de cela, il avait simplement baisé le mien. J'avais cru qu'il serait facile d'insuffler ses souvenirs de moi et de sortir mon Cam de la fosse dans laquelle Lilith l'avait enterré.

J'avais eu tort. Tellement, tellement tort.

C'était peut-être le fait de l'avoir vu blesser Michael qui m'avait donné confiance en moi. Il avait pris ma défense d'une certaine façon et m'avait montré son côté possessif juste assez longtemps pour faire naître un soupçon d'optimisme dans mon cœur.

Mais cet optimisme avait disparu maintenant.

Perdu dans la mer avec ma dignité.

Je le retrouverais, en supposant que je survive.

L'engourdissement avait entièrement pris le dessus et me plongeait dans un monde de ténèbres à présent. *Oui, il est définitivement en train de me tuer.* Il me restait peut-être encore quelques minutes avant la fin.

Ensuite, je me réveillerais.

Juste pour revivre cet enfer...

CAM

— T'es exquise, murmurai-je en passant mes doigts dans les cheveux d'Ismerelda tandis que je tenais ma main opposée près de sa bouche, mon poignet ouvert pressé contre ses lèvres.

Elle ne pouvait pas m'entendre, principalement parce que je l'avais plongée dans un état de sommeil pour l'aider à guérir.

Je ne savais pas exactement pourquoi je m'étais senti obligé de le faire, mais cela m'avait semblé juste. Ismerelda ne méritait pas de souffrir, surtout après l'immense plaisir qu'elle venait de me procurer.

Il y avait aussi l'avantage qu'elle se rétablisse plus vite pour que nous puissions continuer à baiser, ce qui était la raison que je me répétais pour réconforter la partie de moi qui s'inquiétait d'être trop gentil avec mon *Erosita*.

Ce n'était pas pour rien qu'elle était à moi.

Veiller à ce qu'elle se rétablisse complètement était

logique, car cela m'était bénéfique. Plus mon *Erosita* était en bonne santé, plus je pouvais jouer avec elle.

Que cela me fasse aussi du bien de la soigner n'était pas la question.

— J'aurais dû te laisser une minute pour récupérer, admis-je en analysant nos premières retrouvailles et en déterminant où j'avais commis une erreur. Ça faisait un moment que je n'avais pas baisé avec une humaine. De toute évidence. Et j'avais oublié à quel point les gens de ton espèce peuvent être vulnérables.

Si Ismerelda avait été vraiment mortelle, je l'aurais tuée avec certains de ces coups de reins, soit en lui brisant le cou accidentellement, soit en la faisant suffoquer sur ma queue.

Je l'avais fait plusieurs fois, il y a longtemps, dans ma jeunesse. Avant que je n'apprenne à maîtriser ma force.

Mais cela faisait trop longtemps que je n'avais pas connu les plaisirs d'une femme, de *ma* femme, et le contrôle que j'avais eu sur ma bête s'était brisé dès que ma queue était entrée dans sa bouche. J'avais ressenti le besoin de la marquer de l'intérieur, de verser mon essence en elle et d'exiger qu'elle prenne tout ce que j'avais à lui donner.

Ce qu'elle avait fait.

— Parce que t'es parfaite, pensai-je à haute voix. C'est pour ça que je t'ai gardée.

Le fait qu'elle puisse supporter ma brutalité encore et encore.

— Une vraie lionne.

Je retirai mon poignet de sa bouche, certain que je lui avais donné plus qu'assez de sang pour accélérer son rétablissement.

— Dors, murmurai-je.

Mon ordre la berça dans un état d'inconscience plus profond. Je l'avais volontairement maintenue à la limite de la conscience pour m'assurer qu'elle avalerait mon essence sans s'étouffer, mais maintenant, je voulais qu'elle se repose vraiment.

Du moins jusqu'à ce que mon sang fasse son travail.

Après cela, je la baiserais à nouveau.

Et encore.

Jusqu'à ce qu'elle ne puisse plus marcher.

Je me dégageai des couvertures en désordre et me dirigeai vers la cuisine pour me servir un verre. Le vin rouge n'avait pas la touche spéciale d'Ismerelda, ce qui me poussa à jeter un coup d'œil vers elle sur le lit.

J'avais fabriqué une chambre rien que pour elle, et pourtant je n'avais aucune envie d'exiger qu'elle l'utilise. C'était étrange à quel point une seule journée avait pu changer mon point de vue. Mais elle était belle dans mes draps avec ses cheveux blonds éparpillés sur le tissu noir et son teint crémeux rougi par les effets de mon sang.

Mmm, à croquer, pensai-je en admirant ses seins exposés. *Guéris plus vite, petite lionne. J'ai faim de...*

Un coup provenant de ma porte d'entrée résonna dans l'espace de vie.

Je grimaçai face à cette intrusion. J'avais été très clair avec Michael : *pas de perturbations*. Alors soit ma progéniture avait envie de mourir, soit quelqu'un d'autre avait décidé de braver ma présence.

Je posai mon vin et retournai vers le lit pour récupérer mon caleçon sur le sol et l'enfiler. Puis je remontai la couverture sur les seins d'Ismerelda, ne voulant pas que quelqu'un d'autre profite de la vue.

Alors que je me dirigeais vers la porte, mon nez tressaillit à l'odeur familière de la femme qui attendait dans le couloir.

Ce n'est pas Michael.

Mais je n'étais pas sûr que l'intruse qui s'attardait soit beaucoup mieux.

J'ouvris la porte et découvris Mira. Je levai un sourcil d'un air interrogateur et me pinçai les lèvres. Je lui avais dit de ne pas me contacter tant qu'elle n'aurait pas mis en place un nouveau plan de sécurité garantissant que les Créatures Bénies ne pourraient pas s'échapper.

Et je doutais fort que ce plan eût déjà été mis en place.

Je m'appuyai contre la porte et croisai les bras, montrant clairement avec cette position que Mira n'était pas invitée à l'intérieur.

— Je suis désolée de te déranger, monseigneur, commença-t-elle. Mais on doit discuter de la réunion que Lilith a programmée. C'est dans trois jours et, pour être honnête, mon roi, on n'est pas prêts à affronter l'alliance. Pas avec tous les problèmes de sécurité et de connexion.

Au moins, elle était allée droit au but pour expliquer son interruption.

— Je suppose que t'as une suggestion à faire ?

— Oui. Je pense que tu devrais préenregistrer une annonce concernant ton retour et faire savoir à l'alliance qu'on veut reporter la réunion à la semaine prochaine. Je porterai personnellement ce message à Lilith City, où il pourra être diffusé à l'alliance.

— Je vois.

Je l'observai un instant, car mon esprit avait du mal à assimiler sa logique.

— Est-ce qu'il y a un plan en place pour régler nos problèmes de sécurité actuels ?

Parce que je doutais fort que cela eût été accompli au cours des dernières heures.

Ils n'avaient probablement même pas fini d'attraper tous ceux qui s'étaient échappés pendant la coupure de courant. Et même s'ils avaient terminé cette partie, ils seraient encore occupés à essayer de les renfermer tous.

La mâchoire de Mira se crispa.

— Non, monseigneur. Il n'y a aucun protocole en place pour cette panne, car elle n'a pas été anticipée par l'ancienne direction.

— Tu veux dire Lilith.

— Oui, répondit-elle brutalement avec une pointe d'agacement.

Sans doute parce que j'avais chargé Mira de nettoyer le désordre de l'autre femelle.

Ou peut-être parce qu'elle était aussi irritée que moi par les échecs de Lilith.

— Mais c'est pour ça que je suggère de reporter la réunion, poursuivit-elle. Étant donné tout ce dont j'ai été témoin en bas, on n'est pas prêts à affronter l'alliance.

Normalement, j'aurais fait remarquer que ce n'était pas à elle de prendre cette décision. Mais dans le cas présent, j'étais d'accord avec elle. Et j'appréciais sa franchise.

Cependant, je n'étais pas d'accord sur un point.

— Pourquoi est-ce que t'as besoin d'aller à Lilith City pour diffuser le message ? Tu pourrais sûrement le transmettre à Hélias, Sofia ou Hazel, non ?

Toutes leurs régions bordaient l'ancienne Italie, ce qui les rendait bien plus proches que Lilith City, anciennement connue sous le nom de Chicago.

Elle sembla réfléchir un instant, puis hocha la tête.

— Oui, je suppose que je pourrais.

Elle prononça ces mots lentement, ce qui me fit hausser un sourcil.

— Tu n'as pas l'air sûre.

Elle haussa une épaule fine.

— J'ai passé plus d'un siècle à jouer le rôle de compagne obéissante de Luka. Il ne m'est pas vraiment venu à l'esprit que je pouvais m'aventurer sur le territoire d'un autre roi en ton nom, ou que je pouvais laisser ma véritable identité se faire connaître.

Hmm, pensai-je.

— Ils pensent tous que tu n'es qu'une lycane normale.

— Oui.

Elle fronça les sourcils.

— Même si la rumeur de ma vraie nature est probablement en train de se répandre maintenant que Jace et Darius ont découvert mon secret.

— Encore une des failles de sécurité de Lilith, murmurai-je en pensant à la facilité avec laquelle Jace et sa nouvelle *Erosita* avaient franchi les protocoles de sécurité des différents bunkers.

Certes, Damien les avait aidés, mais il avait surtout réussi parce qu'il avait pu pirater le téléphone de Lilith.

Ce qui laissait penser que ses protocoles n'avaient pas été si robustes que ça.

Ou alors, il était tout simplement très doué.

Quoi qu'il en soit, cela confirmait que les opérations de Lilith avaient des faiblesses.

Et je n'aimais pas les faiblesses.

Cependant, étant donné que je n'avais pas pu faire grand-chose pour y remédier, j'avais choisi d'utiliser la situation à mon avantage et j'avais laissé la curiosité de Jace s'exprimer. J'avais espéré que cela l'aiderait à comprendre notre but ici et le ferait peut-être basculer de notre côté.

Sauf qu'il avait laissé *Calina*, son *Erosita*, diriger leurs recherches.

La jeune femme s'était surtout concentrée sur l'histoire de ses origines, selon laquelle elle était le produit du sperme de Michael et de l'ovule de Mira, ce qui faisait d'elle une humaine immortelle de race unique.

Dommage que Lilith n'avait pas pu reproduire cette expérience dans d'autres essais.

Quelque chose dans le sang doré de la mère porteuse avait joué un rôle clé dans la naissance de Calina.

Hélas, mes pairs avaient tué toutes les mortelles qui possédaient ce sang précieux dans le monde. Les seules humaines qui restaient avec une disposition génétique similaire étaient les vierges de sang.

Savoureuses, oui.

Des candidates appropriées pour donner naissance à des immortels, non.

D'où la raison pour laquelle nous étions passés aux Créatures Bénies.

— Si je vais à la surface, je pourrai peut-être me connecter à un satellite et ouvrir des communications avec l'un des royaux des environs. Tu veux que je fasse ça ? s'enquit Mira.

— Quel roi est-ce que tu contacterais ? demandai-je, curieux de savoir qui elle jugerait *digne de confiance* dans cette situation.

J'avais mes propres opinions basées sur les rapports d'activité de Lilith, mais Mira pourrait avoir un point de vue rafraîchissant.

— Helias, répondit-elle sans hésiter. Il appréciera qu'on caresse son ego.

— Et Hazel ? insistai-je.

— Hazel n'a jamais approuvé le règne de Lilith, répondit Mira. Je ne lui ferais pas confiance pour ça.

— Et Sofia ?

— C'est une inconnue. Comme Khalid et Naomi.

Je hochai la tête. Cela correspondait à ce que j'avais compris des rapports de Lilith. Bien sûr, il me faudrait rencontrer tous les autres royaux pour évaluer correctement leur loyauté. Seules les allégeances de Kylan, Ryder et Jace étaient vraiment connues, car leur approche révolutionnaire était absolue.

Les lycans nécessiteraient une tout autre évaluation.

Y compris celle qui se trouve devant moi, songeai-je en parcourant du regard le corps athlétique de Mira. Plutôt que de faire un commentaire, je m'éloignai de la porte et entrai en lui faisant signe de me suivre.

Elle s'était révélée utile ; sa vision des choses et son approche rivalisaient avec les miennes. *Je vais peut-être la mettre un peu plus à l'épreuve*, pensai-je en me rendant dans ma cuisine pour me servir un autre verre de vin rouge. C'était la marque qu'Ismerelda m'avait dit que j'aimerais, et elle n'avait pas tort. Il avait un petit côté fumé qui me plaisait bien.

Mais ce n'était rien comparé à son sang. Il avait une tout autre saveur. *Sucré. Enivrant. À moi.*

Je portai le verre à mes lèvres en soupirant et jetai un coup d'œil à la séduisante blonde sur mon lit. Sa respiration régulière me disait qu'elle se reposait encore, mais je sentis un léger changement dans son rythme cardiaque qui suggérait qu'elle était sur le point de s'agiter.

Bien. On va pouvoir continuer là où on s'est arrêtés.

Mais, en attendant, j'allais jouer à un jeu avec la lycane qui se tenait dans mon salon.

— T'as préparé un discours pour moi ? lui demandai-je en faisant référence au message qu'elle avait proposé que nous diffusions à l'alliance.

Les sourcils clairs de Mira s'abaissèrent et ses yeux glacés se plissèrent.

— Non. Je ne suis venue que pour faire part de ma suggestion, monseigneur. Je n'aurais jamais la prétention de parler en ton nom.

Hmm.

— En effet, murmurai-je. Mais Lilith l'aurait fait.

La lycane se hérissa.

— Je ne suis pas Lilith.

— Non, tu n'es certainement pas Lilith.

Je bus une autre gorgée de mon vin en soutenant le regard de la lycane alors que je réfléchissais à notre situation actuelle et à sa valeur potentielle.

Jusqu'à présent, elle avait gardé mon Erosita en sécurité et me l'avait livrée à ma demande. Mira avait également réussi à garder son allégeance secrète pendant plus de cent ans et avait donné à Lilith des détails dignes d'intérêt sur la rébellion grandissante tout en conservant sa position sans faillir.

Et maintenant, elle se tenait tranquillement dans mon salon et attendait mes ordres comme un bon petit soldat.

Pourtant, je pouvais voir la lueur calculatrice dans son regard glacial.

Quelque chose en elle titillait mon instinct et j'avais du mal à lui faire confiance malgré toutes les preuves favorables indiquant sa loyauté incontestable.

Hmm. Jusqu'à quel point sera-t-elle sincère avec moi ? Sera-t-elle directe ou jouera-t-elle sur les mots ?

Il n'y a qu'un seul moyen de le savoir...

CAM

— Donne-moi ton évaluation franche de notre opération et de ce que tu ferais différemment.

Je prononçai ces mots comme une exigence, et non comme une demande.

Mira ne réagit pas à mon léger changement de sujet et prit une expression pensive.

— Eh bien, l'infrastructure est solide.

J'arquai un sourcil.

— C'est-à-dire ?

— C'est-à-dire que c'était intelligent de construire tous les tunnels de recherche sous les catacombes. Non seulement c'est considéré comme un territoire neutre, mais c'est aussi sacré. Personne ne penserait à regarder ici. Et même si c'était le cas, ce serait difficile de s'y introduire physiquement sans que personne ne s'en aperçoive.

— C'est vrai, acquiesçai-je.

C'était un endroit stratégique, mais aussi plein de sens puisque c'était là que reposaient toutes les Créatures Bénies. Mais nous n'étions pas là pour célébrer leurs sommeils éternels. Nous étions là pour assurer notre existence éternelle.

Il s'agissait tout de même d'un lieu symbolique, fondé sur le pouvoir.

Il était donc logique que nous en fassions notre quartier général de recherche.

— Cela dit, Lilith employait des vigiles humains, déclara Mira avec une pointe d'agacement.

Je sirotai mon vin en attendant qu'elle poursuive tandis que le prédateur en moi surveillait le rythme cardiaque de l'humaine présente dans la pièce.

Le pouls d'Ismerelda s'était accéléré un tout petit peu plus, confirmant que j'avais eu raison de dire qu'elle commençait à s'agiter. Je pourrais l'obliger à continuer à dormir, mais je voulais qu'elle reprenne conscience le plus tôt possible.

Car éveillée ou non, j'avais bien l'intention de la baiser dès que Mira quitterait la pièce.

Je fis un geste pour que Mira continue, impatient d'entendre son évaluation complète. Rapidement, de préférence, car j'avais des projets plus intrigants à réaliser.

Mira me jeta un regard qui me dit qu'elle pensait que la déclaration qu'elle venait de faire devrait suffire. Mais même si c'était le cas, je voulais qu'elle s'explique quand même.

—Je comprends qu'on utilise la position de Vigile pour donner aux mortels un objectif compétitif à atteindre, déclara-t-elle lentement. Mais les humains sont trop fragiles pour être utilisés comme gardes dans les bunkers ou même ici, au cœur de notre opération.

Plutôt que de hocher la tête, je finis simplement mon vin.

— De plus, cette opération dépend trop de la technologie, ajouta-t-elle. Comme on le découvre, cette technologie peut être facilement manipulée. Elle peut aussi en révéler trop. Je veux dire que chaque facette de l'infrastructure est enregistrée dans des rapports d'activité vidéo. Et si Damien y avait accédé ?

— On ne sait toujours pas si c'est Damien, lui rappelai-je.

— C'est Damien, répondit-elle d'un ton confiant. J'en suis sûre. Mais ça n'a pas vraiment d'importance. Le cœur du problème réside dans le fait que notre sécurité dépend énormément de la technologie pour fonctionner. Et on dépend beaucoup des *humains* pour monter la garde de façon appropriée. C'est une énorme faiblesse qui doit être corrigée.

Hmm. Définitivement une évaluation logique. Et franche, aussi.

— Alors qu'est-ce que tu suggères, Mira ?

— Diminuer la surveillance, pour commencer, répondit-elle immédiatement. Surveiller les vierges de sang est logique. Surveiller nos expériences sur les Créatures Bénies ne l'est pas. C'est un secret qu'on ne veut pas révéler trop tôt. Alors pourquoi est-ce qu'on l'enregistre ? Pourquoi est-ce qu'on se rend vulnérables ?

— Parce que Lilith documentait tout.

Principalement pour me tenir au courant quand je me réveillerais, mais Mira avait certainement raison quand elle disait que l'enregistrement de nos secrets par toute cette technologie nous rendait vulnérables.

— Peut-être qu'elle n'aurait pas dû tout documenter, murmura Mira. Si les vidéos de ce qu'elle faisait aux lycans sont divulguées...

Je hochai la tête, conscient de ce qu'elle voulait dire.

— On aura droit à une réunion très stressante avec l'alliance.

Jace et Darius avaient déjà vu certains de ces enregistrements. Ce ne serait qu'une question de temps avant qu'ils ne les partagent avec d'autres, ce qui entraînerait probablement une nouvelle rébellion.

À moins que je ne parvienne à les convaincre de soutenir notre cause, en tout cas.

Un exploit qui nécessitera un peu de persuasion.

Heureusement, la plupart de mes pairs vampires ne se soucieraient pas des expériences sur les lycans. Les loups, en revanche, s'en soucieraient absolument. Et ils seraient furieux.

Ce qui entraînerait la nécessité de rappeler aux lycans leur place dans notre hiérarchie surnaturelle.

— Tu m'as demandé mon avis et ce que je ferais, dit Mira en croisant mon regard. Je réduirais la surveillance, en particulier celle de nos expériences les plus sensibles. Je cesserais de me fier uniquement à la technologie pour assurer la sécurité. Et je ferais appel à d'autres ressources surnaturelles de confiance pour nous aider à garder les installations.

C'étaient de bonnes idées, sauf que...

— Ce dernier point ne sera pas facile à réaliser tant qu'on n'aura pas correctement examiné nos alliés.

Elle inclina la tête en signe d'accord.

— Oui. Et pour acquérir ces alliés, on doit leur présenter des résultats positifs.

— Ce qu'on n'a pas.

Un autre hochement de tête de la part de la lycane.

— Malheureusement, je ne pense pas que ça va changer dans les prochains jours. On ne peut pas non plus réveiller Fen tant qu'on n'a pas de cellule adaptée où le mettre, avec une vraie porte, pas une qui est contrôlée par une technologie non sécurisée.

J'étais d'accord avec tout ce qu'elle disait, mais plutôt que de le montrer, j'allai dans ma cuisine pour poser mon verre de vin vide dans l'évier.

— C'est pour ça que je recommande de reporter la réunion. Il faut qu'on apparaisse plus solides pour l'alliance, monseigneur. Ça nous aidera à expliquer certaines des expériences les moins recommandables de Lilith.

— Comme les essais sur les lycans, déclarai-je.

— Oui.

Une réponse succincte, et pourtant ce seul mot contenait une pointe de dégoût.

— On a besoin de quelque chose à leur montrer. Quelque chose qui validera nos efforts ici.

— Quelque chose qu'ils peuvent soutenir, même au prix de vies de lycans, traduisis-je. Oui, je suis d'accord.

— Alors t'es d'accord pour qu'un message vidéo soit diffusé ?

— Je ne pense pas qu'une vidéo soit nécessaire. Une simple communication écrite devrait suffire.

Cela inspirerait de la curiosité et de la peur, deux émotions qui conviendraient bien à mes retrouvailles avec l'alliance.

— Envoie simplement un avis indiquant que la réunion a été reportée d'une semaine. Ça nous donnera dix jours pour résoudre nos problèmes ici. À moins que tu ne penses qu'on a besoin de plus de temps ?

— Dix jours devraient suffire à renforcer nos opérations. Je doute qu'on ait une solution viable au problème de l'immortalité humaine d'ici là, mais ça nous donnera le temps de présenter nos résultats de manière plus constructive.

— Ou bien on ne les présentera pas du tout, rétorquai-je. La réunion portera essentiellement sur mon réveil et mon retour au pouvoir. Je pourrais simplement déclarer que j'examine toujours le travail que Lilith a fait en mon absence et que je présenterai ses efforts à une date ultérieure.

— Et comment est-ce que tu comptes gérer les rebelles, comme Ryder et Jace ?

Je souris.

— Je gère mon cousin depuis des millénaires. Quant à Ryder...

Je jetai un coup d'œil à Ismerelda.

— Je soupçonne que sa relation avec le frère de mon *Erosita* me donnera un avantage.

La femelle sur le lit ne bougea pas et ne répondit pas, mais son rythme cardiaque s'était encore un peu accéléré au cours des dernières minutes, confirmant qu'elle était sur le point de se réveiller.

Il est temps qu'elle parte, pensai-je en me concentrant à nouveau sur Mira.

— Est-ce qu'il y a autre chose dont tu souhaites discuter ?

Elle m'observa un instant, son regard m'indiquant qu'elle avait plusieurs points en tête. Cependant, elle secoua intelligemment la tête.

— Non, monseigneur. Je vais attendre ta communication, et ensuite j'organiserai une rencontre avec le prince Hélias.

— Bien. Je rédigerai quelque chose pour toi d'ici minuit. Sois prête à partir à ce moment-là.

Cela lui laisserait une demi-journée pour prendre ses

dispositions pendant que je passerais du temps avec mon *Erosita*.

Une annonce concernant un changement de date ne demanderait pas beaucoup de réflexion pour être préparée.

Ce qui signifiait que je pourrais passer la majeure partie de la journée à baiser Ismerelda.

— En ce qui concerne nos procédures ici, mets fin aux vidéos en direct qui surveillent les Créatures Bénies et réaffecte nos gardes vampires pour qu'ils protègent nos biens. Les Vigiles peuvent surveiller les vierges de sang et s'assurer qu'elles restent dans le droit chemin. Garde uniquement quelques personnes de notre espèce en place pour superviser l'opération.

Ce n'était pas une solution parfaite, car nous n'avions pas beaucoup de gardes vampires, mais il faudrait s'en contenter pour l'instant.

Je commençai à me diriger vers le lit, congédiant ainsi Mira sans un mot de plus. Mais la lycane s'attarda près de la porte et son odeur irrita le prédateur qui sommeillait en moi. Surtout parce que je n'étais pas d'humeur à avoir un public. Je voulais jouer avec mon *Erosita* en privé.

— Oui ? demandai-je en m'arrêtant à côté de la beauté blottie sous mes couvertures.

—J'ai... une question à te poser.

La curiosité qui colorait le ton de Mira me fit pivoter partiellement vers elle et mon sourcil s'éleva en signe d'intérêt silencieux.

— Le but de notre opération est de créer des jouets dotés de sang immortel et capables de remplacer le lien d'*Erosita*. Et je sais que t'as passé du temps avec les candidats potentiels, les vierges de sang, peu après ton réveil.

Je m'appuyai contre le montant de mon lit en attendant qu'elle en vienne à sa supposée *question*.

— Alors maintenant que t'as renoué avec ton *Erosita*...

Elle s'interrompit et son attention passa de moi à la blonde sur le lit. Peut-être parce qu'elle avait également entendu la légère inspiration qui confirmait qu'Ismerelda était réveillée ou commençait à reprendre conscience.

Il était temps, pensai-je, car son pouls était stable depuis ce qui me semblait être une heure maintenant.

Mira se racla la gorge.

— Eh bien, je me demande comment les vierges de sang sont en comparaison à ton *Erosita* ? Sexuellement, je veux dire.

Mon sourcil se mit à grimper encore plus haut.

— Tu veux savoir si je suis satisfait ?

Le rythme cardiaque d'Ismerelda s'accéléra davantage. *Elle est définitivement réveillée. Et probablement en train de penser à notre satisfaction mutuelle d'il y a une heure.*

— Non.

Les lèvres pulpeuses de Mira se retroussèrent sur le côté.

— Je veux savoir si le programme des vierges de sang est adéquat ou s'il a besoin d'être amélioré. Elles sont formées pour exceller au-delà des compétences d'une *Erosita*. Donc ce que je te demande, c'est si les vierges de sang que t'as goûtées atteignent ou dépassent les capacités de ton *Erosita*, ou si elles ont besoin d'être améliorées ?

Ah. C'était plus logique.

Malheureusement, je ne pouvais pas fournir de réponse raisonnable, vu que je n'avais pas vraiment goûté les offrandes la semaine dernière. J'avais simplement utilisé les vierges de sang pour subvenir à mes besoins, pas pour faire l'amour. Elles ne m'avaient pas attiré.

Pas comme la beauté dans mon lit, en tout cas.

C'était probablement une conséquence de notre ancien lien. Mon corps semblait incapable de fonctionner correctement au lit avec quelqu'un d'autre qu'Ismerelda.

Hélas, je ne pouvais pas vraiment l'admettre à voix haute.

Mon attirance pour mon *Erosita* était une faiblesse, une faiblesse que j'avais l'intention de tuer. Mais pas tout de suite.

Ce qui signifiait que je devais répondre prudemment, car je ne pouvais pas me permettre que quelqu'un découvre cette faille.

—Je suis encore en train d'évaluer la situation, dis-je à Mira. Une fois que je me serais *refamiliarisé* avec mon *Erosita*, je te ferai savoir comment sont les vierges de sang en comparaison.

Mira m'observa un instant et hocha la tête, apparemment satisfaite de ma réponse.

— Merci. En attendant, je vais me mettre au travail avec nos équipes techniques et de sécurité pour apporter les changements appropriés.

— Bien.

Je la congédiai de nouveau au profit de la blonde dans mon lit.

Cette fois, Mira ne fit pas de commentaire ; elle sortit simplement.

J'attendis qu'Ismerelda bouge, mais elle resta absolument immobile.

— Hmm, fredonnai-je, intrigué par le jeu qu'elle essayait de jouer.

Elle semblait faire semblant de dormir. Mais je n'avais aucune idée de la raison.

—Je peux entendre ton cœur battre, murmurai-je en retirant mon boxer. Je sais que t'es réveillée.

Silence.

Mes lèvres se retroussèrent.

— Tu veux que je te prouve à quel point t'es réveillée, *petit cygne* ? demandai-je en me glissant dans le lit derrière elle.

Toujours rien. Même la raillerie dans mon ton lorsque je prononçai ce surnom ridicule, ou peut-être *approprié*, ne provoqua aucune réaction.

Je pressai mon érection grandissante contre son dos et me délectai de la façon dont ses courbes naturelles amortirent ma dureté. *Tellement parfaite, putain.* J'avais hâte de la prendre ici. De la plier en deux, de m'approprier chaque parcelle d'elle et de la revendiquer comme mienne.

Mais d'abord, je voulais sa chatte.

Dans tant de positions.

Par-derrière. Par-devant. *Sur le côté.*

Si elle voulait faire semblant de dormir, je le lui permettais. Parce que la faire crier serait d'autant plus exaltant.

— Voyons combien de temps tu peux rester silencieuse, lui murmurai-je à l'oreille en posant ma main sur sa hanche. Plus tu feras semblant longtemps, plus je te récompenserai.

Mes lèvres descendirent jusqu'à son cou et mes incisives aiguisées effleurèrent son pouls maintenant tonnant.

Une odeur de peur réchauffa mes sens et me donna envie de la mordre. De la goûter. De la *marquer*.

Il y avait quelque chose d'autre dans cet arôme. Quelque chose de tranchant. Une émotion que je n'arrivais pas à définir. Pas tout à fait de l'excitation, mais presque. De la passion. Intense. *Attrayante.*

J'inspirai profondément en fermant les yeux.

La tenir ainsi me donnait tant d'idées. La prendre

pendant qu'elle dormait. La réveiller avec un orgasme pour la baiser encore une fois jusqu'à l'oubli.

Mon Dieu, j'avais besoin de cette femme. Ça faisait *mal*. Ce désir était si envahissant que j'avais presque envie d'abandonner le contrôle et de laisser ma bête dominer.

Elle est à moi, semblait murmurer mon prédateur intérieur. *Laisse-moi l'avoir. Laisse-moi la baiser.*

Je mordillai le cou d'Ismerelda au niveau de son pouls déchaîné tout en pressant ma bite raide et prête contre son cul.

La préparer serait futile. Son corps était fait pour moi, asservi à mes besoins, modelé pour recevoir ma marque d'agression.

De plus, nous nous étions déjà échauffés avec nos bouches.

Maintenant, il était temps de *baiser*, de la sentir de l'intérieur, de gagner cette stupide bataille silencieuse en la faisant crier.

Je glissai mon bras sous elle et tendis la main pour palper sa gorge tandis que ma main opposée glissait de sa hanche à sa chaleur gluante. Elle était déjà mouillée pour moi ; ses orgasmes interminables de tout à l'heure l'avaient préparée à recevoir ma bite. Comme il se le devait.

Son pouls chantait sous ma bouche, mais elle n'émit pas le moindre son. Elle ne bougea même pas.

Je testai sa détermination en appuyant mon pouce sur son clitoris. Son cul se contracta légèrement contre moi, mais à part ça, elle ne réagit pas.

Mon prédateur intérieur grogna en signe d'approbation, ce jeu lui rappelant le fait de chercher une proie. De traquer une marque. De *forcer* une réaction. De se nourrir de la peur et de l'excitation d'une victime.

Mon Dieu, j'étais si dur pour elle. Prêt à prendre. Marquer. *Revendiquer.*

Tout en elle m'attirait, de son parfum à ses courbes délectables, en passant par la façon dont elle semblait avoir envie de me défier avant de se soumettre agréablement.

J'étais ivre d'elle.

Si dangereuse.

Trop dévorante.

Je dois la tuer.

Mais pas tout de suite...

Je pourrais jouer. Goûter. *Baiser.*

J'avais profité d'elle pendant mille ans déjà. Qu'étaient-ce quelques jours, semaines ou mois de plus ? Rien, vraiment. Juste un moyen d'être sûr d'assouvir absolument tous mes besoins.

Et éventuellement de l'utiliser pour donner une leçon à Ryder et à sa progéniture.

La garder était pratique. Cette décision me procurait un certain plaisir provisoire tout en servant un objectif à long terme.

J'éloignai ma main de son sexe pour attraper sa cuisse et ramener sa jambe sur la mienne.

— Il est temps pour toi de rugir, petite lionne, lui chuchotai-je en déplaçant mes hanches contre les siennes pour m'aligner à son entrée suintante.

Sa chatte me fit l'effet d'un baiser torride contre ma tige et provoqua un resserrement de mes couilles alors que je poussais en elle. Cette sensation menaça dangereusement mon self-control. Des instincts sauvages m'arrachaient ma retenue et me poussaient à laisser libre cours à mon prédateur intérieur.

Laisse-moi l'avoir, grogna cette bête. *Laisse-moi prendre ce qui est à moi.*

Sa chatte était si agréable. *Trop* agréable. Je ne pouvais pas penser. Je ne pouvais qu'*être*. Je ne pouvais que *revendiquer*. Profondément. Minutieusement. De façon *exquise*.

Et *putain*, elle était serrée. Moulée à la perfection pour moi. Serrant ma queue avec une agressivité que j'admirais. Me possédant entièrement. Me permettant de me sentir en paix pour la première fois depuis mon réveil.

C'est sûrement pour ça que je l'ai gardée, m'émerveillai-je, complètement perdu dans le plaisir qui me parcourait l'échine. Je bougeais à peine ; je me contentais de me délecter de la chaleur et de me laisser aller à sa perfection.

J'enfouis ma tête dans son cou et appuyai fermement mes lèvres sur son pouls.

Je n'étais pas sûr qu'Ismerelda ait tressailli lorsque je l'avais pénétrée. J'étais trop absorbé par notre connexion intime pour m'en rendre compte. Mais à part un petit souffle, elle était restée silencieuse, son corps ferme pressé contre le mien.

Sa cuisse se contracta sous ma paume. Ma lionne voulait que je bouge pour ressentir ma puissance, que nous nous perdions dans un plaisir que nous n'avions pas connu depuis plus de cent ans. Je le sentais à la façon dont sa chatte se resserrait autour de moi, exigeant que je passe à l'action.

Exigeant que je m'exécute.

Exigeant que je la possède. Que je la marque. Que je lui rappelle la place qu'elle occupait dans ma vie. Que je ravive notre lien. *Que je la prenne*.

Mes incisives effleurèrent sa peau tendre. Ma main était toujours serrée autour de sa gorge tandis que l'autre tenait sa jambe.

— Ça va faire mal, Ismerelda.

Parce qu'une fois que j'aurais commencé, je ne pourrais plus me retenir.

Je pressai mes lèvres contre son oreille.

— Mais je te promets de te récompenser après coup, ajoutai-je.

Puis, je donnai à ma bête le feu vert qu'elle attendait.

Le feu vert de baiser.

De marquer.

De faire tout ce qu'elle désirait.

Parce que cette femelle m'appartenait. Elle avait été conçue pour ça. Mon *Erosita*. Mon jouet de sang immortel. *À moi*.

Izzy

Mes paumes frappèrent le matelas tandis qu'un cri s'échappait de ma gorge. Ce cri fut presque immédiatement étouffé par un oreiller qui rencontra mon visage.

Des mains violentes saisirent mes hanches, les forçant à se soulever tandis que Cam s'enfonçait en moi avec des mouvements frôlant la sauvagerie.

J'enfonçai mes ongles dans le lit alors que mes membres s'efforçaient de me maintenir dans la position qu'il m'avait brutalement imposée.

— Ça va faire mal, m'avait-il prévenue. Mais je te promets de te récompenser après coup.

Je n'eus pas le temps de réfléchir à ce que cela signifiait avant qu'il ne fasse rouler nos corps et ne me force à adopter cette position de soumission sur le lit.

Mes dents s'enfoncèrent dans ma lèvre tandis que

j'essayais futilement de ne pas gémir tandis que mon cœur était en miettes dans ma poitrine.

Je m'étais réveillée au son de voix. Une conversation sur l'endroit où nous nous trouvions. La sécurité. *La technologie et les caméras.* Quelque chose à propos d'expériences sur les lycans.

Au début, j'avais cru que c'était un rêve. Puis la réalité s'était lentement installée autour de moi et le souvenir de Cam en train de baiser ma bouche m'avait presque fait redresser la tête.

Puis j'avais reconnu la voix de Mira.

« *C'était intelligent de construire tous les tunnels de recherche sous les catacombes. Non seulement c'est considéré comme un territoire neutre, mais c'est aussi sacré. Personne ne penserait... »*

Sa voix s'était ensuite éteinte lorsque l'inconscience m'avait envahie pendant un long moment avant de me permettre de refaire surface.

Cependant, j'avais été tellement concentrée sur les détails concernant notre emplacement que je n'avais pas écouté leur conversation jusqu'au bout et n'avais retenu que des bribes à la toute fin.

« *Je me demande comment les vierges de sang sont en comparaison à ton* Erosita. *Sexuellement, je veux dire. »*

Ces mots avaient transpercé ma poitrine et s'étaient ancrés au plus profond de mon esprit.

Pourquoi Cam le saurait-il ? m'étais-je demandé.

Mira m'avait répondu moins d'une minute plus tard.

« *Je veux savoir si le programme des vierges de sang est adéquat ou s'il a besoin d'être amélioré. Elles sont formées pour exceller au-delà des compétences d'une* Erosita. *Donc ce que je te demande, c'est si les vierges de sang que t'as goûtées atteignent ou dépassent les capacités de ton* Erosita, *ou si elles ont besoin d'être améliorées ? »*

J'avais arrêté de respirer à ce moment-là, et je n'avais pas pu inspirer correctement depuis.

Cam avait goûté aux *vierges de sang*.

Et je savais que Mira n'avait pas insinué seulement leur sang, mais aussi leurs prouesses *sexuelles*.

Cam s'enfonça à nouveau en moi, m'ancrant dans le moment présent et exigeant que je prête attention. Mais comment pourrais-je me sentir autrement ?

Trahie ? me dis-je. *Brisée ? Livide ?*

Ses hanches rencontrèrent les miennes et sa bite se logea profondément en moi.

Il avait pénétré quelqu'un d'autre.

Une autre femme.

Peut-être plusieurs femmes.

Ce lien entre nous ne nécessitait pas sa fidélité, seulement la mienne. Je n'avais jamais compris la magie, juste qu'elle existait. Et il y avait des règles.

Des règles que j'avais suivies.

Des règles que j'avais prises à cœur.

Des règles qui m'avaient semblé naturelles et justes.

Mais Cam...

Je ravalai un cri d'agonie lorsque ses crocs mordirent ma gorge. Les endorphines inondèrent mon système et m'entraînèrent dans un orgasme malvenu.

Cam grogna en signe d'approbation et sa paume passa de ma gorge à ma nuque. L'oreiller sous mon visage menaçait de m'étouffer, car ma capacité à respirer était restreinte par le tissu soyeux.

C'était trop.

Trop accablant.

Trop *incorrect*.

Ce n'était pas comme ça que Cam et moi faisions l'amour. *Parce que ce n'est pas* mon *Cam.*

Il m'avait étouffée avec sa bite.

Et maintenant, il allait me briser en deux avec ses coups de reins violents.

Ma hanche était meurtrie sous sa main.

Mes entrailles me faisaient mal.

Mon cœur... *battait la chamade.*

Parce qu'une partie interdite de moi semblait s'épanouir dans les sensations que sa brutalité éveillait en moi.

Ce n'est pas correct. Ce n'est pas mon Cam.

Il a trahi notre lien, me dit une voix tranchante dans ma tête. *Ma* voix.

Et pourtant, une autre partie de moi argumenta. *Il ne sait pas qui on est. Il n'a plus aucun souvenir de nous. Il ne voulait pas nous faire de mal.*

Des larmes me brûlaient les yeux. Mes émotions s'affrontaient tandis que le plaisir léchait ma peau et enflammait mes veines.

— C'est incroyable comme ça, murmura Cam contre mon oreille. Je vais te forcer à jouir toute la journée pendant que je te baise. Te rendre si serrée que ce sera un défi de me frayer un chemin à l'intérieur.

Mon Dieu, quand est-ce que Cam m'avait déjà parlé comme ça pendant l'amour ?

En l'entendant maintenant, en le sentant comme *ça*, je... Je commençai à me poser des questions sur notre passé. Je me demandai pourquoi il avait caché cette partie de lui-même.

Est-ce que je le connais vraiment ?

Mais bien sûr que oui. Nous avions été ensemble pendant un millier d'années. Je le connaissais mieux que quiconque.

Et pourtant... je n'avais jamais connu ce côté de lui. Il l'avait gardé enfoui à l'intérieur, enfermé là où je ne pouvais pas l'atteindre.

La vie avait-elle été satisfaisante pour lui s'il avait dû lutter contre cette partie de lui-même ?

Ou bien cette partie n'existait-elle pas habituellement lorsqu'il était près de moi ?

Ma tête se mit à tourner à cause de ces incertitudes, ce qui me donna le vertige.

J'avais voulu le provoquer pour qu'il se laisse aller et pour rendre son esprit vulnérable au mien, et d'une certaine façon, je m'étais retrouvée encore plus en conflit qu'avant. Encore plus blessée.

— *Putain*, je pourrais bien vivre avec ma bite en toi pour toujours.

Le souffle de Cam était chaud contre mon cou.

— Tu t'endormiras sur ma bite et tu te réveilleras avec moi en train de te prendre. Encore et encore.

Il haletait les mots, avec son corps dur et dominant au-dessus du mien tandis qu'une main continuait à tenir ma hanche captive. Mais son autre paume bougea, passant de ma nuque à ma gorge une fois de plus, puis remonta jusqu'à mon menton.

— Embrasse-moi, demanda-t-il en tirant rudement ma tête sur le côté et en se penchant pour réclamer ma bouche.

Cela me permit de faire une pause dans l'orgasme qui déchirait mon être, mais me fit basculer la tête en arrière dans un angle inconfortable. Je craignis qu'il ne finisse par me briser le cou.

Mais sa langue fut presque révérencieuse contre la mienne et ses mouvements ralentirent légèrement alors qu'il se retirait presque entièrement de moi.

Puis il revint avec une force qui me fit glapir contre ses lèvres.

Il sourit, puis répéta le mouvement et frappa ce point au plus profond de moi. Mon corps réagit à ses coups sauvages et je me contractai autour de lui impulsivement.

Je me sentais détenue.

Possédée.

Piégée.

Des émotions que je n'avais pas vraiment ressenties auparavant avec Cam. Possédée, peut-être. Mais pas les autres.

Ça... C'était nouveau. Et je détestais ce que cela me faisait ressentir. *Excitée. Prête. Suppliant d'en avoir plus.*

Je suis brisée, décidai-je. *Cette version de Cam m'a brisée.*

Je ne peux pas le laisser gagner cette bataille. Je dois me battre.

Pour quoi ?

Pour notre avenir. Pour le bien de l'humanité. Pour notre lien !

Mon esprit se disputa avec lui-même tandis que mon corps succombait au tourbillon brûlant qui se préparait en moi.

Si bon. Si intense. Si accablant.

Sa langue dansait avec la mienne, mais sa prise sur mon menton était implacable alors qu'il me forçait à prendre tout ce qu'il avait. Profondément. Soigneusement. Frappant mon centre douloureux.

Je faillis mordre sa langue lorsqu'une envie de crier me prit de plein fouet.

Un cri de frustration et de douleur. *Et de plaisir.*

Un mélange vraiment merdique.

Mon compagnon a été infidèle.

Il ne se rend pas compte de ce qu'on représente l'un pour l'autre.

Est-ce que ça rend la chose plus facile ?

Ça l'explique.

Et puis merde. Qu'il aille se faire foutre.

J'avais besoin qu'il s'effondre et qu'il laisse ses murs mentaux s'écrouler. Le sucer n'avait pas marché, mais peut-être que ça, ça fonctionnerait. Peut-être que le fait de jouir en moi affaiblirait suffisamment son esprit pour que je puisse accéder à ses pensées.

Quelques souvenirs me suffisaient.

Il comprendrait. Il se rendrait compte de ses erreurs. *Il serait de nouveau à moi.*

Pas à une vierge de sang.

À moi.

Nous avions toujours été fidèles l'un à l'autre. Nous avions toujours été une paire. Des partenaires.

Jusqu'à ce qu'il s'enfuie pour affronter Lilith, me rappelai-je sombrement. L'incident menaça de consumer mes pensées.

Arrête. On ne peut pas changer le passé, seulement l'avenir.

Ce qui, ironiquement, signifiait que j'avais besoin que Cam se souvienne du passé.

Merde.

Je grimaçai lorsqu'il inclina ma hanche pour se loger encore plus fermement en moi. Sa longueur me surprit. Comme si elle avait grandi.

C'est impossible.

À moins que cela n'ait jamais été Cam.

Non. C'est Cam. Mais pas mon Cam.

Putain, arrête de réfléchir, m'ordonnai-je. Mon besoin de me concentrer sur Cam l'emportait sur tout le reste.

Je voulais qu'il explose. Qu'il soit submergé par son orgasme. *Qu'il me laisse entrer.*

Ma langue rencontra la sienne alors que je cherchais à prendre le dessus pour la première fois depuis qu'il m'avait embrassée.

Il grogna en émettant un son qui me rappela son approbation précédente et il me maîtrisa immédiatement avec sa bouche.

Ce n'est pas assez bien, pensai-je tandis que ma colère alimentait ma rébellion. *T'as joué avec une autre femme. Probablement plus d'une. Je vais te rappeler pourquoi tu es à* moi.

Je ne partageais pas. Et lui non plus.

Que ce soit à cause de son manque de souvenirs ou non, son corps aurait dû le savoir. Mais puisqu'il avait manifestement besoin de ce rappel, j'allais lui montrer toute l'étendue de notre lien.

Mes dents s'enfoncèrent dans sa langue. *Avec force.*

Et je me figeai.

Parce que ce n'était pas ce que j'avais voulu faire.

Nous ne baisions pas comme ça. Nous faisions l'amour. Pourtant, il m'avait mordue tellement de fois aujourd'hui que j'avais simplement... réagi.

J'étais tellement... tellement... *furieuse.*

Comment t'as pu faire ça ? voulais-je demander. *Tu veux me remplacer ? Qu'est-ce qui ne va pas chez toi ?*

Mais je connaissais déjà la réponse à cette question. Lilith était ce qui n'allait pas chez lui. Elle lui avait embrouillé la tête.

Parce que Cam est allé la voir de lui-même pour tenter de la raisonner.

Il m'a abandonnée pour jouer les héros.

Il s'est fait ça tout seul.

Non. Ne pense pas comme ça. Le blâmer...

Ma vision bascula lorsque Cam nous fit rouler brutalement sur le lit et que mon dos rencontra le matelas. J'eus à peine le temps de respirer qu'il s'enfonça à nouveau en moi, cette fois avec encore plus de force qu'auparavant.

Je glapis lorsqu'il me mordit la lèvre, mais ses dents furent rapidement remplacées par sa langue.

Puis il me dévora. Il me posséda si sévèrement avec sa bouche que je ne pus rien faire d'autre que de l'accepter.

Mon corps était à sa disposition.

Le lit grinça sous l'effet des mouvements de ses hanches qui frappaient contre les miennes tandis que sa paume se refermait sur ma gorge une fois de plus. Sa main opposée était sur mon sein, pressant ma chair et titillant mes mamelons.

Un gémissement me quitta sans permission. Cette

version violente de lui m'amenait à des sommets dont je n'avais jamais soupçonné l'existence.

C'était comme si j'étais baisée pour la première fois, et pas seulement par Cam.

Il n'était pas doux ou encourageant. Il était dur et exigeant.

Je saisis ses épaules et enfonçai mes ongles dans sa peau. J'avais besoin de le marquer. De le revendiquer. De laisser quelque chose qui disait qu'il était *à moi*.

Ces vierges de sang ne pourraient pas l'avoir.

Il ne me remplacerait pas.

Et je me *foutais* de ce que Lilith avait fait à son esprit.

Ce mâle m'appartenait, et je parviendrais à l'atteindre. Je trouverais un moyen de lui rappeler notre passé et notre avenir promis.

Il avait peut-être pris une décision fatidique sans moi, une décision qui avait tout changé entre nous, mais je ne permettrais pas que cela se reproduise, putain.

Je n'étais pas la femme docile de son passé. J'avais mûri au cours des cent dernières années. Et je ne resterais pas assise à attendre qu'il résolve tous les problèmes du monde.

Tu vas te souvenir de moi. Je gravai ces mots dans sa bouche avec ma langue pendant que mes ongles faisaient couler son sang. *T'es à moi.*

Il répondit par un grognement et sa prise sur ma gorge se resserra alors qu'il se reculait légèrement pour me fixer.

— T'es belle, putain, siffla-t-il. Jouis pour moi maintenant, petite tigresse. J'ai besoin de sentir ta chatte serrer ma queue.

« *Tigresse* » était nouveau. Tout comme « *lionne* ».

Mais je m'en moquais.

Les deux sonnaient bien plus féroces que « cygne ».

Si c'était ainsi que cette version de Cam me voyait,

alors tant mieux. Parce que je voulais être féroce. Ne pas être sous-estimée. *Sa compagne.*

Toute cette opération sous les catacombes était en train de tomber à l'eau. Lilith était peut-être morte, mais je serais damnée avant de laisser son héritage survivre.

— *Tout de suite*, Ismerelda, grogna-t-il avant de poser sa bouche sur mon cou.

Il poussa profondément en moi au moment où ses crocs s'enfonçaient dans mon cou. La combinaison des sensations et des endorphines forcées m'envoya en spirale dans une mer de sombre félicité.

Des vagues violentes inondèrent mes veines, m'entraînant dans un tourbillon noir sans fin.

Mes poumons se mirent à brûler.

Mes jambes s'engourdirent.

Mes entrailles se contractèrent.

Mon corps ne m'appartenait plus.

Cam lâcha un son tonitruant qui tenait plus de la bête que de l'homme tandis que son corps détruisait le mien en me baisant sans retenue.

Je sentis l'intérieur de mes cuisses être meurtri tandis que mes jambes restaient gélatineuses et sans réaction.

J'étais un jouet. Une poupée à baiser. Abusée. *Utilisée.*

Et pendant tout ce temps, je continuais à me noyer dans un puits d'extase sans fin.

Je griffai son dos, cherchant désespérément à respirer, à refaire surface, mais il ne s'arrêta pas de boire. Chaque succion me poussait plus profondément dans ce vortex dangereux.

Son nom m'échappa du bout des lèvres.

Il est en train de me tuer. Encore une fois.

Et il ne montrait aucun signe d'être sur le point d'arrêter.

Comment suis-je censée entrer dans sa tête si je meurs sans arrêt ?

Mes doigts devinrent froids et mes ongles n'étaient plus enfoncés dans sa peau.

J'ai besoin qu'il jouisse.

Mes hanches me faisaient mal sous l'assaut de ses poussées.

S'il te plaît, Cam. Jouis pour moi. Reviens-moi !

Mes bras tombèrent sur le matelas alors que mes mains me donnaient l'impression d'être de glace.

Putain... ça commence à faire mal...

Il ne s'arrêtait pas. Il n'avait même pas l'air de s'en rendre compte. Ou peut-être qu'il s'en fichait.

Cam...

Il rugit tandis que ses crocs quittaient enfin ma peau délicate. Mais pas parce qu'il m'avait entendue.

Là. Il... Il jouit.

Sa semence aurait dû être chaude en moi, mais je ne pouvais pas la sentir. Je ne pouvais pas le sentir. Je ne pouvais plus voir.

Cam ! criai-je en cherchant désespérément à entrer dans sa tête.

Mais un mur de silence s'opposa à mes efforts. Sombre. Froid. Solitaire.

Cam !

Rien.

Juste un lien mort. Un lien dont il m'avait coupée.

Je hurlai dans ma tête, furieuse contre lui pour cette situation, pour tout ce qu'il avait décidé sans moi, pour tout ce qu'il avait fait parce qu'il ne me connaissait plus.

Je n'abandonnerai pas. Je ne peux pas abandonner.

Et pourtant, je ne savais pas trop quoi faire maintenant.

Le baiser à nouveau ? Essayer de percer une fois de plus ?

Que puis-je faire d'autre ?

Je frissonnai, perdue dans le sombre sortilège de la mort. Mais un soupçon de sensation réchauffa alors l'intérieur de mes cuisses.

Une langue ?

Non. Trop... ferme.

Un doigt ?

Non. C'est trop épais.

Cam... ?

Mes yeux s'ouvrirent pour révéler la pièce autour de moi. Ma tête était posée sur un oreiller, et Cam était de nouveau derrière moi avec ma jambe étalée sur sa cuisse.

Ma gorge était sèche et me rappelait du coton amidonné. Mais à part ça, je me sentais bien. Pas de poumons à l'agonie. Pas de douleur. Juste la pression subtile de sa bite glissant dans et hors de ma chaleur humide.

— Il est temps de rugir à nouveau, petite tigresse, me dit-il avec ses lèvres contre mon oreille.

Izzy

Oh, mon Dieu.

Combien de temps avais-je été inconsciente ?

Et venait-il vraiment de me réveiller en se glissant en moi ?

Ses paroles de tout à l'heure me revinrent et ses menaces de me faire dormir avec lui en moi tourbillonnèrent dans mon esprit.

Avait-il fait cela ? Avait-il gardé sa bite au chaud pendant que je récupérais ?

Je frémis, puis gémis lorsqu'il me mordit *à nouveau*.

Des larmes troublèrent ma vision alors qu'un orgasme m'envahissait sans prévenir, me jetant dans un gouffre de désespoir délirant.

Je n'étais pas prête.

Je ne pouvais pas faire ça.

Je... J'avais besoin de... *me reposer*.

Mais il m'avait clairement nourrie de son sang parce que j'étais complètement guérie.

Ce qui signifiait qu'il pouvait recommencer. Comme il me l'avait dit.

Et il me prit. Charnellement. Sans ménagement. Par-derrière, puis par-devant.

Me buvant jusqu'à m'assécher.

M'entraînant dans un autre coma.

Seulement pour me réveiller une fois de plus, cette fois avec la moitié inférieure de mon corps pendant du matelas tandis qu'il se tenait debout et me prenait avec des coups de reins vigoureux.

Je m'évanouis avant de pouvoir jouir.

Et je fus réveillée par ses crocs et par un orgasme vicieux qui me vida l'esprit.

Je luttais contre le brouillard, déterminée à retrouver *mon Cam*, mais je continuais à me réveiller avec cette version prédatrice de lui.

Des jours semblèrent s'écouler.

Ou peut-être des heures.

Mais il partit à quelques reprises. Une fois pour délivrer un message, ce dont je ne me souvenais que vaguement de sa conversation froide avec Mira.

Une autre fois, il revint avec un nouvel ordinateur portable, que je ne pris même pas la peine de toucher parce que j'étais trop épuisée pour essayer.

Le cycle se poursuivit sans fin, me laissant de plus en plus perdue à chaque fois que je m'évanouissais.

Il finit par s'en apercevoir après... je ne sais trop combien de temps. Il posa une fiole de sang près du lit et me demanda de la boire.

Je le fis.

Cela se produisit plusieurs fois, mais ne suffit pas à

apaiser la douleur qui résonnait en moi. Elle n'était pas seulement émotionnelle, mais aussi physique.

À quand remonte la dernière fois que j'ai mangé ou bu quelque chose ?

Je finis par exprimer une version de cette inquiétude à voix haute un peu plus tard, après que Cam eut mentionné ma baisse d'énergie.

— Tu commences à m'ennuyer, m'avait-il dit. Qu'est-il arrivé à ma lionne ?

Ses mots avaient allumé un feu en moi. Parce qu'il était hors de question qu'il *me* blâme de ne pas être suffisamment *performante*.

— Même les lions ont besoin de nourriture, avais-je marmonné. Ou t'as oublié que je mange ?

C'était sorti de façon hargneuse. J'avais voulu lui transmettre mon agacement au fait d'être utilisée comme une poupée gonflable.

Je m'étais à moitié attendue à ce qu'il me mette en position pour me baiser en réponse. Mais au lieu de cela, il avait penché la tête pendant un moment de réflexion, puis avait acquiescé.

— Tu veux le même plat que la semaine dernière ? Ou on essaie quelque chose de nouveau ?

La semaine dernière ? me répétai-je. *Putain...*

J'avais accepté de manger la même chose parce que je mourais de faim.

Puis je n'en avais mangé qu'une partie parce que mon estomac avait été trop petit pour terminer tout le repas.

— T'as prouvé avec ce repas que tu connaissais mes goûts plus modernes, avait dit Cam après que nous eûmes terminé. Éduque-moi sur certains de mes autres préférés, en commençant par le petit déjeuner. Dis-moi ce que je dois commander pour demain.

J'avais été momentanément surprise par sa demande et

une pointe d'espoir avait réchauffé mon cœur. *Il veut que je lui rappelle le passé.*

Mais une fois que j'avais fini d'énumérer les aliments, il avait simplement passé la commande sur son nouvel ordinateur portable et m'avait entraînée sous la douche pour me baiser contre le mur.

Je m'étais réveillée à nouveau avec lui en moi.

Son appétit était insatiable, mais au moins, il avait commencé à me nourrir.

Même s'il avait fait de moi son dessert personnel après chaque repas.

J'avais joui un nombre incalculable de fois au cours des... *sept ? Peut-être huit ? Ou était-ce neuf* derniers jours ? Mais rien de tout cela n'était pour moi ; c'était pour lui et son plaisir.

Il aimait me rendre serrée. Me faire mouiller. Me faire gémir.

Même si cela semblait incroyable, ça ne l'était pas. Parce que chaque orgasme m'enfonçait un peu plus dans un gouffre de désespoir.

Je ne pouvais pas franchir ses murs mentaux. Ils étaient impénétrables. Et le sexe ne m'aidait pas.

Pas même quand il me laissait rester éveillée assez longtemps pour le regarder s'effondrer.

Comme en ce moment.

Il m'avait mise à califourchon sur ses genoux et ses mouvements me pénétraient rudement à chacun de ses coups de reins. Ses doigts étaient emmêlés dans mes cheveux et sa bouche possédait la mienne tandis que sa main opposée palpait mon cul.

J'étais endolorie.

Fatiguée.

Utilisée.

Mais il m'avait réveillée avec sa bite, suivie rapidement de ses mains et d'une demande pour que je le chevauche.

J'avais obéi dans un état d'hébétude alors que la dernière chose dont je me souvenais était qu'il était en train de me baiser sur le matelas.

Les journées de sexe n'étaient pas vraiment rares pour nous ; Cam avait toujours apprécié passer de longues heures et des nuits dans la chambre à coucher. Mais là, c'était tout autre chose.

J'avais l'impression d'avoir été complètement initiée au côté prédateur de mon compagnon.

Pas de limites. Pas de règles. Aucune retenue. Juste une bête qui prend sa femelle de toutes les façons imaginables.

Ses crocs effleurèrent ma lèvre ; sa morsure était imminente. C'était sa façon préférée de me forcer à jouir. Non seulement ça lui faisait du bien, mais ça lui donnait aussi une excuse pour boire mon sang.

Ce qui ne me laissait pas d'autre choix que de m'imprégner davantage de son sang en retour.

Il avait commencé à m'en laisser des fioles sur la table de nuit. D'autres fois, il me le donnait pendant que je dormais. Ou du moins, c'était ce que je supposais. C'était la seule explication à la rapidité avec laquelle je me régénérais.

J'attendis sa morsure tandis que mon cœur battait la chamade dans ma poitrine, consciente qu'elle arracherait chaque parcelle d'énergie de mes veines et me rendrait inutile toute la journée.

Encore une fois.

Sauf que... la piqûre ne vint jamais.

Juste sa langue.

Un doux baiser.

Une ruse, pensai-je, troublée par ce changement de

rythme après ce qui me semblait être une éternité à me faire *mordre* et *baiser* jusqu'à être sur le point de mourir.

Sa paume glissa le long de mes fesses jusqu'à ma hanche avant de se placer entre nous. Je sursautai lorsque son pouce trouva mon bourgeon sensible. Son contact était inattendu et tellement désiré.

Ce que je détestais.

Je *détestais* la façon dont je réagissais à son contact. Je détestais à quel point j'aimais ses douces caresses. Je détestais à quel point il enflammait mon sang par de simples effleurements.

Mon corps appartenait à ce mâle depuis si longtemps ; mon cœur et mon âme étaient les siens en tout point.

Même quand il brisait ma confiance.

Même quand il me faisait mal.

Même quand il n'agissait plus comme l'homme que je connaissais.

J'avais toujours envie de lui. Je le désirais. Je l'*aimais*.

Des larmes s'accumulèrent dans mes yeux alors que je ralentissais mon rythme au-dessus de lui, notre séance tournant en un souvenir béat de passion et de tendresse. C'était *ainsi* que nous nous embrassions, que nous montrions nos émotions et notre adoration.

Commence-t-il à se souvenir ? me demandai-je tandis qu'une étincelle d'espoir s'allumait en moi. *Est-il enfin en train de redescendre de son excitation d'accouplement ?*

C'était comme s'il était tombé dans une sorte d'ornière étrange et que ses instincts avaient exigé qu'il *prenne* au lieu de *donner*.

Mais maintenant... *ça*... c'est... C'est comme... *mon Cam.*

Il se redressa, faisant fléchir les muscles de son corps de mâle dur et féroce contre moi.

— Enroule tes jambes autour de moi, murmura-t-il contre ma bouche.

Je m'exécutai et me délectai de l'angle de cette position. C'était l'une de mes préférées. Je savourai la proximité et la façon dont l'étreinte me donnait l'impression d'être choyée.

Ses bras m'entourèrent et sa bouche se fit révérencieuse tandis que nos corps dansaient dans des mouvements hypnotiques.

Ça. Ça, c'est mon Cam.

Je faillis soupirer alors que du contentement remplissait mon être.

Mon Dieu, ça m'a manqué, lui dis-je en souhaitant qu'il m'entende. *Tu m'as tellement manqué.*

Tu m'as manqué aussi, murmura-t-il.

Sa voix dans ma tête me figea.

Cam ?

Il sourit. *Qui d'autre ça pourrait être ?*

Je m'éloignai pour scruter son visage, mais il me poursuivit avec sa bouche et posa ses lèvres chaudes contre les miennes.

Attends...

Shhh, dit-il pour me faire taire. *Laisse-moi t'aimer.*

Mes lèvres se retroussèrent vers le bas. Cela ressemblait tellement à mon ancien Cam. Mais comment aurait-il pu redevenir l'homme que j'aimais sans aucune conversation ? Sans même parler de ce qu'il avait fait ? De ce que nous avions vécu ?

Je tentai de bouger à nouveau, mais ses bras me maintinrent serrée contre lui et sa bouche devint encore plus exigeante. Presque comme s'il voulait à tout prix me garder ici. Me tenir pour l'éternité. Pour que je redevienne sienne.

Je saisis ses épaules, à la fois en conflit et exaltée.

Mon Cam... Il est...

Je haletai lorsque ses crocs s'enfoncèrent dans ma lèvre

et mes yeux s'ouvrirent d'un coup.

Qu'est-ce que... ?

Je n'étais plus à califourchon sur lui, mais sur le dos. Mes cuisses enserraient ses hanches. Mes ongles s'enfonçaient dans ses épaules.

Et ses iris ressemblaient à des mares sombres de désir et d'intensité.

Je rebondissais alors qu'il poussait en moi avec un rythme brutal et sans aucune tendresse.

Parce que rien de tout ça n'avait été réel.

C'était un rêve.

C'est ça ma réalité.

Je tremblai et mon cœur se brisa dans ma poitrine tandis que Cam me baisait avec acharnement.

Il n'y avait pas de mots affectueux ou de caresses tendres. Pas de pensées d'amour. Pas de gentillesse.

Juste un prédateur qui s'emparait de sa proie.

J'avais envie de crier. De le frapper. De *me battre.*

Mais sa bouche s'empara de la mienne dans le souffle suivant et sa langue m'ordonna de me rendre. De l'accueillir. De me laisser faire. D'accepter la nouvelle version de mon compagnon.

Non ! criai-je. *Je n'accepterai rien de tout ça. Tu n'es pas mon Cam.*

Il grogna contre mes lèvres et ses mouvements devinrent encore plus sauvages.

—J'adore le fait que tu te débattes contre moi, lionne, encensa-t-il. T'es parfaite, putain.

En quoi tout cela est-il parfait ? avais-je envie de demander. *C'est un désastre.*

Mais je ne pouvais pas nier à quel point c'était agréable de l'avoir en moi et à quel point ses endorphines allumaient en moi un feu qui ne brûlait que pour lui.

Je déteste ça.

J'adore ça.

Je le déteste.

Je l'adore.

C'était tellement contradictoire. Tellement tordu. Tellement mal !

Il émit un bruit d'approbation exaspérant alors que mes ongles entaillaient sa peau et que ses coups de reins brutaux et constants nous conduisaient tous les deux vers un sombre oubli de douleur et de plaisir.

Je m'accrochai tandis que mon cœur brisé martelait un rythme instable dans ma poitrine.

S'il te plaît, ne me mords pas. S'il te plaît, laisse-moi juste être consciente un peu plus longtemps.

Mais mes supplications étaient vaines. Cam ferait ce qu'il voudrait parce qu'il s'agissait de lui et non de moi.

C'était tellement différent de notre passé où il m'avait toujours fait passer en premier.

Était-ce vraiment le cas ? me demandai-je. *Il m'a abandonnée pour sauver le monde, et maintenant, regarde-nous.*

Je repoussai ces pensées, irritée contre moi-même de le blâmer pour un acte aussi désintéressé. Mais maintenant que j'étais dans cette position avec lui, j'avais du mal à respecter son choix.

Parce que c'est ce que c'était : son choix. Pas notre choix.

Je grognai d'agacement, ce qui me valut un grondement de la part du prédateur au-dessus de moi. Il n'avait absolument pas compris le son et l'avait traduit par de l'excitation, ce qui le fit me baiser encore plus fort.

Mes hanches allaient se briser sous lui. Non pas que ça avait de l'importance. Il me guérirait simplement avec un peu de sang.

Comment suis-je censée arranger ça, bordel ? me demandai-je en proie au vertige. *Comment puis-je récupérer mon Cam ?*

Sa langue caressait la mienne tandis qu'il maintenait

un rythme endiablé, ses mains sur ma taille. Il attrapa mes seins. Pinça mes tétons. Mordit ma langue. Mes lèvres. Puis il enfouit son visage dans mon cou.

Je me préparai à la morsure.

Mais elle n'arriva pas.

Au lieu de cela, il suça mon cou en taquinant ma peau et continua à tripoter mes seins. Sa main se glissa alors entre nous et son pouce trouva mon clito. Comme dans mon rêve.

Est-ce qu'il m'a fait ça pendant que je dormais ? Est-ce pour ça que j'en ai rêvé ?

Je frissonnai ; la sensation supplémentaire était exactement ce dont mon corps avait envie.

— Jouis pour moi, petite tigresse, exigea-t-il contre mon oreille. Je veux te sentir serrer ma bite avec ta délicieuse chatte.

Je déglutis alors que ses mots ajoutaient du carburant aux flammes qui dansaient en moi.

Peu importait à quel point j'étais contrariée, à quel point j'étais perdue ou à quel point je me sentais vaincue. Mon corps répondait quand même au sien. Il le ferait toujours. Même si cela faisait mal.

Je me cambrai contre lui et mes entrailles se serrèrent sous un assaut de sensations alors que mon centre enflammé était pris de spasmes autour de lui.

Un juron menaça ma langue, des larmes troublèrent ma vision, mes membres se crispèrent.

C'était juste là. Si proche. Si intense. Si *dévorant*.

Je gémis.

Et Cam... appuya son pouce... *fort*.

Je criai.

C'était... trop. Trop épuisant. Trop beau. Trop faux.

Je nageai dans une mer turbulente, au milieu de vagues d'extase et de douleur.

Rien de tout cela n'avait de sens. Mon cerveau ne fonctionnait plus. Mes poumons pleuraient. Mon cœur battait de façon trop sauvage. Mes membres étaient inexistants. Mon corps ressemblait à un réceptacle destiné uniquement au plaisir de Cam.

Sa semence réchauffa mes entrailles et son grognement passionné fit vibrer ma poitrine.

Ma tête tomba automatiquement sur le côté, consciente de ce qui allait suivre. *Une morsure qui me renverrait dans mon sommeil sans fin.*

Mais il ne fit qu'embrasser ma gorge.

J'attendis.

Puis je fronçai les sourcils.

Je finis par jeter un coup d'œil vers lui. Il était toujours en moi, le haut de son corps appuyé sur ses avant-bras.

Mais au lieu de fixer mon cou comme s'il s'agissait de son plat préféré, il me regardait.

Je levai les yeux vers lui et remarquai les différentes nuances de bleu dans son regard. Ce n'était plus la couleur profonde de l'océan, mais des couches qui me rappelaient le rivage. Du plus foncé au plus clair. Le tout entouré de ses pupilles noires.

—Je dois me préparer pour la réunion de demain avec l'alliance, me dit-il à voix basse. Je serai absent une bonne partie de la nuit.

Mes sourcils se froncèrent. *Il me parle de ses projets ?*

Et il va rencontrer l'alliance ?

—J'ai besoin que tu boives deux fioles de mon sang en prévision de mon retour, poursuivit-il. Parce que je soupçonne que je serai d'humeur brutale et je ne veux pas te tuer accidentellement avant d'en avoir fini avec toi.

Oh. Si j'avais un doute sur la version de Cam à laquelle j'avais affaire, ces derniers mots confirmèrent qu'il s'agissait bien du nouveau Cam.

Les vestiges de mon rêve fondirent face à ma déchirante réalité.

Ces murs dans son esprit étaient toujours aussi impénétrables, même s'il était logé au plus profond de moi et qu'il venait de jouir.

Comment vais-je pouvoir les franchir ? me demandai-je pour la millième fois. *Est-ce même possible ?*

Au moins, notre lien était resté intact. Je pouvais le sentir au plus profond de mon âme.

Ce qui veut dire que c'est définitivement Cam et pas un dangereux clone de lui, me dis-je avec un grognement sardonique. *Le bon côté des choses, hein.*

— Viens, dit-il en se retirant de moi. Je veux te baiser sous la douche avant le repas de minuit.

CAM

Je suis accro à cette femme.

À ses courbes.

À ses gémissements.

À ses *yeux*.

Putain. Le fait que je venais de la prendre deux fois avant le repas n'avait aucune importance. Le simple fait de la voir dans ma chemise à table me faisait bander à nouveau.

J'avais envie de la dévorer en guise de dessert, ce que j'avais fait plusieurs fois au cours de la semaine dernière.

Mais je ne pouvais pas ce soir.

J'avais trop de choses à faire avant la réunion de demain avec l'alliance. Nous devions expliquer les recherches de Lilith et leur but, tout en nous assurant que tout le monde comprenait les enjeux.

Nos réserves de sang étaient sur une trajectoire

descendante. Notre seule solution était de trouver un moyen d'immortaliser notre nourriture.

Quiconque ne comprenait pas cela ne méritait pas de faire partie de l'alliance.

Hélas, je devais présenter nos conclusions de manière approfondie et appropriée.

Ce qui nécessitait que je me prépare, notamment en examinant les résultats que certains de nos chercheurs avaient obtenus à propos du sang de nos Créatures Bénies récemment réveillées.

Ismerelda posa son verre d'eau, puis reprit une bouchée de son pain perdu, un plat qu'elle m'avait fait découvrir l'autre soir.

De la nourriture américaine.

Je me souvenais de quelques bribes sur la formation des États-Unis d'Amérique, mais pas de beaucoup de détails. Mais Ismerelda m'avait réintroduit à certains des repas qu'elle prétendait être mes préférés une centaine d'années plus tôt.

Et l'un de ces repas était du pain perdu avec des fruits et du sirop d'érable canadien.

C'était plutôt décadent, mais je ne pouvais pas nier l'attrait que cela représentait. En fait, tout ce qu'elle m'avait proposé ces derniers jours avait plus que satisfait mes papilles.

Bien sûr, rien n'était comparable à son sang.

Ou à elle, me dis-je en parcourant du regard son cou jusqu'au col de ma chemise. Elle avait laissé les deux premiers boutons ouverts, ce qui me permettait d'admirer un peu sa peau crémeuse.

Magnifique.

Talentueuse.

À moi.

Mon obsession pour elle était malsaine. Je devrais vraiment la charger de former quelques remplaçantes. Ce serait cruel. Mais c'était nécessaire.

Je ne peux pas la garder éternellement.

Elle représentait tout ce que mon esprit cherchait à corriger. Personne ne voulait être lié à un fardeau émotionnel.

Pourtant, je ne pouvais m'empêcher de l'imaginer en tant que vampire. Elle serait une égale. Une vraie compagne.

Pourquoi ne l'ai-je pas transformée ?

Ce serait tellement logique. Mais peut-être que je n'avais pas trouvé le bon substitut pour son sang.

Cela expliquerait mon désintérêt pour les vierges de sang. Elles étaient censées être les humaines les plus délectables de l'existence, mais aucune n'arrivait à la cheville d'Ismerelda.

J'en avais mordu quelques-unes pour me sustenter, mais cela n'avait pas suffi. J'en avais désiré plus, mais pas de leur part.

Et maintenant que j'avais fait l'expérience d'Ismerelda, je comprenais pourquoi.

Elle était ma faiblesse. Mon ultime désir. Mon tout. Personne d'autre n'était comparable.

La tuer sera la tâche la plus difficile que j'ai jamais entreprise, décidai-je. *Mais je n'ai pas à le faire tout de suite.*

Pas avant d'avoir trouvé comment résoudre ce problème de sang immortel.

Je terminai mon café, aromatisé d'un soupçon d'essence de ma lionne. Je ne lui avais pas pris grand-chose, car mon désir de lui offrir une journée de guérison l'emportait sur mes propres besoins. Elle m'avait tout donné, exactement comme je l'avais demandé.

Une partie de moi souhaitait lui faire plaisir en retour, et j'avais senti son épuisement malgré l'apport constant de nourriture et de sang que je lui avais fourni.

Ismerelda avait besoin d'un vrai repos.

— Il y a des sels de bain sous le lavabo, lui dis-je. Utilise-les pour prendre un bain.

Elle cligna des yeux vers moi.

— Un bain, monseigneur ? Pour ton retour ?

Je secouai la tête.

— Non. Pour toi. Je veux que tu sois reposée et prête pour moi ce soir. C'est relaxant les bains, non ?

J'en avais pris des millénaires auparavant, avant que les douches n'existent. Mais c'était dans une baignoire en fer-blanc.

La grande baignoire de ma salle de bain était beaucoup plus perfectionnée, avec des mécanismes qui faisaient réellement bouger l'eau. Je ne m'étais pas laissé tenter par l'expérience, mais je soupçonnais que les jets d'eau procureraient des sensations de massage sur les muscles endoloris de mon *Erosita*.

Mes mains me démangeaient de faire ce travail elles-mêmes. Hélas, je ne pouvais pas me fier à mon instinct. Surtout parce qu'Ismerelda se retrouverait une fois de plus sur le dos.

Et je devais vraiment me mettre au travail.

— Oui, dit-elle à voix basse. C'est relaxant.

— Tu veux que je te fasse livrer de la nourriture aussi ? demandai-je.

Elle m'étudia pendant un long moment, presque comme si elle essayait de comprendre la question.

Elle est vraiment épuisée, me rendis-je compte. J'avais été dur avec elle à cause de mes envies sombres et dépravées. Je n'avais pas réalisé à quel point j'étais affamé d'elle, et maintenant il me semblait que je ne serais jamais satisfait.

La remplacer maintenant n'était pas une option.

Pas étonnant que ces vierges de sang ne m'ont pas attiré.

— Tu veux dire pour le dîner ?

Le ton d'Ismerelda contenait une note de confusion, ce qui me fit comprendre que l'ordre du jour de cette soirée n'était peut-être pas clair.

— Oui. Je ne reviendrai probablement pas avant l'aube, alors tu es libre toute la nuit aujourd'hui. Tu veux que je commande quelque chose à manger ?

J'avais appris l'autre jour ma leçon sur la façon de prendre soin de mon *Erosita*. Elle s'était considérablement affaiblie, même avec mon sang dans son organisme. Et il avait fallu qu'elle fasse une remarque désobligeante pour me dire pourquoi.

Mon humaine a besoin de nourriture pour s'épanouir.

J'avais pris ce discernement au sérieux et, depuis, je donnais la priorité à ses repas. Cela me permettait également de me réhabituer à la cuisine moderne, ce qui me donnait une justification pour le temps que je consacrais à partager de la nourriture avec elle.

En réalité, j'appréciais simplement sa compagnie.

Mais je ne l'admettrais jamais à voix haute.

— Hum.

Elle se racla la gorge.

— Peut-être une pizza ? Je pourrais la garder au chaud pour quand tu reviendras... ?

Elle s'interrompit et fouilla mon regard avec ses yeux vert clair. Ils étaient audacieux. Séduisants. *Dignes d'une reine.*

Mira m'avait prévenu que mon Erosita ne s'était pas conformée à ce nouveau monde et qu'elle avait essentiellement refusé de s'incliner devant ses supérieurs.

Une humaine avec un caractère d'acier.

Lorsqu'elle était arrivée, je n'avais pas réussi à

expliquer pourquoi j'avais laissé une telle rébellion exister. Mais maintenant, je commençais à comprendre mon choix.

Ismerelda m'intriguait. Elle était peut-être humaine, mais elle possédait une âme puissante. C'était ce qui lui avait permis de me survivre aussi longtemps, de m'égaler dans la chambre à coucher, et de me satisfaire pendant plus d'un millénaire.

Elle est destinée à bien plus, me dis-je.

Mira ne l'aurait jamais su. Je n'aurais confié à personne mes véritables intentions à l'égard d'Ismerelda. Mais il y avait bien une raison pour laquelle j'avais exigé qu'elle soit mise en sécurité.

Et heureusement que ces ordres avaient été suivis.

Les neuf derniers jours avaient été plus agréables que n'importe quels autres de mon existence.

Tous ceux dont je me souvenais, en tout cas.

C'est étrange que je ne me souvienne pas de cette femme, pensai-je en la regardant toujours dans les yeux. *Je devrais. J'en ai envie. Je pourrais...*

Il me suffirait de supprimer les murs mentaux qui nous séparaient et de plonger dans son esprit pour lire les souvenirs de notre passé et voir si j'avais raison de penser qu'elle était la partenaire que j'avais voulu avoir dans ma vie.

Les souvenirs seraient de son point de vue, mais je devrais pouvoir glaner les détails dont j'avais besoin pour brosser un tableau correct de notre histoire.

Plus tard, me dis-je tandis que ma montre vibrait.

— Je dois superviser certains essais avec les Créatures Bénies ce soir, murmurai-je en jetant un coup d'œil au message qui défilait sur mon poignet. Ensuite, je dois voir Mira et Michael pour préparer la présentation de demain. Et...

Je marquai une pause alors que je survolais le message de Mira concernant notre confirmation de réunion pour cinq heures du matin.

— Et ensuite, j'ai un appel avec Hélias. Si tout se passe bien, je serai de retour peu après.

Je détournai mon attention du message de Mira à mon poignet.

— Mais j'imagine que quelque chose ne se passera pas comme prévu aujourd'hui, donc je ne serai probablement pas de retour avant six ou sept heures. Tu peux manger sans moi.

J'ouvris mon nouvel ordinateur portable pour commander une pizza.

— Des garnitures ? lui demandai-je, conscient qu'elle me fixait toujours.

Probablement parce que je venais de lui décrire ma journée. Mais si elle devait devenir ma reine, elle devrait s'habituer à de tels horaires.

Parce que j'attendrais d'elle qu'elle se joigne à moi.

Ou qu'elle mène seule ce genre de réunions.

Je ne voulais pas d'une potiche. Je voulais une partenaire.

Et même si ce n'était pas quelque chose que j'avais vraiment envisagé ou recherché dans ma vie précédente, il semblait que je l'avais potentiellement trouvé au cours des mille dernières années.

En Ismerelda.

C'était la seule chose qui avait un sens. Sinon, pourquoi aurais-je gardé une humaine liée à mon âme pendant si longtemps ?

Et pour quelle autre raison me sentirais-je si intrinsèquement protecteur à son égard ?

Oui. Il se peut que je doive voir ces souvenirs, décidai-je une fois de plus. *Mais quand j'aurai plus de temps pour les passer au crible.*

— Pepperoni, répondit-elle. Et des olives. De préférence vertes.

Je haussai un sourcil, puis saisis sa requête.

— Quelque chose à boire ?

Elle mentionna un vin blanc plutôt qu'un rouge, puis me donna une option de secours au cas où la cuisine ne trouverait pas celui qu'elle désirait.

— Je ferai livrer tout ça à cinq heures, lui dis-je.

— Merci.

Mes lèvres se retroussèrent.

— Tu pourras me remercier comme il se doit plus tard, petite lionne.

Elle déglutit et son expression sembla se figer. C'était une réaction étrange à mon sous-entendu, mais elle était probablement trop fatiguée pour envisager un autre round en ce moment.

La pauvre chérie avait été surmenée.

Une raison de plus pour la rendre immortelle. Son appétit serait aussi vorace que le mien, peut-être même plus intense. On pourrait alors s'adonner à un tout nouveau monde de plaisir et d'amusement.

Décisions, décisions, pensai-je en fermant mon ordinateur portable.

Je ne voulais vraiment pas avoir à la tuer. La garder serait bien plus amusant. De plus, elle semblait l'avoir mérité.

Elle serait une bien meilleure progéniture que Michael.

Et que Darius, d'ailleurs.

Il ne me restait plus qu'à résoudre le problème des poches de sang immortel.

Ce que je ne ferai pas en restant assis ici à admirer mon Erosita, me dis-je.

Je me raclai la gorge et m'écartai de la table.

— Prends un bain. Repose-toi. Détends-toi.

Je me penchai pour déposer un baiser sur sa tête, un geste étrangement intime et pourtant incroyablement naturel.

— Je veux que tu sois prête à jouer plus tard.

Ce qui nécessitait qu'elle soit heureuse et satisfaite, et non pas stressée et endolorie.

— Profite de ta soirée, Ismerelda.

Je me dirigeai vers la porte sans attendre sa réponse.

— Toi aussi, monseigneur l'entendis-je murmurer juste avant que je ne pénètre dans le couloir.

Sa voix me fit presque faire demi-tour.

Elle avait l'air... triste ?

Non. C'est l'épuisement.

J'avais été trop rude. Je supposais que c'était normal après un siècle de sommeil. Cependant, je me sentais coupable de l'avoir utilisée. Sans fin. Inlassablement. C'était mon dû, mais je voulais qu'elle en profite aussi.

Heureusement, elle avait la journée pour récupérer. Lorsque je reviendrais, elle aurait retrouvé son état de lionne.

Je la récompenserais alors comme je l'avais promis.

Bon, techniquement, j'avais dit que je serais peut-être d'humeur à lui faire du mal plus tard.

Mais étant donné ce que je ressentais en ce moment, cela semblait peu probable. Je préférais de loin accomplir le vœu que j'avais fait au départ, à savoir la récompenser pour avoir supporté ma brutalité.

Je me sentais léger avec elle. Vivant. Heureux. Et maintenant, je voulais lui rendre la pareille.

Ce serait une surprise amusante. Une surprise passionnée. *Le cadeau parfait.*

Oui. Ce soir, je donnerais du plaisir à mon *Erosita*.

Puis je me plongerais dans son esprit pour retrouver certains de nos souvenirs communs.

Et si mon instinct s'avérait juste, je pourrais lui demander ce qu'elle pensait du fait de devenir reine.

Izzy

Je dois trouver un nouveau plan.

Quand Cam m'avait suggéré de prendre un bain et de me reposer, j'avais presque senti une pointe d'attention dans ses mots.

Puis il avait démantelé ce faux espoir en me disant pourquoi il voulait que je me repose.

« Je veux que tu sois prête à jouer plus tard ».

Pour plus de baise.

Pour plus de domination.

Pour plus d'orgasmes sans fin pour son plaisir plutôt que pour le mien.

Je croisai les jambes et mes muscles se contractèrent en signe de protestation. Cam n'avait jamais poussé mon corps comme ça, m'amenant aux limites de l'extrême encore et encore.

Qui aurait cru qu'il était possible de jouir autant ? Aussi souvent ?

Je frémis et mon estomac se noua.

J'ai besoin de plus qu'une soirée de repos. J'ai besoin d'une semaine.

Non. Ce dont j'ai besoin, c'est de réparer Cam.

Mais comment ?

J'appuyai ma paume sur ma tête tandis que mes pensées tournoyaient. J'étais pleine de doutes, de questions et de prises de conscience douloureuses.

Le mur mental qui nous séparait était trop fort. Le sexe n'avait pas aidé. Au contraire, cela n'avait fait qu'empirer les choses.

Cam ne me voyait que comme une poupée gonflable.

Il m'avait peut-être offert un bain et de la nourriture aujourd'hui, mais ce n'était pas pour moi. C'était pour lui. Comme tout le reste.

Je déglutis difficilement en fermant les yeux. *Qu'est-ce que je vais faire ?*

Il était en train de préparer sa réunion du lendemain, c'est-à-dire probablement d'inspecter les résultats des tests. Il essayait de perfectionner le concept des poches de sang immortel.

Tout ça pour me remplacer, pensai-je avec aigreur.

Mes poings se serrèrent.

Tout cela était inacceptable. Y compris le fait que je sois assise là à me complaire dans mon chagrin.

Ce que je faisais depuis au moins une heure.

Merde.

Je passai une main sur mon visage et jetai un coup d'œil à la caméra au plafond.

Une vague conversation traversa mon esprit. Quelque chose à propos de la désactivation des différentes vidéos en direct et du fait de ne plus compter sur la technologie pour assurer la sécurité.

Cam avait dit de mettre tous les vampires dans les laboratoires, laissant ainsi des humains garder le Couvent.

Et les catacombes, pensai-je en retroussant les lèvres. *Elles ne seront probablement pas gardées non plus.*

C'était une terre sacrée. Personne n'aurait l'idée d'y aller. Et tout le monde dormait de toute façon.

À l'exception des Créatures Bénies qui avaient été réveillées récemment.

Dommage que Cronus ne soit pas l'un d'entre eux, me dis-je. Ou Cane.

Ils auraient réparé Cam en un clin d'œil. Non seulement il se souviendrait d'eux, mais il les respecterait, ainsi que leurs opinions.

Je me levai de la table en soupirant et fis la vaisselle. J'avais laissé les assiettes reposer un peu trop longtemps dans l'évier, mais je me réjouissais de cette tâche fastidieuse, car elle me donnait quelque chose à faire pendant que je réfléchissais aux options qui s'offraient à moi.

Je pourrais réessayer d'utiliser son ordinateur. Mais il a probablement été révisé et doté d'une sorte de système de sécurité. Et qui sait si le réseau, interne ou autre, fonctionne ?

Je grimaçai.

Mais si je pouvais envoyer un message à Damien… Je m'interrompis. *Qu'est-ce que je pourrais bien dire ? Qu'est-ce que j'attendrais de lui ?*

La réunion de l'alliance avait lieu le lendemain. Peut-être avaient-ils déjà un plan en place. Jace et Ryder seraient présents.

Seront-ils capables de sauver Cam ?

Je mis la vaisselle de côté tandis que mon cœur sautait un battement.

Et s'ils ne peuvent pas le sauver ?

Il les écouterait sans aucun doute. Il les connaissait

depuis des milliers d'années. Sauf s'il pensait qu'ils avaient subi un lavage de cerveau de la part de l'ennemi.

Lilith avait royalement bousillé l'esprit de Cam. Qui savait ce qu'elle avait écrit et enregistré sur son opposition ?

A-t-elle peint Cane et Cronus sous un jour similaire ? me demandai-je en fronçant les sourcils. *Ou ont-ils été exemptés parce qu'ils dormaient ?*

Et si Jace et Ryder n'étaient même pas invités à la réunion ?

J'arpentai la cuisine et la salle à manger tandis que des questions tournaient en rond dans mon esprit.

Si Jace et Ryder n'étaient pas autorisés à assister à la réunion, ils ne pourraient même pas essayer de raisonner Cam. Ce qui signifiait que je ne pouvais pas du tout compter sur cette possibilité.

Je devais faire quelque chose moi-même. Quelque chose ici.

Mais quoi ?

Tout ce que cette version de Cam voulait faire, c'était me baiser. Et cela s'était avéré inutile pour faire tomber les murs qui nous séparaient.

Alors que puis-je faire d'autre ?

Je jetai un coup d'œil à son ordinateur portable sur la table. J'avais déjà essayé cette solution, et c'était avant que Michael n'y touche.

Mon regard se posa sur la porte. *M'échapper serait contre-productif.* La passion de Cam était peut-être cruelle, mais il ne me faisait pas vraiment peur. Et partir ne le sauverait pas.

Non. Je devais trouver un moyen de le réparer ici.

Ou peut-être quelqu'un, pensai-je en ralentissant mes pas. *Quelqu'un que Cam écoutera et qui est déjà là.*

Quelqu'un comme Cane.

Je redressai les épaules et me dirigeai vers la salle de

bain, où Cam avait laissé les fioles. Ce sang serait-il suffisant pour réveiller Cane ? Est-ce que ça marcherait au moins ?

Je connaissais le rituel, car Cam me l'avait enseigné, et il avait suggéré à l'époque que le lien qui m'unissait à lui en tant que compagnon me permettrait probablement d'accomplir la cérémonie également. Mais il n'en avait pas été sûr. Et nous n'avions pas vraiment testé cette théorie. Mais il m'avait montré comment faire au cas où j'en aurais besoin.

Dans une situation d'urgence, pensai-je. *Une situation comme celle-ci.*

Pourquoi n'y avais-je pas pensé plus tôt ?

Probablement parce que j'avais été certaine de pouvoir ramener Cam toute seule.

Eh bien, je n'en étais plus aussi sûre à présent. Pas après ces derniers jours. Ou quel que soit le temps qui s'était écoulé.

Les souvenirs de Cam étaient soit disparus à jamais, soit enfermés profondément dans son esprit, et je devais faire quelque chose de radical pour le sortir de là.

En supposant que c'est possible.

Je déglutis et repoussai cette idée pessimiste à l'arrière de mon esprit. Je n'avais pas le temps de m'inquiéter. J'avais un plan à mettre en place.

Cam m'avait dit de me détendre aujourd'hui. Mais il ne m'avait pas dit que je ne pouvais pas aller me promener. Il m'avait seulement dit de l'attendre ici si une panne d'électricité se reproduisait, ce qui impliquait sans doute qu'il ne voulait pas que je quitte sa chambre. Cependant, je pouvais utiliser une excuse similaire à celle que je lui avais donnée pour son ordinateur portable ; il ne m'avait jamais tenue en laisse auparavant. Pourquoi commencerait-il maintenant ?

Je jouerais simplement la carte de l'ignorance s'il me trouvait en train d'errer.

Bien sûr, ce serait plus difficile si j'étais au milieu du rituel. Mais je devais juste m'assurer qu'il n'y avait personne autour de moi quand je commencerais.

Ou des caméras, me dis-je. *Mais ils en ont désactivé beaucoup, apparemment.*

Je me mordillai la lèvre inférieure en allant vers l'armoire de Cam pour me préparer. Je ne pouvais pas vraiment sortir avec uniquement sa chemise. J'avais besoin de chaussures pour les sols en pierre des catacombes, ce qui confirmerait aussi que je voulais juste me promener, et d'un pantalon pour couvrir mes jambes.

Malheureusement, il n'avait que très peu d'options disponibles, car il avait surtout des costumes.

OK, je vais peut-être porter un boxer au lieu d'un pantalon, décidai-je en en prenant un noir. *Il m'ira comme un short de toute façon.*

Les chaussures étaient un tout autre problème.

Il avait une paire de baskets, mais elles étaient beaucoup trop grandes.

Je soupirai et optai pour deux paires de chaussettes à la place, que je superposai sur mes pieds. *Ça va devoir faire l'affaire.* S'il me trouvait, je lui dirais que j'avais improvisé parce que je n'avais pas accès à ma garde-robe. Peut-être réagirait-il de la même façon que lorsque je lui avais fait remarquer que j'avais besoin de nourriture et qu'il me trouverait des vêtements neufs.

Ou bien il sera furieux et me baisera jusqu'à me tuer.

Étant donné que c'était probablement son plan pour plus tard de toute façon, je n'accordai pas beaucoup de crédit à cette pensée dissuasive.

Je passai une brosse dans mes cheveux et les laissai détachés. Il n'y avait aucun produit pour moi dans cette salle de bain, seulement des articles de toilette pour Cam. Je me regardai ensuite dans le miroir.

L'image même de l'épuisement me fixa en retour.

L'épuisement avec un soupçon de dévastation, admis-je d'un air hébété.

Je ne vais pas abandonner. Pas encore. Pas tout de suite.

Je fermai les yeux et expirai, puis j'attrapai les fioles de sang et les glissai dans l'élastique à la taille de mon short.

Bon, d'accord. Allons-y.

Même si je savais que les catacombes se trouvaient au-dessus de la zone du bunker de recherche, grâce à la conversation de Mira avec Cam, je n'avais aucune idée du nombre de niveaux au-dessus de moi, ni même si j'arriverais à aller assez loin avant de me faire prendre.

Il y a des caméras partout, me dis-je en jetant un coup d'œil à celle qui se trouvait dans le salon de Cam avant de me diriger vers la porte. *J'espère que j'ai raison à propos de ce que j'ai entendu et que la majorité d'entre elles sont éteintes.*

Bien sûr, celle de la suite de Cam était probablement encore allumée.

Ce qui signifiait que celui qui la surveillait avait définitivement assisté à tous nos moments intimes. *Génial. Un autre sujet de préoccupation pour plus tard.*

Parce que me préoccuper de cette frivolité maintenant ne ferait que me ralentir.

J'étais déterminée à faire quelque chose, *n'importe quoi*, pour sortir Cam de cette situation.

Redressant les épaules, je saisis la poignée de la porte et la tournai.

Déverrouillée.

C'était soit un bon signe, soit le signe que je venais de tomber dans un piège.

Quoi qu'il en soit, je sortis dans le couloir.

Il n'y avait aucun garde ni aucun signe de vie, comme

la dernière fois que j'avais emprunté ce couloir. Sauf que les lumières étaient allumées cette fois-ci, ce qui aidait.

Le sol en pierre était dur sous mes chaussettes, mais supportable.

L'air frais toucha mes mollets lorsque je commençai à avancer, provoquant un léger frisson dans ma colonne vertébrale. Je m'en délectai et me concentrai sur la température fraîche, qui devait faire dix degrés de moins que dans la chambre de Cam, plutôt que sur la probabilité très réelle de me faire prendre en train de faire quelque chose que je ne devrais pas.

Je m'arrêtai devant l'ascenseur. Il serait utile de voir s'il y avait des étiquettes à côté des boutons à l'intérieur, mais cela déclencherait probablement une alarme si j'essayais d'appeler l'ascenseur.

Va pour l'escalier.

J'ouvris la porte et jetai un coup d'œil en bas et haut des marches en ciment. Personne ne m'attendait.

J'espérais que c'était bon signe.

Agis avec assurance, me dis-je. Si je me faisais prendre, il fallait que Cam croie que j'avais pensé que c'était une chose tout à fait normale à faire.

Je redressai à nouveau les épaules et commençai à monter les escaliers, la tête haute.

Personne ne m'arrêta.

Aucune alarme ne retentit.

Juste un calme plat et le doux murmure de mes pieds en chaussettes contre le ciment.

Une porte apparut après deux étages. Je l'ouvris et trouvai un couloir qui ressemblait à celui de Cam.

Je montai deux étages supplémentaires et trouvai la même chose.

À quelle distance sous les catacombes se trouve la chambre de Cam ? me demandai-je.

Sept étages, me dis-je après avoir enfin atteint le haut de la cage d'escalier. Du moins, je supposai que c'était le niveau que j'avais l'intention d'atteindre.

Un coup d'œil à l'extérieur de la porte me le confirma lorsqu'une odeur de poussière et d'air vicié me chatouilla le nez.

Ouah ! Le bunker de recherche était manifestement plus profond que sept étages, ce qui m'amena à me demander comment Lilith avait construit tout cela. Elle avait grosso modo créé une petite ville sous le Vatican.

Je pénétrai discrètement dans les étranges catacombes souterraines et les poils de mon cou se hérissèrent. *Il y a tant d'énergie ancienne. Comme la première fois que je suis venue ici.*

Je déglutis et laissai la porte se refermer avant de vérifier rapidement qu'elle n'était pas verrouillée. Je ne savais pas vraiment ce que je ferais si c'était le cas, mais heureusement, je n'aurais pas besoin de le découvrir.

Bon, pensai-je en jetant un coup d'œil autour de moi. *Où suis-je ?*

Les catacombes étaient un labyrinthe, l'éclairage à peine existant.

En fait, elles ressemblaient à ce dont je me souvenais, mais avec quelques améliorations. Comme les différentes lumières électriques situées à certains endroits des tunnels.

La cage d'escalier semblait se trouver dans un coin des tunnels souterrains, ce qui la rendait potentiellement facile à retrouver. En supposant que je ne me perde pas.

Mes doigts se recourbèrent tandis que l'envie de serrer les poings me frappait de plein fouet. *Continue à avancer.*

Je pris une profonde inspiration et avançai lentement pour tenter de m'acclimater.

Lorsque j'étais venue avec Cam, il avait ouvert la voie. Et nous étions entrés par un tunnel secret qui menait à la surface, et non par l'escalier dans le coin derrière moi.

Hmm. Deux choix : à gauche ou à droite.

J'optai pour la droite avec des pas lents et réguliers alors que j'errais dans cet espace inconnu. Les murs de calcaire étaient encore très intacts et les tunnels semblaient s'étendre à l'infini.

Et c'était bien le cas.

Mais les Créatures Bénies se trouvaient dans un tunnel très spécifique, protégé par des vampires depuis des milliers d'années. J'avais rencontré deux d'entre eux lorsque j'étais venue avec Cam. Leur rôle était de cacher les Créatures Bénies à l'humanité. Ils avaient utilisé la contrainte pour sauvegarder leurs secrets, forçant les mortels à oublier l'existence même de certaines zones des catacombes.

Il ne me reste plus qu'à trouver ce tunnel précis.

Il y avait plusieurs entrées vers d'autres tunnels sur ma gauche, alors que le côté droit semblait être un mur de calcaire solide.

Les Créatures Bénies sont gardées dans un endroit similaire, pensai-je en me rappelant que j'avais eu l'impression que nous avions atteint un mur solide du souterrain. *Et ce serait logique que la cage d'escalier soit proche des Créatures Bénies, non ? Pour faciliter l'accès aux laboratoires de recherche ?*

Certes, les vampires étaient rapides. Certains pouvaient même se déphaser, ce qui s'apparentait à de la téléportation. Alors l'emplacement n'avait pas vraiment d'importance.

Heureusement que Cam est occupé ce soir, pensai-je en choisissant un tunnel au hasard sur ma gauche. *Je vais avoir besoin d'un peu de temps pour trouver mon chemin.*

Avec un peu de chance, personne ne viendrait me chercher.

Il avait parlé d'un rendez-vous avec Michael et Mira, donc ils devaient également être occupés.

Et il n'y avait pas beaucoup de gardes, d'après ce que j'avais compris.

Fais comme si tu te promenais, me dis-je. *T'es accouplée à un vampire. Pourquoi est-ce que tu ne choisirais pas les catacombes pour une promenade nocturne, pas vrai ?*

D'ailleurs, j'avais déjà dit à Cam qu'il m'avait amenée ici. Ça pourrait être ce que nous avions l'habitude de faire. Comment pourrait-il faire la différence ?

Je déglutis tandis que mes pas commençaient à s'accélérer un peu. Car malgré mon assurance, le temps n'était pas vraiment de mon côté.

Très bien, Cane. Où es-tu ?

Izzy

Je n'avais aucune idée de l'heure qu'il était, mais la douleur dans mes pieds me disait que je marchais depuis longtemps. Le sol irrégulier y était peut-être pour quelque chose aussi. Cependant, cela faisait définitivement des heures que j'errais.

Non seulement je n'avais pas encore trouvé les Créatures Bénies, mais j'avais aussi complètement perdu de vue la cage d'escalier qui me ramènerait à la chambre de Cam.

Ma mâchoire se serra. *Tu parles d'une soirée reposante.*

Au moins, je n'étais tombée sur personne. Pas de gardes. Pas de vampires errants. *Pas de caméras.*

Enfin, aucune que je puisse voir, en tout cas. S'il y en avait, elles étaient bien cachées.

Je m'approchai d'un pilier de calcaire près de l'entrée du tunnel et traçai un X dans la poussière accumulée sur le bord.

J'avais commencé à faire cela après ma troisième rangée pour marquer les endroits où j'étais passée. Cela m'avait aidée à ne pas m'aventurer deux fois sur le même chemin, mais cela n'avait pas du tout aidé mon sens de l'orientation.

Et rien, pensai-je après plusieurs minutes d'exploration. *Au tunnel suivant.*

Je soufflai, refis un X et me dirigeai vers une autre rangée. En fait, je n'allais jamais jusqu'au bout, car les tunnels étaient trop longs pour être examinés complètement. Je pourrais passer une semaine ici, voire plus, et ne pas tout voir.

J'avais juste besoin de trouver quelque chose de familier. Je pourrais alors retracer mes pas de mémoire.

Pas ici.

Pas là non plus.

Je suis définitivement perdue maintenant.

Hmm. Non. Rien de familier ici.

Cam va probablement devoir venir me chercher dans ce labyrinthe. Je suis sûre que ça se passera bien.

Argh, j'ai mal aux pieds.

Encore des X.

Et encore un.

À ce rythme, je ne serai jamais...

Cette dernière pensée s'interrompit lorsqu'un escalier apparut devant moi. *Attends...*

J'avançai et vis que les marches menaient à une porte solide. Il s'agissait d'un ensemble de marches métalliques quelconques dont je me souvenais très bien.

Cam et moi avions rencontré un vampire ici. C'était l'entrée dont les humains ignoraient l'existence, grâce à la contrainte vampirique qui manipulait leurs esprits et leur vision.

Je montai l'escalier et me retournai pour observer les

catacombes tandis que mon cerveau s'enflammait immédiatement d'un vif souvenir.

— Cette zone est principalement constituée de restes humains, m'avait dit Cam. Mais l'entrée de notre ancienne crypte est là-bas.

Je fermai les yeux et me souvins de l'endroit qu'il m'avait indiqué d'un geste, puis je descendis les escaliers pour suivre ce chemin.

Ma mémoire me conduisit à une partie banale des catacombes, dont la crypte la plus proche de moi n'avait pas de X, ce qui signifiait que je ne m'étais pas encore aventurée dans cette allée.

Je fis un pas en avant en déglutissant et frissonnai lorsqu'un courant d'air froid embrassa ma peau exposée. *C'est dans ma tête*, me dis-je. *C'est juste le passé et le présent qui se combinent dans cette version déformée de ma réalité.*

Malheureusement, cela ne dissipa pas le malaise qui me parcourait l'échine. Peut-être parce que je savais que si Cam me trouvait ici, il se méfierait de mes intentions.

Je dois faire vite.

Je n'avais aucune idée de l'heure qu'il était ni de la façon dont j'allais pouvoir retourner dans sa chambre, mais si je pouvais au moins réveiller Cane....

Avec un peu de chance, ça ferait quelque chose. Ou du moins ce serait suffisant pour donner à Cam une raison de réfléchir.

Il faut que ça marche.

Je ne voulais pas envisager ce qui se passerait si ça ne fonctionnait pas.

Mes mains se crispèrent ; mes paumes étaient moites malgré la fraîcheur de l'air. La crypte familiale de Cam se trouvait au milieu de toutes les Créatures Bénies, ce qui m'obligea à passer devant plusieurs autres lieux de repos avant de trouver celui dont j'avais besoin.

Contrairement aux autres zones des catacombes, ces cryptes avaient des portes, toutes marquées par leurs écussons familiaux et d'autres ornements brillants. La crypte de la famille de Cam avait des diamants d'obsidienne incrustés et leur écusson était surmonté d'une couronne, signe d'autorité.

Si toutes les Créatures Bénies et leur progéniture étaient considérées comme des rois, la lignée de Cronus était considérée comme la véritable monarchie.

Ce qui expliquait sans doute les opulentes gravures en or autour de la crypte familiale.

Un endroit chic pour dormir.

Les vampires n'avaient pas pris la peine d'investir dans la climatisation ou le chauffage, mais avaient déployé une énergie considérable pour installer des lumières et d'autres conforts. Et l'artisanat était exquis, ce qui était décidément évident lorsqu'on regardait les magnifiques cercueils à l'intérieur de la tombe de Cronus.

Trois, pour être exact.

L'un d'eux était destiné à Cam, s'il décidait de se reposer.

C'est ici que Lilith t'a réveillé ? me demandai-je en entrant dans la pièce. *C'est comme ça qu'elle t'a convaincu que tu dormais ? Ou est-ce qu'elle t'a gardé ici tout le temps ? Piégé dans cette torture mentale sans fin ?*

Cela semblait évident qu'elle ait pensé à cacher Cam ici. L'endroit idéal pour elle. Pourquoi n'avions-nous même pas envisagé de chercher ici ?

Parce que c'est sacré et qu'il ne faut pas y toucher.

Bien sûr, cette logique ne s'était pas appliquée à Lilith. Elle s'était prise pour une déesse, ce qui lui avait permis d'enfreindre les règles comme bon lui semblait.

Salope.

Je n'avais jamais été quelqu'un de particulièrement

violent, mais si elle était encore en vie, je voudrais certainement la tuer. À petit feu.

Concentre-toi, Izzy, me dis-je en refermant doucement la porte derrière moi. *Il est temps de réveiller Cane.*

Je réveillerais bien Cronus aussi, mais je doutais d'avoir assez de sang de Cam pour y arriver. Je n'étais même pas sûre d'en avoir assez pour réveiller Cane.

— Il n'en faut pas beaucoup, m'avait dit Cam en tendant son poignet à Cane pour qu'il le boive. Notre sang est puissant et ancien. Quelques gouttes devraient suffire.

Je n'avais aucune idée de la quantité que Cane avait réellement absorbée, car elle n'avait pas été mesurée. Cependant, il n'était resté attaché à Cam qu'une trentaine de secondes avant de le lâcher et de s'allonger dans son cercueil.

—Je suis prêt, avait dit Cane avec un accent similaire à celui de son frère.

Du moins à l'époque, en tout cas. L'accent de Cam avait évolué au cours des derniers siècles, et il était étrangement resté le même aujourd'hui malgré son manque de mémoire.

Mais je supposais que Cane aurait un accent anglais plus prononcé et peut-être même un vocabulaire complètement différent lorsqu'il se réveillerait,

Cronus serait encore pire. *Est-ce qu'il connaîtrait l'anglais au moins ?*

Je n'en étais pas sûre. Je n'avais jamais rencontré l'ancien, car il dormait depuis plus d'un millénaire. Mais Cam avait toujours parlé de lui en termes élogieux, et il avait décidé de dormir parce qu'il voulait maintenir son lien avec l'humanité.

Je m'approchai d'abord de son cercueil et remarquai l'écusson gravé dans le marbre orné. Il correspondait à celui de la porte, ainsi qu'à ceux qui ornaient les cercueils de ses fils. Seuls les noms inscrits sur le ruban au bas du cercueil différaient. Celui-ci disait *Cronus*. Celui qui se trouvait à côté de lui indiquait *Cam*. Et le dernier appartenait à *Cane*.

Tous avaient la même couronne sur le dessus et un symbole de l'infini au milieu, ainsi que deux drapeaux et divers autres détails. Le tout formait l'emblème familial.

Les armoiries comme celles-ci n'étaient pas très répandues en dehors de la communauté vampirique, car les royaux les avaient gardées secrètes pendant des millénaires.

Celle de Fen était peut-être la plus remarquable, avec ses emblèmes de loup et de griffes.

Celle de Johan contenait une balance, ce qui était logique pour sa lignée ; Jace avait toujours été particulièrement juste dans ses jugements.

Quant à celle de Relios, elle représentait un arbre, ce qui ne correspondait pas vraiment à son fils, Ryder. Mais je pourrais probablement trouver un lien avec les racines et faire un discours sur la présence solide de Ryder dans ma vie.

Non pas que j'avais le temps pour ça en ce moment.

Non, je devais me concentrer sur Cane.

Les cercueils n'étaient pas scellés, mais les dessus en marbre étaient lourds. Du moins, c'était ce que je supposais. La pierre ne serait certainement pas *légère*.

Je jetai un coup d'œil autour de moi, à la recherche de quelque chose que je pourrais utiliser pour ouvrir le couvercle, et trouvai un pied-de-biche près de la porte, comme si quelqu'un savait que j'en aurais besoin. Mais je me doutais bien que chaque tombe en avait un à cette fin.

Ou bien il était là depuis que Cam avait été « réveillé ».

Plutôt que de trop réfléchir, je pris l'outil et retournai près du lieu de repos de Cane. Il y avait un léger espace entre le haut et le côté, ce qui me permit de glisser la mince lame de fer à l'intérieur pour créer une sorte de levier.

Je pris une profonde inspiration et jetai un coup d'œil rapide à la porte avant de pousser sur la poignée métallique. La roche grinça en se déplaçant légèrement, mais mes efforts ne déplacèrent la dalle que de quelques centimètres.

Il me fallut quatre autres tentatives pour créer un plus grand espace.

Je retins ma respiration, m'attendant presque à ce qu'une sorte de puanteur vienne frapper mon nez.

Mais rien ne vint.

Juste de l'air.

Je continuai en faisant glisser la barre un peu vers le bas jusqu'à ce que la dalle supérieure soit écartée de quelques centimètres du cercueil.

Ce n'est qu'à ce moment-là que je jetai un coup d'œil à l'intérieur, m'attendant à moitié à trouver un cadavre en décomposition.

Mais pour cela... il aurait fallu un corps.

C'est quoi ce bordel ?

Le cercueil était vide.

Juste tapissé de soie fine.

Et pas de Cane.

Comment... ? J'appuyai sur le levier pour déplacer le marbre d'un centimètre supplémentaire. *Merde. Ce n'est pas bon.*

— Qu'est-ce qui se passe ici ? murmurai-je à voix haute.

— Tu m'as enlevé les mots de la bouche, dit une voix grave.

Je me retournai et vis Michael dans l'entrée. Il avait

ouvert la porte sans que je l'entende, probablement parce que j'étais trop concentrée sur l'ouverture du cercueil.

Ai-je ouvert le mauvais cercueil ? Est-il endormi dans celui de Cam ? Lilith lui a-t-elle fait quelque chose ?

J'avais un millier de questions, dont aucune ne pouvait être posée ou exprimée.

Parce que Michael se dirigeait vers moi.

Et son expression affichait une pure intention maléfique.

Izzy

Je fis un pas en arrière, mais Michael fut plus rapide et sa main se tendit pour attraper une poignée de mes cheveux. Il ramena ma tête en arrière, puis me fit tourner sur moi-même et me poussa contre un mur.

— Qu'est-ce que tu fous ici ? demanda-t-il.

Ma mâchoire se crispa. Il était hors de question que je dise quoi que ce soit à ce connard.

Sa poigne se resserra et sa mâchoire se crispa à son tour.

— Tu ne comprends toujours pas, hein ? Cam n'est plus là. Tu n'es plus rien pour lui maintenant. Et tu compteras encore moins quand je lui dirai où je t'ai trouvée. Les humains n'ont rien à faire sur une terre sacrée. Un putain de jouet comme toi ici est une insulte à tous les vampires.

Si c'est vrai, alors pourquoi Cam m'a-t-il déjà amenée ici ? voulais-je demander.

Au lieu de cela, je ne dis rien.

Surtout parce que j'étais un peu trop préoccupée par la façon dont le nouveau Cam pourrait réagir à ma présence ici.

Je ne pouvais pas vraiment lui dire que j'étais sortie me promener. J'avais volontairement perturbé le cercueil de Cane.

Mais il n'est pas là.

Cam est-il au courant ?

Si ce n'était pas le cas, cette information l'empêcherait peut-être de réagir négativement à mon...

Un bourdonnement retentit dans mes oreilles, réduisant mon esprit au silence et m'ancrant dans le présent.

Un présent où un vampire sadique avait maintenant une main enroulée autour de ma gorge.

Et mes pieds ne touchaient plus le sol.

Tout se passa trop vite et mon cerveau traita lentement les informations.

Il m'a frappée, réalisai-je. *Fort.*

Maintenant... Maintenant je ne peux pas... respirer...

Je déglutis. Ou du moins, je tentai de déglutir ; sa poigne autour de ma gorge empêcha le mouvement.

Michael disait quelque chose, mais je ne l'entendais pas, car l'écho dans ma tête était trop fort. « Faible » fut le seul mot qui me parvint.

C'est gonflé de la part de quelqu'un qui a été humain, murmurai-je dans mon esprit.

Ou du moins, je croyais me l'être dit à moi-même. Mais je dus prononcer ces mots à haute voix, car Michael grogna et me jeta à terre.

Son pied frappa mon estomac, chassant l'air de mes poumons tandis qu'il me réprimandait pour mon manque de respect.

— J'ai mérité ce statut. En attendant, tu n'es qu'une poche de sang immortel. Il te tuera dès qu'il aura trouvé une remplaçante digne de ce nom.

Ma tête brûlait alors qu'il attrapait mes cheveux dans son poing une fois de plus. Ma vision se brouilla et je ne vis plus que des scintillements de couleur au milieu d'une mer de ténèbres.

— Qu'est-ce que tu crois qu'il a fait toute la semaine pendant que tu dormais ? demanda Michael. Il a préparé tes remplaçantes, Ismerelda. Et après ce petit coup d'éclat ? Il en prendra sans doute une temporaire sans hésiter.

Je serrai les dents. Il était impossible que Cam ait préparé quoi que ce soit ou qui que ce soit cette semaine. Pas avec le nombre d'heures qu'il avait passées en moi.

— Il ne se souvient pas de toi, poursuivit Michael. Et il ne se souviendra jamais de toi. Lilith a mis en place une sécurité pour s'en assurer.

Mon cœur sauta un battement. *« Lilith a mis en place une sécurité pour s'en assurer. »*

Non.

Non, je refuse de le croire.

Il va se souvenir de moi. Cam doit se souvenir de moi.

— Lilith a gagné, murmura Michael contre mon oreille. Tu n'es rien pour Cam. Et même s'il réalise un jour la vérité, et c'est un sacré *si*, ce sera trop tard. Le mal est déjà fait.

J'essayai de secouer la tête, mais son emprise me maintint fermement en place.

— Où est-ce qu'il est en ce moment, à ton avis ? demanda Michael. Parce que je peux te le dire... Ou peut-être que je vais te le montrer.

Il me tira vers le haut, provoquant une douleur dans ma colonne vertébrale. *Putain !*

Cette fois, la pensée ne s'échappa pas de ma bouche. Probablement parce que j'étais trop occupée à gémir pour que des mots cohérents m'échappent.

L'espace tourbillonna autour de moi tandis que Michael me traînait dans les catacombes par les cheveux, mes pieds avançant en pilote automatique malgré l'agonie qui transperçait tout mon être.

Il est en train de me contraindre, réalisai-je alors que mes jambes bougeaient sans ma permission. *Il me force à courir pour que je le suive.*

Mes poumons protestèrent et mes muscles furent pris de crampes.

Mais je n'avais pas le choix.

Il me tirait sans se soucier de ma condition de mortelle.

Une autre façon de me faire sentir inférieure, réalisai-je. *De prouver que je suis* faible.

Un grognement se fraya un chemin dans ma poitrine, mais il perdit son élan avant de pouvoir quitter ma bouche. Tout ce qui en sortit fut un léger souffle, faisant trembler mon corps alors que Michael commençait à descendre les escaliers.

Mes pieds ne touchaient plus vraiment le sol. C'étaient surtout mes orteils qui effleuraient la surface tandis qu'il maintenait son emprise sur mes cheveux et que sa contrainte continuait à faire des miracles sur mes jambes.

Ce n'est pas bon.

Vraiment, vraiment pas bon.

Mes genoux se dérobèrent.

Mon cuir chevelu fut pris de spasmes.

Ma vision s'assombrit.

Quelque chose de dur frappa mon dos. *Un autre mur.* Une paume rencontra alors mon visage. Les lèvres de Michael étaient de nouveau à mon oreille, et y déversaient des mots cruels concernant ma fragilité.

— Il ne te transformera jamais, me dit-il. Et pas seulement parce qu'il ne se souvient pas de toi. Un millénaire, c'est long pour garder un animal de compagnie mortel. Il n'a manifestement jamais voulu d'une égale. Il voulait juste un jouet.

Tu ne sais rien de ce qu'on était l'un pour l'autre, avais-je envie de dire. Mais je n'avais pas l'énergie nécessaire pour essayer.

Si Cam m'avait transformée, je ne serais pas dans cette situation en ce moment, admit également une petite partie de moi.

Il m'avait gardée humaine à cause de notre lien. Il n'avait pas voulu changer cela. Et moi non plus.

Mais maintenant, cette voix incertaine dans ma tête se demandait si ce n'était pas à cause de Cam que je n'avais pas voulu que cela change. Si je n'avais pas voulu l'apaiser au lieu de m'apaiser moi-même.

Le monde se déplaça à nouveau alors que nous continuions à descendre une quantité inconcevable de marches. Je n'arrivais pas à me concentrer au-delà de la douleur ; j'étais tellement malmenée que mon crâne martelait.

— Il est ici depuis des heures, trop préoccupé pour remarquer que t'as disparu.

L'insinuation dans sa déclaration ne m'échappa pas.

Et la cause en devint évidente lorsqu'il m'entraîna dans une pièce où se trouvait une demi-douzaine de femmes nues.

Je ne savais même pas quand nous avions quitté la cage d'escalier ni comment je m'étais retrouvée dans cet espace stérile si rapidement, mais une minute, j'étais concentrée sur la haine de ses mots, et l'instant d'après, j'en fixais la cause.

Des vierges de sang.

Elles étaient trop parfaites pour être un autre type

d'humaines. Et trop timides pour être des vampires ou des lycanes.

Elles se tenaient tête baissée, les mains lâchées le long du corps.

Michael me força à m'agenouiller au sol devant elles.

— Ismerelda. Je te présente tes rempla...

— Qu'est-ce que tu fous ?

La voix de Cam résonna dans l'espace et me fit froid dans le dos.

Il était là. Avec elles. En train de... En train de...

Je ne pus terminer cette pensée ; mon estomac se noua.

— Je l'ai trouvée dans la crypte de ta famille, dit Michael sans perdre de temps.

— Alors tu l'as amenée ici ?

Les chaussures de Cam apparurent dans mon champ de vision, me faisant réaliser que je fixais le sol. Mais je ne voulais pas voir l'état vestimentaire dans lequel il se trouvait, ou pire, son absence de vêtements.

Mais c'est bon signe qu'il porte ses chaussures, non ?

— Elle a demandé à te voir, monseigneur, répondit Michael.

Mes yeux s'écarquillèrent.

— Je...

— *Silence.*

L'ordre de Cam me transperça comme un couteau, me laissant sans voix.

C'est trop.

Trop... Trop... dur.

Je déglutis difficilement, car ma gorge était serrée à cause de Michael. Ou peut-être était-ce dû aux émotions qui menaçaient de m'étouffer.

J'ai échoué.

Michael m'a attrapée.

Cam était occupé... à... Je ne veux pas savoir.

Il a joué avec des vierges de sang avant que Mira ne m'amène ici.

Il me traite comme une esclave sexuelle.

Ses souvenirs ne reviendront jamais...

Mon cœur se fractura dans ma poitrine, attisant une sensation angoissante au plus profond de moi.

Je ne voulais pas croire Michael. Je ne voulais pas abandonner. Et pourtant... *Et pourtant...*

— Mira. Emmène-la dans ma chambre. Je m'occuperai d'elle plus tard.

— Bien sûr, monseigneur.

La voix soyeuse de Mira me fit serrer les poings.

Elle m'a amenée ici.

Elle m'a menti.

Elle a trahi tout le monde.

La salope en question m'attrapa le bras en enfonçant ses ongles dans ma peau.

— Il est temps d'y aller, Izzy.

Mes dents se serrèrent, mais une autre douleur aiguë démantela ma capacité à penser.

Merde. Michael m'avait frappée fort. Et la contrainte de courir avait transformé mes jambes en gelée.

Mais contrairement à la dernière fois, Cam n'intervint pas. Il ne fit même pas attention à moi.

— Michael. Reste un moment, dit-il à la place. Il faut qu'on parle.

La violence qui soulignait ces cinq mots me retourna l'estomac. C'était presque sensuel. Sans doute parce que Cam était d'une certaine humeur grâce à ses remplaçantes.

C'était *ça* le terme que Michael s'était apprêté à utiliser.

Mes remplaçantes.

Les vierges de sang immortel destinées à servir les vampires pour l'éternité sans les complications du lien d'Erosita.

Cam avait passé toute la soirée ici à faire quoi ? À tester leurs aptitudes ? À goûter à leurs compétences ? À choisir un nouveau jouet ?

Peut-être avait-il l'intention de les faire défiler devant l'alliance comme une sorte d'offrande.

Comment en sommes-nous arrivés là ?

— Lilith a gagné, avait dit Michael.

Ces trois mots se répétaient maintenant dans mes pensées.

Parce que je craignais qu'il ait raison. Qu'il n'y ait pas de retour possible.

Peut-être que je ne peux pas sauver Cam.

Peut-être... Peut-être que c'est notre vie maintenant. Pour le reste de l'éternité. Jusqu'à ce que je meure...

Je ne dis rien pendant que Mira m'escortait jusqu'à l'ascenseur.

Il y avait plusieurs choses que j'aurais remarquées il y a une semaine et qui n'avaient plus d'importance maintenant.

De toute évidence, elle ne se souciait ni de son compagnon ni de sa fille. À quoi bon l'interroger à ce sujet ?

Pourquoi se donner la peine d'essayer de plaider avec elle pour quoi que ce soit ?

Si Cam ne pouvait pas accéder à ses souvenirs, comment pourrais-je le faire changer d'avis ?

Je pourrais continuer à essayer de faire tomber le mur mental. Hélas, après le coup de ce soir, je doutais qu'il soit disposé à m'écouter, et encore moins à me permettre d'accéder à ses pensées.

Il croit qu'il est supérieur, qu'il a créé tout ça.

Il pense qu'il ne veut pas d'une Erosita *et qu'il désire plutôt une poupée de sang immortel.*

Il est convaincu que tout ça est le rêve de sa vie. Son objectif pour l'alliance.

Ma poitrine battait à chaque pensée tandis que mes pas étaient lourds et que mon âme... se brisait.

Je me sentais... perdue. Cassée. Incapable de réfléchir davantage. Parce que quel était l'intérêt ? Qu'est-ce que je gagnerais à réfléchir à cette situation pendant des heures ?

Non.

J'allais juste... attendre qu'il revienne.

Peut-être que je boirais le sang qui se trouvait encore dans mon boxer et que je guérirais. Ou peut-être que je resterais simplement dans cet état.

Est-ce que ça a de l'importance ? Cam va probablement me tuer de toute façon.

Demanderait-il une explication ? Me donnerait-il une minute pour parler ? Pour que je m'explique à propos de Cane ?

Ma gorge travailla dans une tentative de déglutition alors que chaque partie de moi était épuisée, accablée et... *finie.*

J'étais trop fatiguée pour continuer à faire ça.

J'aurais peut-être dû me reposer aujourd'hui, après tout.

— T'empestes le découragement, marmonna Mira alors que nous atteignons l'étage de Cam.

Elle sortit de l'ascenseur en tenant toujours mon bras et m'emmena jusqu'à l'embouchure du couloir qui menait à la chambre de Cam.

— Va te doucher avant que Cam ne revienne, ajouta-t-elle en me relâchant. Il a besoin que tu sois forte en ce moment. *Pousse-le.*

Ces deux dernières déclarations étaient beaucoup plus douces que la précédente, ses mots ressemblant plus à un murmure sous son souffle.

Je levai les yeux d'un air confus, mais elle s'éloignait déjà.

— Ne va pas t'aventurer encore une fois, Izzy. Tu n'aimeras pas ce qui se passera si tu le fais.

Elle entra dans l'ascenseur encore ouvert sur cette menace persistante. Ce n'est qu'à ce moment-là qu'elle se retourna pour me regarder.

Son visage était dépourvu d'émotion.

Mais ses yeux... Ses yeux étaient ceux d'un loup.

Et pendant une brève seconde, j'aurais pu jurer avoir vu un soupçon de tristesse au fond d'eux.

Puis la porte se referma.

Me laissant seule une fois de plus.

Qu'est-ce qui vient de se passer ? me demandai-je, déconcertée par ses déclarations contradictoires. *Ai-je mal entendu ? Ai-je rêvé ce que j'ai vu ?*

Je clignai des yeux.

Puis je secouai la tête et boitillai jusqu'à la chambre de Cam.

L'espoir était une émotion versatile à laquelle je n'étais pas sûre de vouloir me livrer en ce moment.

Mais j'allais suivre le conseil de Mira et prendre une douche. Peut-être que cela m'aiderait à effacer le contact de Michael.

Ou peut-être que je me noierai.

CAM

Quelques minutes plus tôt

— Dr Wagner, emmenez les sujets d'expérience dans le laboratoire d'à côté. Vous pourrez procéder à l'examen physique et à la prise de sang là-bas.

— Bien sûr, monseigneur, répondit Wagner derrière moi.

Nous étions en train de discuter de certains résultats de ses recherches dans la pièce voisine lorsque j'avais senti la présence d'Ismerelda.

Je n'avais aucune idée de la raison pour laquelle elle s'était aventurée dans les catacombes, ni comment elle avait trouvé la crypte de ma famille, mais l'audace de Michael m'intéressait davantage pour l'instant.

Non seulement il avait touché mon *Erosita* une fois de plus, mais il l'avait amenée ici, dans une pièce remplie de vierges de sang sur le point de participer à un essai de compatibilité.

Mes dents grincèrent tandis que Wagner conduisait les sujets d'expérience hors de la pièce. Ses mouvements étaient méthodiques et stoïques, comme à chaque fois que je lui avais parlé.

Il était l'une des créations immortelles réussies de Lilith, tout comme Calina, la nouvelle *Erosita* de Jace. Wagner et Calina avaient tous deux été créés à l'aide d'un substitut de sang doré et d'un mélange d'autres gènes surnaturels.

Malheureusement, mes pairs avaient tué tous les sang-doré connus dans le monde, ce qui faisait des vierges de sang les êtres dotés du groupe sanguin le plus proche disponible.

Wagner les testait toutes pour voir si l'une des femmes avait des marqueurs assez proches pour servir éventuellement de mère porteuse et faire un essai impliquant les Créatures Bénies.

Jusqu'à présent, aucune des candidates ne s'était révélée viable, ce que Wagner était en train de dire lorsque Michael avait fait irruption avec Ismerelda.

Le scientifique referma la porte discrètement, me laissant seul avec ma progéniture. Il avait prétendu qu'il avait amené Ismerelda ici parce qu'elle avait demandé à me voir, et même si c'était vrai, il n'aurait pas dû être avec elle pour commencer.

— T'aurais dû m'appeler dès que t'as découvert où se trouvait Ismerelda, dis-je en lui faisant face. Au lieu de ça, t'as pris sur toi *une fois de plus* de discipliner mon *Erosita*.

Parce que ses blessures ou la façon dont elle les avait obtenues ne laissaient aucun doute.

L'ecchymose que j'avais vue sur son visage était fraîche, et j'avais également senti son épuisement. Je n'avais aucune idée de ce qu'il avait fait, mais j'avais bien l'intention de le découvrir une fois que je parlerais à mon *Erosita*.

— Je l'ai trouvée dans la crypte de ta famille.

Il prononça ces mots comme s'il s'agissait d'une explication. Non, pas seulement d'une explication, mais d'une *validation*.

— C'est à ce moment-là que t'aurais dû m'appeler pour que je puisse gérer la situation, répondis-je.

— Je devais l'arrêter, monseigneur. Elle était en train d'ouvrir le cercueil de ton frère.

Je fronçai les sourcils. C'était une chose étrange à faire de sa part.

— Elle t'a dit pourquoi ?

— Non. Elle m'a insulté, et ensuite elle a exigé de te voir. C'est tout ce qu'elle a dit.

Mon nez se fronça lorsque l'odeur de Michael devint plus sucrée. Cela se produisait souvent et je commençais à penser qu'il s'agissait d'une sorte de signe révélateur.

Un signe qu'il me ment.

— Comment est-ce qu'elle t'a insulté ? demandai-je, curieux de savoir si c'était la raison de son changement de parfum ou s'il ne m'avait raconté que la moitié des événements.

Parce que les bleus que j'avais vus se former sur la gorge de mon *Erosita* laissaient penser qu'Ismerelda n'avait pas eu beaucoup d'occasions de parler.

— Elle m'a rappelé ma mortalité, lâcha-t-il d'un ton acerbe, ce qui me fit arquer un sourcil.

— Et ?

— Et elle l'a dit sur un ton sarcastique.

Il croisa ses bras minces sur sa poitrine.

— Elle n'a aucune bonne manière, monseigneur. Elle ne comprend pas sa place. Et elle me parle comme si j'étais inférieur à elle, et non supérieur.

Parce qu'elle devrait être ma reine, et non mon Erosita, pensai-je.

Le fait qu'elle ait pris sur elle de se promener aujourd'hui en disait long sur sa force et son courage. Elle n'agissait pas comme une faible humaine. Elle agissait comme un vampire.

Mais pourquoi aller dans la crypte de ma famille ?

Elle avait mentionné que je l'y avais déjà emmenée pour assister au rituel de repos de Cane, mais nous n'avions jamais terminé cette conversation.

Y cherchait-elle quelque chose en particulier ? Peut-être quelque chose lié à un vieux souvenir ? me demandai-je. *Mais alors, pourquoi ne pas m'avoir simplement demandé de l'accompagner ?*

— Elle pose un problème, monseigneur, poursuivit Michael. On n'a peut-être pas de preuve de ses agissements, mais je ne lui fais pas confiance.

Je ricanai.

— Ce n'est pas à toi de lui faire confiance, Michael. Ce n'est pas non plus à toi de la toucher. Ce que je pensais t'avoir déjà fait clairement comprendre, mais apparemment ma leçon n'a pas été assez claire.

Michael recula d'un pas avec les yeux écarquillés.

— Je l'ai trouvée en train d'ouvrir le cercueil de Cane, monseigneur, répéta-t-il. J'ai réagi de manière protectrice. C'est un lieu sacré, et elle menaçait de le souiller.

— Comment est-ce que tu l'as trouvée là-haut ? lui demandai-je. Je t'ai envoyé récupérer mon ordinateur portable. T'aurais dû revenir et me dire qu'elle avait disparu pour me laisser m'en occuper.

Il passa ses doigts dans ses cheveux clairs et poussa un souffle.

— J'ai suivi son odeur quand j'ai réalisé qu'elle avait disparu. J'étais... J'étais inquiet. Et t'étais occupé. J'essayais d'aider.

— En posant tes mains sur mon *Erosita* ? Après que je t'ai expressément dit de ne pas le faire ?

— Elle refusait de venir avec moi, monseigneur. Elle était particulièrement difficile.

Il leva une main avant que je puisse faire un commentaire.

— Mais je vois maintenant que j'aurais dû te contacter en premier.

Il aurait dû faire bien plus que cela. En commençant par me faire savoir qu'elle avait disparu dès qu'il avait vu que ma chambre était vide.

Je l'avais envoyé là-bas en guise de test pour voir s'il laisserait Ismerelda tranquille.

Il avait échoué à ce test.

Cependant, les circonstances n'étaient pas non plus celles que j'avais prévues.

— Si je peux me permettre, monseigneur, ton *Erosita* fait des choses que son rang ne permet pas parce que tu lui donnes trop de libertés. Elle a été influencée par la philosophie du Clan Majestic et n'a donc pas vraiment adopté ta vision de l'avenir. Être sévère avec elle est le seul moyen de corriger son comportement.

Je le fixai, incapable de comprendre comment il pouvait penser que c'était le moment *approprié* pour me faire un cours sur *mon Erosita*. C'était comme si le mâle n'avait pas compris qu'elle était à *moi*, pas à *lui*.

Et que ce n'était pas à lui de corriger son *comportement*.

— Elle devrait être enfermée dans la pièce que t'as créée pour elle, poursuivit-il, manifestement inconscient de mon ire grandissante.

Celle-ci avait déjà atteint son paroxysme avant qu'il ne commence à parler.

Maintenant, elle éclatait en vagues silencieuses de fureur brûlante qui hérissaient les poils de mes bras et se propageaient jusqu'à mes doigts ; des doigts qui avaient envie de s'enrouler autour de la gorge de cet homme et de la *serrer*.

— Tu dois au moins verrouiller ta porte, poursuivit-il.

Son instinct de survie était clairement obsolète. *Comment ce mâle peut-il être ma progéniture ?*

— Mais je pense personnellement qu'elle ne devrait pas être autorisée à vivre après ce qu'elle a fait. Elle a profané la terre sacrée en mettant les pieds dans les catacombes, et elle a violé les lieux en essayant d'ouvrir le cercueil de ton frère.

Il secoua la tête en passant de nouveau ses doigts dans ses cheveux.

— Elle est cassée, monseigneur. Irréparable. À mon avis.

— À ton avis, répétai-je d'une voix plus grave et presque meurtrière.

— Oui, répondit ma progéniture ignorante. Je peux m'occuper de cette tâche pour toi, si tu veux. Je sais que t'es occupé et qu'elle ne vaut pas vraiment la peine que tu t'y attardes.

Pourquoi ai-je choisi de transformer ce mâle et non Ismerelda ? me demandai-je. Le fait que j'avais pu trouver cet imbécile digne de mon sang me déconcertait.

— Ne touche pas à Ismerelda, lui dis-je avec de la violence dans chacun de mes mots. En fait, ne t'approche plus jamais d'elle, putain.

— Monseigneur...

— Non, lâchai-je avant d'enrouler ma main autour de sa gorge et de le plaquer contre le mur le plus proche, qui se trouvait à cinq mètres de là.

Cependant, ma faculté de déphasage me permit de franchir cette distance en moins d'une seconde.

Les pupilles de Michael s'enflammèrent et ses yeux

s'écarquillèrent.

— Je t'avais prévenu de ne pas la toucher, Michael. Je t'ai dit ce qui arriverait si tu me désobéissais.

Ma prise se resserra autour de sa trachée tandis que l'envie de lui arracher la tête faisait sourire mon prédateur intérieur avec excitation.

— *Tu n'as pas le droit de la punir. Ni de la toucher, putain.*

Les mots grognés quittèrent ma bouche dans un sifflement exaspéré qui glaça l'air entre nous.

Ses traits s'assombrirent alors que son cœur battait bruyamment dans sa poitrine.

Oui. T'as très mal compris la situation dans laquelle tu te trouves, lui dis-je par la pensée. *Mais tu comprends maintenant, n'est-ce pas ?*

— Ismerelda s'est peut-être mal comportée aujourd'hui, lui dis-je. Mais je lui en parlerai en privé. Je déciderai ensuite si elle doit être punie, pas avant.

Parce que, franchement, ce qu'elle avait fait aujourd'hui attisait plus ma curiosité que ma fureur.

Contrairement à ce que je ressentais à l'égard de Michael et de son besoin incessant de se mêler des affaires de mon *Erosita*.

— Ton mépris flagrant de mes ordres est un problème, poursuivis-je alors que son visage commençait à changer de couleur à cause du manque d'oxygène. Un problème que je ne suis pas sûr de pouvoir laisser vivre.

Il saisit mon poignet tandis que ses narines se dilataient.

— Si je ne peux pas te faire confiance pour respecter un ordre aussi simple que celui de *ne pas la toucher*, comment est-ce que je suis censé te faire confiance pour faire quoi que ce soit d'autre avec compétence ?

Ses ongles s'enfoncèrent dans ma peau et son autre main se porta à mon épaule pour tenter de me repousser.

Je ne bougeai pas.

J'étais bien plus âgé et bien plus *fort* que ce pseudo mâle sans valeur.

— Tu te crois peut-être supérieur à mon *Erosita*, mais elle est *à moi*. Ça fait d'elle une extension de ce que je suis. Et *je* suis ton putain de monseigneur.

Il commença à se tortiller et à donner des coups avec ses jambes alors que son instinct de se battre commençait à prendre le dessus.

Parce qu'il semblait comprendre que je n'allais pas simplement l'étrangler jusqu'à ce qu'il s'évanouisse, pour ensuite le laisser se réveiller.

Non, j'avais bien l'intention de lui arracher la tête.

Il a blessé ma lionne. Deux fois.

Ça n'arrivera plus.

Je me moquais de passer pour un faible, un obsédé ou un possessif. J'étais le putain de roi. Si je voulais prendre une compagne, alors je prendrais une putain de compagne.

Si je voulais transformer Ismerelda, alors je la transformerais, putain.

Et personne, et surtout pas *Michael*, n'allait influencer mes choix.

— Je t'ai pardonné pour ton insulte initiale. Je t'ai même donné une autre chance, mais t'as délibérément ignoré mon...

Ma montre vibra alors à cause d'un appel entrant et le nom de Mira apparut sur un écran holographique à côté de moi.

Merde. Je lui avais dit d'escorter Ismerelda jusqu'à ma chambre. Ce qui signifiait qu'il ne pouvait y avoir qu'une seule raison pour laquelle Mira m'appelait maintenant.

— Ne bouge pas, dis-je à Michael en le relâchant.

Il me désobéit partiellement, ses genoux se dérobant et l'envoyant au sol. Heureusement, il resta immobile après cela et ne fit aucun bruit, à part pour sa respiration sifflante et une toux.

Mon prédateur intérieur sourit avec une sombre satisfaction.

Pendant ce temps, mon côté pragmatique se concentra sur ma montre.

— Répondre, grognai-je en focalisant mon regard sur l'image qui flottait dans l'air.

Les traits calmes de Mira et ses iris glacés vifs apparurent sur l'écran.

— Monseigneur, salua-t-elle. Hélias est ici.

Je clignai des yeux.

— Quoi ?

— Son avion vient d'atterrir. Apparemment, les humains qui gèrent les tours de contrôle ont supposé qu'il était ici pour le Couvent et facilité son arrivée. Non pas qu'ils pourraient refuser de le faire, de toute façon. C'est un royal, monseigneur. Les royaux et les alphas sont traités comme des membres de la royauté parmi les humains.

— Je suis au courant, marmonnai-je face à son explication frivole et inutile.

Il aurait suffi à Hélias d'annoncer son arrivée pour que les humains se plient à sa demande sans poser de questions.

C'était comme ça que les choses fonctionnaient. Les vampires et les lycans étaient supérieurs. Les humains avaient de la chance d'être en vie.

Mais si tout ça est vrai, si c'est vraiment ce que je désire, alors pourquoi est-ce que j'apprécie la bravoure d'Ismerelda ? me demandai-je. *Pourquoi son courage me rend-il fier ?*

Je devrais vouloir qu'elle s'agenouille. Qu'elle s'incline. Qu'elle supplie pour sa vie. Qu'elle me remercie de l'avoir choisie. Qu'elle rampe, supplie et obéisse.

Pourtant, ce n'était pas le cas.

Au lieu de cela, je voulais la récompenser par l'immortalité pour avoir prouvé qu'elle était plus forte que le reste de son espèce. Pour avoir prouvé qu'elle était courageuse. Pour avoir prouvé qu'elle avait des opinions bien arrêtées, qu'elle était provocante et qu'elle ne ressemblait pas du tout aux autres humains de ce monde.

Cependant, Ismerelda venait d'un monde où son comportement était normal. Un monde où tous les mortels avaient les mêmes droits.

Les vampires et les lycans avaient supprimé ces droits et réduit la race humaine en esclavage.

Dans quel but ? me demandai-je. *En quoi tout cela est-il logique ? De vouloir louer Ismerelda pour sa bravoure tout en y mettant fin ?*

— Monseigneur ? demanda Mira, attirant de nouveau mon attention sur elle. Comment est-ce que tu veux procéder ?

— À quel sujet ? demandai-je, momentanément confus.

Au sujet d'Ismerelda ? Au sujet du plan de ce monde ? Au sujet...

— Hélias, monseigneur, dit-elle en fronçant légèrement les sourcils. Est-ce que tu veux que je lui dise de retourner chez lui ?

Ah oui. Hélias.

Concentre-toi, Cam.

Je me raclai la gorge.

— Est-ce qu'il a dit pourquoi il était venu alors qu'on avait convenu d'un appel ?

— Oui. Il a dit que vidéos et audios peuvent être manipulés, alors qu'une rencontre en personne ne peut pas l'être.

Mes lèvres se retroussèrent.

— Il sous-entend qu'on a l'intention de l'enregistrer ?

— Non, monseigneur. Je crois qu'il veut la preuve que

t'es en vie.

Je la dévisageai.

— Et il pense qu'un appel vidéo pourrait être truqué ?

— Oui.

Un seul mot, sans élaboration.

— Je vois.

J'avais lu dans les dossiers de Lilith que plusieurs royaux soupçonnaient que j'étais mort ; les révolutionnaires avaient apparemment répandu cette rumeur pour m'affaiblir.

Hélias craignait manifestement que ces rumeurs ne soient fondées.

Je pourrais lui dire d'aller se faire foutre, mais l'apaiser maintenant me serait probablement bénéfique plus tard.

On ne savait jamais quand une allégeance pourrait être nécessaire.

— Amène-le dans la salle de conférence du Couvent, dis-je à Mira. Je le retrouverai là-bas.

Elle inclina la tête.

— Oui, monseigneur.

L'écran disparut l'instant d'après, me laissant seul avec Michael toujours recroquevillé à mes pieds.

De toute évidence, j'avais des choses plus importantes à gérer en ce moment. Et je n'étais pas d'humeur à offrir une mort rapide à Michael.

En supposant que je veuille toujours qu'il soit mort, me dis-je. *Il a réagi comme n'importe qui l'aurait fait en découvrant une humaine en train d'errer dans les catacombes.*

Seulement, Ismerelda n'était pas une humaine normale. C'était *mon* humaine.

— Ne t'approche pas de mon *Erosita*, lui dis-je. Et va aider le Dr Wagner avec ses tests.

Je trouverai quoi faire de lui plus tard.

J'avais un vieil ami à accueillir.

Izzy

Je finis par boire le sang de Cam, mon besoin de guérir l'emportant sur toutes les autres pensées de mon esprit. Je pris également une douche.

Mais je ne pris pas la peine de me sécher les cheveux.

Je les démêlai et enfilai simplement une des chemises de Cam, puis je fis les cent pas dans sa chambre en l'attendant.

L'absence de pizza signifiait soit qu'elle avait été apportée pendant mon absence, soit qu'il n'était pas encore l'heure de dîner. Je n'avais aucune notion de l'heure du fait de l'absence d'horloge. Je ne pouvais même pas essayer de jeter un coup d'œil à l'ordinateur de Cam pour obtenir une réponse, car il n'était plus là.

C'est comme ça qu'il a su que je n'étais pas là ? me demandai-je. *Il est revenu chercher son ordinateur, s'est rendu compte que j'avais disparu et a envoyé Michael à ma recherche ?*

Je frissonnai. Sa colère était une présence palpable qui s'attardait encore sur ma peau.

Qu'est-ce qu'il va me faire ?

Quelque chose de douloureux, sûrement.

Quelque chose de sexuel, aussi.

Ou peut-être qu'il se débarrasserait simplement de moi et m'échangerait pour une de ces vierges de sang.

Mon Dieu, comment étais-je censée arranger les choses ? Comment pouvais-je faire revenir le vrai Cam ?

« *Il ne se souviendra* jamais *de toi. Lilith a mis en place une sécurité pour s'en assurer.* »

Les mots de Michael se propagèrent dans ma tête, chacun menaçant de dissoudre les derniers fils d'espoir dans mon esprit.

Les souvenirs de Cam ont disparu.

C'est ça qu'il est maintenant.

Et moi... je ne suis que sa poche de sang immortel.

Je tordis mes mains devant moi en faisant les cent pas tandis que mes dents grinçaient les unes contre les autres. *Je ne peux pas abandonner. Mais je... Je ne sais pas quoi faire.*

Réveiller Cane avait été un échec cuisant. Il n'était pas dans son cercueil. Et même s'il l'avait été, je n'aurais pas eu le temps de faire le rituel.

« *Lilith a gagné. Tu n'es rien pour Cam.* »

Je grimaçai alors que la voix de Michael résonnait en boucle dans mes pensées et que la finalité de ses déclarations continuait à ébrécher ma détermination.

Si les souvenirs de Cam étaient inaccessibles, alors je devais le conquérir dans son état actuel.

Un état dû au lavage de cerveau que Lilith lui avait fait subir pour qu'il déteste l'humanité. Qu'il me considère comme une propriété et non comme une personne. Qu'il ne se soucie que de sa satisfaction vampirique et de rien d'autre.

Même si je parvenais à le convaincre, pourrions-nous passer à autre chose ? Il joue avec d'autres femmes... Parce que je ne lui suffis pas ?

Après plus de mille ans de fidélité à être au côté l'un de l'autre, son corps lui permettait quand même de se laisser aller avec une autre femme.

Non, pas seulement une autre femme. *Plusieurs* autres.

Je ne voulais pas lui en vouloir et je savais que ce n'était pas vraiment juste, mais comment pourrais-je laisser passer ça ?

Mes mains se tendirent, puis se serrèrent en poings, puis se tendirent à nouveau tandis que j'enroulais mes bras autour de moi. *Qu'est-ce que je peux faire ?* me demandai-je à plusieurs reprises. *Comment est-ce que je peux arranger ça ?*

Je continuai à faire les cent pas. Mon corps était guéri du traitement de Michael et de ma longue promenade de tout à l'heure, mais mon esprit était tiraillé d'épuisement.

Aucune quantité de sang de Cam ne pourrait changer mes sentiments. Il pourrait me donner un boost temporaire, un goût d'euphorie, mais mon moral dégringolait dès que la réalité s'installait.

« *Je t'aime, Ismerelda. Pour toujours. À jamais. Pour l'éternité.* »

Je fermai les yeux en imaginant le visage de Cam, la sincérité de ses traits, l'adoration dans son regard, la chaleur de ses caresses....

Ma gorge se noua.

« *Je t'aime aussi* », lui avais-je répondu dans un murmure.

Combien de fois nous étions-nous livrés à cet échange ? Une centaine ? Un millier ?

Une promesse de toujours être là l'un pour l'autre. De toujours prendre soin l'un de l'autre. D'être toujours ensemble.

Sauf qu'il n'est plus ce Cam. Et il ne le sera plus jamais.

Abandonner serait pire que son infidélité. Il avait besoin de moi plus que jamais. Mais comment pourrais-je l'aider s'il ne voulait pas que je le fasse ?

Sans ses souvenirs, il était une personne complètement différente.

Est-il désormais l'homme qu'il aurait été sans moi ? me demandai-je. *A-t-il toujours été destiné à devenir ce monstre cruel ? L'ai-je simplement détourné de cette voie ? Ou y a-t-il d'autres aspects de sa vie qui ont fait de lui celui qu'il était ?*

Avais-je modifié le destin ? Ce destin changeait-il de lui-même ?

Ma mâchoire me faisait mal à force de la serrer.

Je détestais ça. Je détestais Lilith. Je détestais Michael. Je détestais le destin.

« Il ne te transformera jamais. Et pas seulement parce qu'il ne se souvient pas de toi. Un millénaire, c'est long pour garder un animal de compagnie mortel. Il n'a manifestement jamais voulu d'une égale. Il voulait juste un jouet. »

Je déglutis tandis que ces deux dernières phrases se répétaient dans mon esprit.

A-t-il raison ? me demandai-je. *Est-ce pour cela que Cam ne m'a jamais transformée ?*

Je secouai la tête. *Non. Il... il voulait simplement préserver notre lien.*

Mais pourquoi ? murmurai-je. *Est-ce vraiment parce qu'il ne voulait pas que notre lien prenne fin ? Ou parce qu'il avait besoin de mon sang ?*

Je me palpai le front alors que mes yeux brûlaient derrière mes paupières closes.

Ces incertitudes débordantes allaient me rendre folle.

Je connaissais Cam. Il était mon compagnon. L'autre moitié de mon âme. Il... Il ne m'utiliserait pas de la sorte.

Et pourtant, cette version de lui l'avait fait.

Cette version de lui qui ressemblait essentiellement au

mâle que j'avais rencontré mille ans plus tôt n'avait aucun problème à me traiter comme une poupée destinée à son seul plaisir.

Alors comment l'ai-je changé à l'époque ? Pourquoi ne puis-je pas le faire maintenant ?

Parce que l'effet de surprise avait disparu.

Ce moment où je l'avais fait réfléchir parce que je savais ce qu'il était ne pouvait plus avoir lieu.

Les humains étaient parfaitement conscients de l'existence des vampires et des lycans à présent.

Et les humains étaient leurs esclaves.

Il n'y avait rien d'assez extraordinaire en moi pour que Cam prenne un peu de recul pour évaluer vraiment le potentiel de notre situation. Au lieu de cela, il était avide. Exigeant. *Chargé sexuellement.*

Je n'étais pas unique pour lui. Le goût de mon sang n'était probablement même pas aussi bon pour lui que celui des vierges de sang. Tout ce que j'avais à offrir, c'était mon corps, qui n'avait manifestement pas été assez satisfaisant pour le divertir longtemps.

Ma connaissance de ce qu'il aimait et n'aimait pas pouvait s'avérer utile, mais rien de plus. Et que se passerait-il une fois que j'aurais divulgué suffisamment d'informations pour apaiser sa curiosité ?

Je me pinçai l'arête du nez et soupirai.

Il m'avait dit de me détendre aujourd'hui. J'étais tout sauf détendue. Un bain n'aiderait pas beaucoup à dissiper la tension dans mes épaules et dans mon cou. De plus, il essaierait probablement de me noyer dedans à son retour.

Et je ne voulais pas mourir de cette façon.

Que vais-je lui dire ? me demandai-je. *Puis-je le distraire en lui annonçant que Cane n'est pas dans son cercueil ? Ou le sait-il déjà ?*

Une voix masculine résonnant dans le couloir me fit lever la tête et mon regard se posa sur la porte. Cam.

Non, pensai-je dans la seconde qui suivit. *Michael.*

— Tu es sûr, monseigneur ? demanda-t-il. Parce qu'il n'y a pas de retour en arrière possible.

— C'est comme ça qu'elle aurait dû mourir il y a mille ans, répondit Cam avec un accent anglais plus marqué que d'habitude.

Ou peut-être que c'était l'impression que cela donnait à cause des mots qu'il prononçait.

Qu'est-ce qu'il veut dire par « C'est comme ça qu'elle aurait dû mourir il y a mille ans » ?

Il ne pouvait pas parler de la nuit où nous nous étions rencontrés... Si ?

Il... Il ne voudrait pas... Il ne pourrait pas... Il ne se souvenait même pas...

Sauf que... Eh bien, j'en avais parlé au nouveau Cam. Je ne lui avais pas donné tous les détails, mais assez pour qu'il... pour qu'il...

Non.

Non.

— Ça me semble assez approprié, conclut-il.

Les poils de ma nuque se dressèrent.

Approprié ?

— Si t'en es certain.

—Je le suis.

Ces trois mots prononcés sans hésitation me firent froid dans le dos. Il y avait là un soupçon de finalité, un murmure d'*adieu*.

— Occupe-t'en.

Ça... non.

Hors de question, putain.

Il ne peut pas...

— Comme tu veux, monseigneur, murmura Michael. Considère que c'est fait.

— Bien. J'ai des choses plus importantes à régler.

— Compris, monseigneur.

La porte de la suite de Cam s'ouvrit, mais pas complètement.

— Fais ce que Michael te dit, Ismerelda.

Mes lèvres s'entrouvrirent. *Quoi ?* Il n'allait même pas me laisser une chance de lui parler ?

— Tu te fous de ma gueule ? lâchai-je. Non. Non !

Je me précipitai vers la porte, prête à la franchir et à l'attraper par la chemise.

Mais il était déjà au bout du couloir et je ne parvins à voir que son dos vêtu d'une veste de costume avant qu'il ne disparaisse dans l'ascenseur.

— Cam ! criai-je.

Les portes se refermèrent sans qu'il prenne la peine de se retourner.

— Je suis désolé, Izzy, mais je t'avais prévenue, dit Michael avec l'épaule appuyée contre le mur en face de moi. Il en a fini. Ce qui veut dire que t'es finie.

Je fis un pas en arrière en secouant la tête alors qu'il se poussait du mur.

— Non, dis-je. Il faut juste qu'il me laisse m'expliquer.

— Il n'y a rien à expliquer. T'es une poche de sang glorifiée qui s'est révélée incapable de respecter ses supérieurs. Il en a déjà trouvé une autre pour te remplacer. Une qui... Qu'est-ce qu'il a dit exactement ?

Il jeta un coup d'œil vers le haut et claqua des doigts.

— Ah oui. Une vierge de sang qui sait s'y prendre correctement dans la chambre à coucher.

Je plissai les yeux.

— Je suis sa compagne depuis plus de mille ans.

— Oui, acquiesça-t-il. Mais l'homme avec qui tu t'es

accouplée est mort il y a plus d'un siècle. Ce nouveau Cam amélioré n'a plus besoin de se plonger dans le passé.

Michael m'attrapa par la nuque avec des mouvements rapides comme l'éclair.

— Marche avec moi, petite pute de sang, exigea-t-il. J'ai reçu des instructions très précises pour te laisser mourir de la façon dont la nature l'avait prévu à l'origine.

Il prononça ces mots en me traînant dans le couloir. J'essayai de l'arrêter et d'ancrer mes pieds nus au sol, mais mes jambes bougèrent contre ma volonté, suggérant qu'il m'avait silencieusement contrainte à coopérer.

Ou peut-être que Cam a fait ça quand il m'a ordonné de faire tout ce que Michael disait, pensai-je en frissonnant.

— Monseigneur a dit qu'il trouvait ça *approprié*, songea Michael, répétant la déclaration que j'avais déjà entendue. Je suppose que c'est sa façon de corriger une erreur et de remettre le destin dans le bon chemin.

— C'est seulement parce qu'il ne sait pas qui je suis, craquai-je, furieuse et terrifiée de voir que mes jambes bougeaient toujours sans ma permission.

— Et il ne le saura jamais, répondit Michael. Les protocoles de Lilith ont grillé la partie du cerveau de Cam où le lien d'*Erosita* existe. Tous ses souvenirs de toi ont été effacés en conséquence, et il n'a aucun moyen de les récupérer.

Je serrai les dents.

— Il suffirait qu'il regarde dans mon esprit.

— Il faudrait pour ça qu'il se soucie suffisamment de toi pour essayer, dégaina Michael alors que nous entrions dans l'ascenseur.

Il appuya sur le bouton avec le numéro treize et l'ascenseur se mit en action.

— T'as eu environ dix jours pour le convaincre de ta véritable importance, et t'as échoué. Pourquoi ? Parce qu'il n'est plus le Cam que t'as connu. Au lieu de ça, il est le Cam qu'il était censé être : un roi destiné à régner sur l'alliance et à faire rentrer tous les rebelles dans le rang.

— Il n'a jamais rien voulu de tout ça, argumentai-je. Il s'y opposait.

— Pour toi, murmura Michael. Mais comme Lilith l'avait prédit, c'est un vampire digne de ce nom sans ton influence de mortelle dans son esprit. On devait juste être sûrs avant de le lâcher sur le monde.

Je fronçai les sourcils.

— Quoi ? demandai-je alors que les portes s'ouvraient sur un nouvel étage. Sûrs de quoi ?

— Sûrs que tu n'as plus aucune influence sur lui, répondit-il. T'amener ici était le test ultime. Sa décision de rompre tout lien avec toi veut dire qu'il a passé le test.

Mon sang se glaça. *Toute cette histoire était pour voir si je pouvais... si je pouvais encore l'influencer grâce à notre lien ?*

— Grâce à toi, on sait maintenant que la perte des souvenirs est la clé pour guérir ceux qui ont des engouements de longue date, dit Michael d'un air satisfait. Alors, merci pour ta participation à cette étude. Tes services ne sont plus nécessaires.

Il s'arrêta devant une porte, un sourire purement diabolique aux lèvres. Sa paume quitta enfin ma nuque et il frappa une fois sur le bois.

— Tu vas entrer là-dedans et t'offrir en dessert, dit Michael. Et mourir de la façon dont le destin voulait que tu le fasses.

Il se rapprocha de moi d'un pas.

— Le mieux dans tout ça, c'est que tu n'as pas d'autre choix que d'aimer ça, parce que je te dis de le faire.

Ses yeux verts se mirent à briller d'une manière inquiétante.

— Tu vas gémir de plaisir pendant qu'ils te mettent en

pièces, tout en suppliant et en pleurant dans ton esprit, là où personne ne peut t'entendre.

Je restai figée alors qu'il se penchait en avant pour effleurer ma joue de ses lèvres.

— Je dirais bien que ce fut un plaisir, Izzy, mais ce serait un mensonge. Le plaisir sera de te regarder mourir.

CAM

J'ÉTAIS ASSIS à la table et tambourinais un rythme impatient avec mes doigts contre le bois.

Mon regard se posa sur ma montre et je plissai les yeux. Cela faisait quatre-vingt-dix minutes que j'étais dans cette foutue salle de conférence, à attendre l'arrivée d'Hélias.

Qu'est-ce qui prend autant de temps, putain ?

Rome était pratiquement abandonnée à part le Vatican, ce qui rendait la circulation dans les rues plutôt facile. D'après ce que j'avais compris, Lilith avait rénové l'ancienne ville mortellement célèbre pour répondre à ses besoins, ce qui incluait l'installation d'un aéroport beaucoup plus proche.

Hélias devrait donc être ici à l'heure qu'il était.

Je fis apparaître le nom de Mira sur ma montre, à moitié tenté de l'appeler. Je n'aurais peut-être pas dû monter directement ici après avoir laissé Michael avec le Dr Wagner.

Si j'avais su que cela prendrait autant de temps, je serais d'abord passé dans ma chambre pour parler à Ismerelda.

Pourquoi étais-tu dans les catacombes ? voulais-je lui demander. *Qu'essayais-tu de faire au cercueil de mon frère ?*

La tentation de me relier à son esprit pour la questionner était forte, ce qui me poussa à creuser un peu les murs mentaux qui nous séparaient.

Hmm. Il semblait que les blocs en place s'étaient détériorés au cours de la dernière semaine, indiquant ma curiosité croissante concernant notre lien et notre véritable histoire.

J'avais naturellement envie d'en savoir plus, d'autant plus que mes souvenirs ne semblaient pas revenir. *Pourquoi ne puis-je pas me souvenir d'elle ?*

Quelque chose clochait. J'avais soupçonné que c'était dû au fait qu'elle ne signifiait pas grand-chose pour moi, mais cette logique ne correspondait pas à mes décisions. Pourquoi aurais-je gardé une *Erosita* pendant plus de mille ans si elle ne signifiait rien pour moi ?

Non, plus je passais de temps avec Ismerelda, plus je me sentais lié à elle. C'était probablement dû en grande partie au lien, mais il y avait quelque chose d'autre.

Son comportement ne faisait que renforcer mon intérêt, en particulier l'incident d'aujourd'hui.

Je me pinçai les lèvres tandis que je consultais à nouveau ma montre avec une impatience grandissante. Je préférerais interroger Ismerelda.

Bon sang, je préférerais faire beaucoup de choses à mon Erosita plutôt que de rester assis dans cette pièce vide.

Un roi n'attend personne, pensai-je en plissant les yeux.

Alors pourquoi est-ce que j'attends un royal inférieur ? Un royal qui a choisi de débarquer à l'improviste en plus.

Ma mâchoire se crispa.

Je n'avais pas beaucoup d'expérience avec cette émotion qu'était l'*impatience*. Surtout parce que j'avais vécu trop longtemps pour me soucier du temps qui passait.

Une heure n'était rien pour un vampire de mon âge. De simples secondes, en fait.

Alors pourquoi avais-je l'impression d'attendre depuis une éternité ?

Et qu'est-ce que c'est que cette sensation dans ma poitrine ? me demandai-je soudain en recouvrant mon cœur avec ma paume pour frotter la douleur qui s'y formait. *Une réponse physique à mon irritation croissante ?*

Non, ça ne semblait pas être tout à fait ça.

Pourquoi de l'irritation provoquerait-elle de la douleur ?

Pourquoi est-ce que je ressens de la douleur ?

Je fronçai les sourcils.

Il y a quelque chose qui ne va pas du tout.

Je jetai de nouveau un coup d'œil à ma montre, ainsi qu'au nom de Mira qui planait au-dessus de mon poignet. Je n'avais pas réduit l'écran translucide. Mon doigt me démangeait de toucher le bouton d'appel, mais une partie instinctive de moi me retenait. Une partie que je ne comprenais pas vraiment.

Une partie liée à cette drôle de sensation qui s'agitait en moi.

Je replaçai ma main sur ma poitrine et mes doigts appuyèrent sur le muscle pour tenter d'atténuer la pression. Pourtant, celle-ci ne faisait que croître. L'intensité réchauffait mes veines et envoyait des chocs à mes terminaisons nerveuses.

Mes sourcils se froncèrent. *Qu'est-ce que c'est ?*

Une pointe particulièrement douloureuse traversa mon

être, me faisant grimacer. Puis je haletai alors que mes poumons luttaient soudainement pour trouver de l'air.

J'avais l'impression de mourir.

Comme si je perdais la volonté de vivre.

Qu'est-ce qui se passe, bordel ? Je m'éloignai de la table alors que mon prédateur cherchait instantanément la menace qui me faisait ça.

Mais je ne perçus rien.

Parce que cela ne venait pas d'une source extérieure, mais de l'intérieur.

Ismerelda, réalisai-je en baissant les sourcils.

Qu'est-ce que t'es en train de faire ? demandai-je.

Mes mots franchirent la barrière entre nos esprits, tandis que le bouclier que j'avais créé longtemps auparavant s'effondrait en morceaux. *Pourquoi es-tu...*

Je m'interrompis et ma colonne vertébrale se redressa à mesure que le mental d'Ismerelda m'envahissait.

De la dévastation.

De la détresse.

Du désespoir.

Elle... Elle était en train de revivre une sorte de souvenir. Un souvenir horrible. Un souvenir où elle était entourée de plusieurs hommes qui avaient tous l'intention de lui faire du mal.

Mais une ombre apparut. *Moi*, réalisai-je dans le souffle suivant. *Le soir de notre rencontre.*

Elle avait mentionné quelque chose à ce sujet, sur la façon dont je l'avais sauvée, mais le fait de le voir dans son esprit... ça... ça ajoutait de la crédibilité à l'histoire.

Sauf que le souvenir semblait se fondre dans quelque chose d'autre. Quelque chose d'horrible.

Ne fais pas ça, se dit-elle. *Concentre-toi sur le vrai Cam. Souviens-toi de lui. Seulement lui.*

Je clignai des yeux, ne comprenant pas ce qu'elle voulait dire.

Il n'est plus là, chuchota-t-elle. *J'ai essayé. J'ai échoué.*

« Les protocoles de Lilith ont grillé la partie du cerveau de Cam où le lien d'Erosita existe. Tous ses souvenirs de toi ont été effacés en conséquence, et il n'a aucun moyen de les récupérer. »

Les mots de Michael résonnèrent dans son esprit. Ils n'étaient pas en train d'être déclarés, mais faisaient partie d'un souvenir.

Quand cela s'est-il passé ? Est-ce réel ? Je suivis le fil de ses pensées ; sa conversation avec Michael se déroulait sous mes yeux.

Je pouvais le voir de son point de vue et ressentir sa douleur alors qu'il s'en prenait à elle avec ses affirmations.

Puis je sentis son sentiment de défaite totale alors qu'il... qu'il...

Mes yeux s'écarquillèrent. *Putain !*

C'était *ça* la raison pour laquelle elle pensait à la nuit de notre rencontre. Ce salaud l'avait conduite à un destin similaire, un destin qu'elle semblait penser que j'avais exigé.

C'est quoi ce bordel ? Je sortis de la chambre par déphasage et me dirigeai vers l'ascenseur. Mon esprit resta bloqué sur celui d'Ismerelda tandis que je fouillais dans ses souvenirs pour comprendre exactement où Michael l'avait emmenée.

Elle m'avait accordé juste assez d'attention pour que je la suive.

Allez. Allez. Allez, pensais-je en attendant l'ascenseur qui semblait incroyablement lent. *Oh, et puis merde !*

Je déboulai dans la cage d'escalier et me rendis au treizième niveau du sous-sol. La porte sortit pratiquement de ses gonds lorsque je l'ouvris et la franchis en courant.

L'odeur d'Ismerelda, *emplie de peur et de désolation*, m'attira directement vers elle.

Vers une pièce.

Une pièce remplie de vampires.

Plusieurs d'entre eux avaient les crocs plantés dans mon *Erosita*.

Ils la vidaient. La tuaient. La *touchaient*.

Elle était nue. Ils étaient nus. Durs. Prêts à baiser.

L'un d'eux était déjà dans sa bouche. Un autre... était en train de se positionner entre ses jambes...

Rouge.

Tout devint *rouge*.

Ma bête intérieure *rugit*. Mes mains et mes jambes bougèrent sans réfléchir alors que je peignais la pièce dans des nuances mortelles de *rouge*.

Des cris à glacer le sang déchirèrent l'air, suivis par le bruit sourd et violent de têtes qui roulaient sur le sol.

Tout se passa en une fraction de seconde, ma vitesse et ma force étant bien supérieures à celles de tous les surnaturels présents dans la pièce. Ils étaient trop perdus dans leur alimentation, dans leur *coït* imminent, pour me sentir arriver.

Et Ismerelda... *ma lionne*... tomba mollement sur le sol.

Je m'agenouillai à côté d'elle et déplaçai mes mains ensanglantées sur elle à la recherche... d'un moyen de... *oh putain.*

Un moyen de quoi ? De faire en sorte que ça aille bien ? D'arranger les choses ?

Je...

Comment est-ce que ça a pu arriver ?

C'était comme un mauvais rêve.

Un mauvais rêve aggravé par toutes les pensées d'Ismerelda qui s'infiltraient dans mon esprit.

Elle s'était entièrement refermée, choisissant de se

perdre dans son esprit plutôt que de laisser ma compulsion l'emporter.

Quelle compulsion ? me demandai-je avant que la réponse ne me frappe de plein fouet l'instant d'après.

Le nouveau Cam ne peut pas avoir ça, s'était-elle dit. *Il m'a peut-être obligée à obéir à Michael, mais je refuse de leur donner la* satisfaction *de m'entendre jouir de ma mort.*

Cela avait été un acte de défi de sa part. Un dernier « *allez vous faire foutre* » à Michael et à moi.

Pourquoi crois-tu que je t'ai fait ça ? demandai-je. *Pourquoi t'aurais-je fait du mal de cette façon ?*

Elle ne répondit pas, son mental s'étant enfermé dans une sorte de spirale mémorielle. Un endroit sûr. Un endroit qu'elle avait créé dans un moment de désespoir et dans lequel elle s'était enfermée.

Je déglutis alors que d'autres événements se déroulaient dans son esprit. Des nuits à faire l'amour. Des mots passionnés. Des promesses. Un monde d'amour, d'admiration et de respect.

— *Je t'aime, Ismerelda. Pour toujours. À jamais. Pour l'éternité.*

— *Je t'aime aussi.*

— *C'est comme ça qu'elle aurait dû mourir il y a mille ans. Ça me semble approprié.*

Mes sourcils se froncèrent alors que des souvenirs semblaient se chevaucher dans ses pensées, l'un étant un serment ancien et l'autre... Je suivis les mots, ceux qu'elle se souvenait m'avoir entendu dire, et j'observai son souvenir des événements.

C'était aujourd'hui. Il y a peut-être trente minutes. C'est ce qui a mené à ça.

Mais cet homme n'était pas moi.

Un hologramme réaliste, peut-être ? La technologie de Lilith était suffisamment avancée pour y parvenir. C'était pour cela qu'Hélias voulait une rencontre en personne, il n'avait pas confiance en cette ère technologique.

Je me raclai la gorge tandis que mes mains flottaient toujours inutilement sur mon *Erosita*. Le fait que notre lien soit toujours en place confirmait qu'aucun des hommes ne l'avait pénétrée par voie vaginale, mais elle... elle était définitivement....

— *Putain.*

J'avais envie de tuer à nouveau toutes les personnes présentes dans la pièce.

Ils étaient six. *Six.*

Pourquoi Michael aurait-il fait ça ? Et toutes ces choses qu'il lui avait dites...

Est-ce que c'est... ?

Je me raclai à nouveau la gorge tandis que l'esprit d'Ismerelda se fondait dans le mien.

Elle n'avait pas été surprise par les révélations de Michael parce qu'elle en savait déjà quelque chose.

Une vérité que je n'étais pas sûr de comprendre.

Lilith a gagné, continua-t-elle à se lamenter. Son cœur sembla se briser avec cet aveu. *Cette salope a gagné.*

En m'embrouillant l'esprit.

Tel semblait être le consensus.

Le récit des événements d'Ismerelda ne correspondait pas au mien.

Pourtant, elle les avait gardés pour elle pendant tout ce temps, consciente que je ne l'aurais jamais crue. Je ne lui aurais jamais fait confiance. Je n'aurais même jamais envisagé d'écouter sa version des faits.

Elle avait essayé de me conquérir par d'autres moyens.

Par le sexe.

Seulement, cela s'était retourné contre elle.

Il ne se soucie pas de moi. Tout ça, c'est pour lui. Même mon plaisir... est pour lui.

Ce n'est pas comme ça qu'on fait l'amour.

Ce n'est pas mon *Cam.*

S'il te plaît, reviens-moi... Tu... Tu me manques...

— Mon Dieu, chuchotai-je. Qu'est-ce que j'ai fait ?

Je... Il n'y avait pas de mots. Je... Je ne pourrais pas...

— Putain, Ismerelda.

Je la tirai dans mes bras et ses cheveux trempés de sueur s'accrochèrent à ma veste de costume.

Je dois nous sortir d'ici, réalisai-je.

Nous n'étions pas en sécurité ici.

Nous ne pouvions faire confiance à personne. Rien n'était ce qu'il semblait être.

J'avais besoin de réponses. Des réponses que seule Ismerelda semblait avoir. Mais elle était catatonique dans mes bras, perdue si profondément dans sa propre psyché qu'elle respirait à peine.

Je me mordis le poignet et le pressai contre sa bouche, l'obligeant mentalement à boire. Mais elle était trop dans les vapes pour m'obéir.

Merde.

Je n'avais pas le temps de la faire reprendre conscience ici. Nous avions besoin d'un endroit où nous cacher. Un endroit où personne ne pourrait nous trouver. Je ne pourrais commencer à essayer d'arranger les choses qu'à ce moment-là. À m'excuser. À... à *ramper.*

Plus tard, me dis-je. *Concentre-toi sur le fait de sortir d'ici.*

Michael avait dit qu'il regarderait Ismerelda mourir, ce qui signifiait qu'il m'avait probablement vu massacrer toute la pièce de vampires.

Heureusement, il ne s'était pas écoulé beaucoup de temps. Peut-être cinq minutes. C'était loin d'être assez long pour qu'il ait pu rassembler assez de vampires pour m'abattre.

À moins qu'il n'ait le dispositif que Lilith a utilisé pour me neutraliser. Je pouvais entendre des murmures à ce sujet dans les souvenirs d'Ismerelda, quelque chose selon quoi il était connecté à la partie de l'esprit où résidait le lien d'*Erosita*.

Il ne se souviendra jamais de moi. Il a irrémédiablement changé. Mon Cam... est mort.

Ses pensées me firent l'effet de poignards dans ma poitrine, chacune me nouant les entrailles d'une manière que je n'avais jamais connue.

Sa douleur était ma douleur.

Son chagrin d'amour était mon chagrin d'amour.

Et son âme abîmée... était mon âme abîmée.

Je vais arranger ça, lui promis-je.

Non pas qu'elle semblait m'entendre.

Mais d'abord, je devais nous sortir de ce bunker.

Tiens bon, ma reine, lui chuchotai-je. *S'il te plaît, tiens bon encore un peu. Je vais arranger les choses. J'en fais le serment.*

Merci d'avoir lu Le Vampire Cruel !

Je m'excuse pour le twist final. Je ne les aime pas non plus. Cependant, cette série s'est avérée bien trop compliquée pour être conclue en six livres. Il reste donc un dernier livre, *Le Vampire Éternel.*

Le Vampire Éternel continuera à mettre en scène Cam et Izzy et pourrait bien inclure quelques autres personnages. Je suis encore en train de l'écrire, alors je ne peux pas le dire avec certitude !

Je sais que les deux derniers livres de la série ont été lents à arriver, et j'en suis vraiment désolée. J'ai récemment eu un bébé et il prend actuellement la majeure partie de mon temps. C'est mon premier, alors je n'avais aucune idée de l'impact que cela aurait sur ma vie. Je devais également veiller à protéger mon état mental pendant la période vulnérable du post-partum. L'histoire de Cam et Izzy est très sombre, et je dois me mettre dans la peau de mes personnages lorsque j'écris. Ce qui signifie que je dois m'approprier l'état mental d'Izzy pour que les mots coulent. Et elle n'est pas très heureuse en ce moment.

Pour compliquer la tâche davantage, je dépends également de la disponibilité de mes traducteurs pour traduire mon travail dans d'autres langues, ce qui ajoute un peu de temps au processus.

Cependant, je voulais témoigner ma gratitude à l'égard de mes lecteurs de langue étrangère en leur offrant *Le Vampire Cruel* en premier. Mes lecteurs anglais n'ont encore vu aucune partie de l'histoire de Cam et Izzy, donc vous avez donc eu droit à un avant-goût d'un contenu inédit. J'espère qu'il vous a plu et que vous terminerez le voyage avec moi dans *Le Vampire Éternel.*

Cam a beaucoup de choses à se faire pardonner...

Plus d'informations à venir bientôt.

Je vous embrasse tous,
Lexi

Alliance de Sang
L'Esclave du Vampire
Le Vampire Royal
La Triade de l'Alpha
Le Vampire Rebelle
Le Roi Vampire

Le Vampire Cruel
Le Vampire Éternel

Dans l'univers de L'Alliance de Sang
Désire-moi - Nyx/Vesperus
Le Jour du Sang

Le Vampire Éternel

Je pensais pouvoir le changer.
J'avais tort.
Cam n'est plus l'homme que j'ai aimé. C'est un monstre.

Suis-je prête à me battre pour lui ?
À lui pardonner ?
Ou le tuer est-il le seul moyen d'aller de l'avant ?

Bienvenue dans le futur, où les lycans et les vampires font
la loi.
Mais les véritables monarques, ce sont leurs compagnons.
Parce que c'est nous qui possédons leur cœur.

Le problème, c'est que je ne suis pas sûre que Cam en ait
encore un.

J'étais autrefois destinée à être sa reine.
Maintenant, je ne suis plus qu'un jouet.

Un jouet qui est sur le point de se briser.
À moins que je ne brise Cam en premier...

Note de l'auteure : *Le Vampire Éternel* a un contenu sombre et constitue la conclusion de la série Alliance de Sang.

L'auteure à succès d'*USA Today* Lexi C. Foss est une écrivaine perdue dans le monde de l'informatique. Elle vit à Chapel Hill, en Caroline du Nord, avec son mari et leurs enfants à fourrure. Quand elle n'écrit pas, elle est occupée à cocher des cases sur sa liste de voyages à faire. On peut retrouver beaucoup des endroits qu'elle a visités dans ses écrits, notamment le monde mythique d'Hydria, inspiré d'Hydra, dans les îles grecques. Elle est excentrique, boit beaucoup trop de café et adore nager. Tchao !

https://www.lexicfoss.com/Français

Pour être au courant des dernières nouvelles et connaître les dates de publication, abonnez-vous à ma newsletter:
https://www.lexicfoss.com/la-newsletter-de-lexi

LIVRES DE L'AUTEURE LEXI C. FOSS

Alliance de Sang

L'Esclave du Vampire

Le Vampire Royal

La Triade de l'Alpha

Le Vampire Rebelle

Le Roi Vampire

Le Vampire Cruel

Le Vampire Éternel

Dans l'univers de L'Alliance de Sang

Désire-moi - Nyx/Vesperus

Le Jour du Sang

Faë de Lucifer

La Captive des Faë de Lucifer

Le Directeur des Faë de Lucifer

Le Commandant des Faë de Lucifer

La Malédiction des Immortels

Les Lois du Sang

Des Liens Interdits

Cœur de Sang

Les Liens du Sang

Les Liens des Anges